新潮文庫

しゃべれども しゃべれども

佐藤多佳子著

新潮社版

6478

しゃべれども　しゃべれども

1

武蔵野《むさしの》グリーン・テニスクラブの喫茶室。コップに口をつけ、氷もろとも噛《か》み砕くようにゴ葡萄《ぶどう》ジュースがやけにうまかった。従弟《いとこ》の綾丸良《あやまる》は、くわえたストローの反対の先っぽで蜜柑《みかん》ジュースに浮ツゴツと飲む。

かぶ氷をつついていた。子供みたいだ。こっちがあきれて見とれている間に、ストローの先に小さな氷を吸いつけて、少し元気が出たのか端麗な面《おもて》をゆっくり持ち上げた。

「達チャン、さっき、見たろ？」

苺色《いちごいろ》の唇がストローを離して動いた。

「ん？」

俺は動揺をかくすために腕組みをした。和装の男が腕組みなんぞするとやたら偉そうに見えるのはわかっていたが、とにかく心を静める必要があった。

「忘れてやる」

と俺は言った。さきほどの光景がパアと脳によみがえり、尻《しり》が落ちつかなくなる。テニス青年は、日焼けした顔にもはっきりわかるほど赤面した。

「わ、わ、わすれてくれたら、こ、困る」

必死の面《おも》持ちでそう言った。


中央線を武蔵境で降り、昨夜電話で聞いた道をとぼとぼと歩くと、なるほど十分でちゃんとついてしまった。俺は初めての場所は必ず迷う習慣になっていたから驚いた。約束の時間にはまだ間がある。喫茶室で一人水をなめてるのもつまらないので、クラブハウスからコートの方角にのこのこ出ていった。

桃の季節だった。空はつきぬけて青く、風は冷たい。アンツーカーのコートを駆ける女たちの白いスコートは寒そうだ。野郎まで白い短パンで脛毛《すねげ》をむきだしてやがる。ぽかん、ぽかん、と景気が良いんだか悪いんだかわからん音があちこちでする。

俺は良をさがして歩きながら、やたら注目を浴びているのを感じた。いつものことだがより顕著だ。紺の濃淡でまとめた紬《つむぎ》の羽織袴《はかま》姿が、テニスコートによほど似合わないとみえる。

クラブハウスの北側の、そこだけ緑のネットで囲われた一面のコートに、良の百八十二センチの長身が見えた。ネットをはさんで、五、六人の生徒に何か説明しているらしい。ラケットを斜めに高くかかげている。

良は小学校からのクラブ会員だ。今はK大のサークルに所属し、ここではスクール・コーチのアルバイトをやっている。年期の入ったテニスはうまい。うまいが弱い。弱いが美しい。

ところが、今のスタイルは、どうもあまり美しくなかった。俺はテニスはやらないが、あの格好がフォアのハイボレーで、お手本とするにはどうにもヘナチョコだというぐらいはわかる。近寄っていって、緑の網にへばりついた。

「ま、ま、まず、ラララ、ラ、ラケットのめめ面を作って、作って、作って……」

良の言葉が途切れた。まるで、すりへったカセットテープの断末魔だ。

「あ、あの、面、面を作って、そのまま、まままま、前に押し出して、ええ……」

ラケットがふらりふらりと揺れている。握力をなくした良の手から今にもこぼれおちそうだ。こりゃいかん！　俺は心底ぎょっとした。貧血でもおこしたか？　脂汗《あぶら》が顔からしたたり落ちている。そのまま一気にぶったおれるかもしれないと思った。

が、倒れなかった。ラケットを握りなおした。そして、ただただ棒立ちになって、ああ、ええと意味不明のうめき声をもらしている。こっちまで息が苦しくなってくる。

小学校当時、良は吃音《きつおん》が出て、ひどい苦労をした。女みたいな顔で、いくじなしだったから、当り前のようにいじめられた。でも、あれは治ったはずだ。有名私立中に合格し、以来、テニスマンとして心身健康に過ごしてきたはずだ。

良はついに完全に沈黙した。生徒は落ちつかなげにざわめいた。緑が波をうってゆらゆら揺れる。

俺はいつのまにかネットを両手の指でつかんでいた。

コートの中の一人がこちらを見た。二人、見た。みんな、見た。

「一カ月くらい前から」

良はぼそぼそとつぶやいた。

「だんだん、ひどくなって」

「なんで、また？」

俺は良のうつむいた顔を正面からきっと見すえた。こうなったら徹底的に話を聞いてやろうと覚悟した。

「うーん、と……」

良の目は言葉をさがすようにテーブルの硝子《ガラス》板の上をうろうろとさまよった。

「うーん、と……」

むこうは覚悟が決まらないらしい。

「すっぱりとしゃべっちまえよ」

俺は腹から太い声を出した。喫茶室にたむろしていた老若《ろうにゃく》の女どもがいっせいにふりむいた。さっきから、こちらをちろちろと盗み見ていたので、良い合図になった。

「声が大きい」

良は人目をはばかるようにささやいた。

人目が気になるなら、こんなところへ電話で呼びつけなければいい。たまたま今日の昼間はがら空きだったが、俺だって忙しい身の上なんだ。

「大きな声は地声だよ。ますますせりあがらあ」

「やめてよ。寄席《よせ》じゃないんだから」

良は閉口した。

「怒んないでよ。しゃべるから、ね？」

甘えられると弱い。生まれた時からの弟分だ。俺はしかめっ面《つら》を作ってうなずいた。

「あのねえ、あるクラスでちょっともめごとがあってね」

良はほとんど聞こえないくらいの小声でひそひそしゃべりだした。これが、への突っ張りにもならないくらいくだらない話だった。

火曜の午前に中年ミセスで満タンのクラスがあって、そこで、良をめぐる恋のさやあてがおきたのだ。女どもの暇つぶしだ。軽くかわしておけばなんのことはないのだが、そこが気弱で愚図な男だ。自宅に電話がかかる、プレゼントが襲ってくる、あの人のセーターはもらうのにわたしの財布は受け取らないのか、イタリア料理は行くのに地中海料理は行かないのか、あげく、誰それとは伊豆《いず》の別荘に泊まった、新宿のシティーホテルに泊まったとデマが飛びかう。フォームを直すのに手をそえるだけでとんだ騒ぎになった。

良は消耗した。くじけた。

ヘッドコーチの耳にとどいて、しかりとばされ、担当をはずされる前に、もう吃音がでていたという。

「スクールのコートに出るとダメなんだ。めちゃめちゃあがる。自分で何を言ってるかわからなくなって、目の前が真っ白くなって、もう教えるどころじゃない。平気なのは子供のクラスだけだよ」

良はかすかに身震いした。

「やめちまえよ」

と俺はすすめた。

「どうせ、あれじゃじきにクビになるだろうし、そのまえに自分でやめちまえ」

「でも……」

良はぐずぐずとつぶやく。

「テニスの仕事をしたいんだ。大学を出たらここに勤めようと思ってたんだ。オーナーもそう言ってくれてるし……」

ふてくされた目をする。まるで俺が邪魔をしていると言わんばかりで、少し馬鹿《ばか》らしくなった。帰ろうと思い、腰を浮かした。

「待ってよ！　達チャン」

あわてて俺の肩に手を掛けて制した。

「頼みがあるんだよ」

「なんだ」

「僕を治してよ」

顔をのぞきこむようにして真剣にささやかれて、こっちは面喰らって返事を忘れた。

「助けてよ」

「何だって？」

「達チャン、プロだろ？」

「ほ？」

「しゃべりのプロだろ？」

「俺は噺家《はなしか》だ」

「だから！」

だから？　俺の仕事は落語をしゃべることで、吃音の矯正や緊張の緩和ではない。たしかに、ガキの頃はいじめた相手をぶんなぐったり、喧嘩《けんか》の仕方を教えてやったこともあるが、とんだ見当違いだ。そういうのは専門家がいるだろうと言うと、じゃあ紹介しろときた。あきれた奴《やつ》だ。噺家を口頭関係の、なんでも屋だと思ってやがる。

「達チャン！ 頼むよ。お願いだよ。僕、本当に困ってるんだよ！ 頼むよ」

半泣きになるのをふりきって席を立った。鬼のような気がしたが仕方がない。長居してもらちがあかない。

レジで葡萄ジュースの会計を頼むと、喫茶室中の視線がわっと集中してきた。皆、聞き耳をたてていたらしい。

師匠の家は月島の露地裏にあった。もんじゃ焼き屋の二軒隣で、油やソースのにおいが東京湾の潮風に乗ってふわふわ流れてくる。

ここはいつ来ても、帰ってきた、という気になる。生まれ育った人形町の裏通りにどこか似ているせいだろう。家々が軒をつきあわせて並び、狭い道に玄関先の植木が雑然とはみ出している。椿《つばき》、山茶花《さざんか》、沈丁花《じんちょうげ》、サボテン。おかみさんの丹精した鉢植えを蹴《け》飛《と》ばさないよう注意して、昼間は鍵《かぎ》をかけない玄関の引き戸をがらりと開けた。

後輩の『三角』は二階の北の四畳半で、ぷっくりとふくれて寝ていた。日頃のキュウリ顔が西洋ナシだ。おたふく風邪だ。

「おめえ、子供、産めなくなるぜ」

枕《まくら》もとには師匠がいて、妙なことをつぶやいていた。いつもの古ぼけた朽ち葉色の結《ゆう》城紬《き》に兵児帯《へこおび》、あぐらをかいて背中を丸め、ちんまりまとまった姿は、殿様ガエルに似ている。

今昔亭《こんじゃくてい》小三文。滑稽《こっけい》噺を得意とする飄逸《ひょういつ》な噺家で、地味な芸風ながら、うまさでは五本の指に入ると言われる。老若男女ひいきが多い。この二月に五十六になったばかりだが、雪のような総白髪。おまけに薄い。立派にじじいに見える。

「遅かったじゃねえか」

俺の顔を見るなり師匠は言った。せっかち屋の看板を出している。三十分前についても必ず、遅かったじゃねえかと言われる。

人の返事も挨拶《あいさつ》も聞いたためしがない。

「どうだ、調子は？」

「最近は誰を病院送りにした？」

俺は仕方なくワハハと笑って頭をかいた。

師匠のせっかち同様に有名なのが、弟子の俺の短気だった。二年ほど前に、同期の柏《かしわ》家《や》ちまきという噺家と居酒屋で喧嘩し、五合徳利で思いきりぶんなぐって前歯を二本へしおったことがある。以来、ちまきは一番目立つところが差し歯になった。何年物だかのロマネ・コンティ一本で示談にしてくれたのは、ひとえに彼の友情である。

カッとなると見境がない。しかも、しょっちゅうカッカとなる。口より先に手が出るようでは噺家として面目ない。中学高校と六年間剣道部でしごかれたので、封建的絶対服従精神は身についているが、いつ何時うっかり師匠をなぐらないか、自分でも不安だ。ついたあだ名が『坊っちゃん』。むろん良家の子息ではない。夏目漱石《そうせき》のかの有名小説の主人公で、挑発にのって二階から飛び降りて腰をぬかしたり、喧嘩相手に生卵をぶちあてたりする折り紙つきの無鉄砲男だ。

午後から、師匠の鞄《かばん》持ちで出かけることになった。本来、前座の三角の仕事だが、おたふく風邪では仕方がない。俺は前座よりちょいとえらくて、二ツ目という身分である。さらに位が上がると真打《しんう》ちになる。二ツ目になると高座で羽織を着ることが許され、真打ちになると師匠と呼ばれる。だいたい前座を三年から五年つとめ、二ツ目を十年前後やってようやく真打ちに昇進する。腕が良ければ早い。逆にセコだと後輩にどんどん抜かれて寂しい思いをする。

俺は十八で小三文師匠の内弟子に入って、二十一で二ツ目になった。それから五年。今は吉祥寺の実家でお茶を教えるばあさんと二人暮らしだが、何かにつけては月島に呼ばれる。俺の後輩が二人もいなくなるから悪い。一人は金の使い込みがバレて破門になり、一人は家事育児雑用全般の内弟子生活に嫌気がさして夜逃げした。三角だってあぶないものだ。なにしろ、大人になっておたふく風邪をやるような、のんびりした男だ。

池袋演芸場はトリの三つ前だった。平日の昼席はだいたい入りが悪いが、今日も数えてみると八人ぽっちだ。こういうのを噺家の符丁で「つ離れしない」という。ひとつ、ふたつ……やっつ、ここのつ、とうでやっと〝つ〟の字が取れて、めでたく「つ離れ」とくる。

次の寄席は新宿にまわって末広。夜席のえらく浅いところにあがったので何か用でもあるのかと聞いてみると、カルチャアへ行くと答える。

師匠は車が苦手で、移動はすべて電車かバスだ。バスに乗れて、なぜタクシーがだめなのかわからない。車酔いしたところは見たことがないので、おおかた閉所恐怖症だろう。弟子に荷物を全《すべ》て預けて、早足でふっとんで歩く。俺は新宿駅の人込みをかきわけかきわけ必死で追いかけた。

「師匠、カルチャアってどこです」

「下北沢」

では、小田急線だなと素早く考える。予定をぎりぎりまで口にしないくせに、鞄持ちがもたつくと機嫌が悪くなる。

地下のホームで電車を待ちながら俺は尋ねた。

「カルチャアって何ですか？」

「ハナシカタキョウシツだ」

「はあ？」

「話し方教室！」

「何スか？　それ」

「口下手とか、あがり症とか、そんなふうな会話の不自由な奴が勉強にくるところだ」

電車の到着を知らせるアナウンスが響く中、ふと綾丸良のことを思い出した。

「で、師匠は何しに行くんです？」

急に興味が出てきて熱心に聞いた。

「ゲストだよ。なんか、ためになる話をしてくれってよ。まあ、よくわかんねえンだけどちょっと義理があってな」

「講演するわけですか？」

「ンなもんだな」

ゴゴゴゴオと白っぽい電車が走りこんでくる。

「師匠ッ」

轟音《ごうおん》に負けない声で怒鳴った。

「なんだ？　うるせえ！」

「すいませんッ。もう一人、鞄持ち、呼んでいいですか？」

今昔亭小三文は変な顔をして、ひょいと唇をつきだしてみせた。

下北沢駅から電話をかけると良は家にいた。一昨日、冷たくしたので腹をたててるらしく、なかなか来ると言わない。場所だけ告げて早々に切る。家は松濤《しょうとう》だからその気になれば間に合うだろう。師匠は公衆電話のコーナーの前で足踏みしながら待っていた。

カルチャアとはカルチャースクールのことで、下北沢の駅から五分ほどのファッションビルの四階を占拠している。ここの受付の女たちは、良のテニスクラブのより器量が落ちる。ソファーセットのある応接室のような小部屋に案内されて、まずい煎茶《せんちゃ》を飲んでいると、関係者が二人ほど挨拶に出てきた。俺は用がないので、受付で拾ってきたチラシをちろちろ見ていた。

現代話し方講座

講師――TVSアナウンサー原すみえ

あなたは正しい日本語で話していますか

話し下手や赤面症で損をしていませんか

現役のアナウンサーが会話のノウハウを

丁寧に指導いたします

正しい日本語などと高飛車でいやだが、どうせ俺が習うんじゃない。もし、良が来なかったら、このチラシを送りつけてやろうと考えていると、師匠がふらりと便所に立つ。いっしょに部屋を出る。

入口の両側にプラスチックの棚のようなものがあり、各講座のチラシが色違いで並んでいる。そのチラシを手に取るでもなく、見るでもなく、落ちつかなげにきょろきょろしている背高のっぽがひとり。

「よお！」

俺が声をかけると、綾丸良はひいと小さな悲鳴をのどに吸い込んで、亀《かめ》のように首を縮めた。

「『三つ葉』の親戚《しんせき》にしちゃ、やけに男前じゃねえか。本物か？」

師匠は無遠慮に良を眺めまわして言う。本物じゃなかったら何者なんだろうと思った。良はしゃっちょこばって、ろくに挨拶もしやがらねえ。従兄《いとこ》がいつもお世話になっていますと言えないなら、せめてコンバンハと頭を下げろよ。正しい日本語を教えてやる必要がある。

俺たちは許可をもらって、話し方講座の教室のすみっこの席に陣取った。生徒はぼちぼち入っていた。全部で二十五人だというがまだ半分ちょっとだ。

綾丸良のようなのが二十五人もそろったらさぞかし気が滅入《めい》るだろうと思ったが、どうも様子が違う。おびえていない。退屈している。あくびをしたり、文庫本を読んだりしている。勤め人タイプが多い。男は三十代、四十代、女は二十代。会社の命令でスピーチの練習にでも来るのだろうか。あとはもっと若い学生風だ。

「変な奴はいないじゃないか」

安心させるように笑って言った。良は上目づかいにひそかに必死に偵察している。見苦しいと思い、おかしいと思い、しまいに気の毒になった。

入口のドアが開き、女が一人入ってきた。

俺の嫌いなタイプの女だった。

腰まである長い真っ黒の髪を、頭のてっぺんで二つにすとんと分けている。Gジャンと Gパンも真っ黒で、中にレモン色のシャツを着ている。あごがきゅっと細く、目は切れ上がっていて、まさに猫だ。黒猫。鼻のわきに三本ずつヒゲをかいてやりたくなる。

「すごい綺麗《きれい》な人だなあ」

良がつぶやいた。びくびくと偵察しているかと思ったら、とんでもない奴だ。

「あれがか？」

「骨格から美人だよ。めったにいないよ」

「色が黒い。あちこちとんがってて、さわったら指が切れそうだ」

俺は眉《まゆ》をしかめた。

女は俺のななめ前に腰をおろした。二十歳前後だろうか。化粧をしていないらしく、さっぱりした横顔だ。つんと首をふりあげている。目の光が強い。身体《からだ》中で他人に喧嘩《けんか》を売っている。

男物のようなごついジャケットを脱いだ。レモン色のブラウスは透けそうな生地でかすかに光っていて、まぶしい感じがした。

小三文師匠の講演は、はなはだまずい。ずぼらな性格で、頼まれたテーマにいっこうに頓着《とんちゃく》しないので、話は横に流れ、ななめに傾き、行き先を失う。それでも、客がせっせと笑っているから当人はかまわないのだろう。

「えー、落語家なんてもんは口から先に生まれてきて、しゃべることの苦労を知らないという方もおられますが、ンなこたァありません」

高座では名人だが、日常は無口でぶきっちょな噺家《はなしか》の素顔を語りはじめる。過去の名人、今の大看板。めずらしくツボにはまった出だしだ。ふむふむと聞いていると、急に俺の名が出る。喧嘩の話が出る。あることないこと、どんどん出てくる。隣で良が忍び笑いをもらしているのが妙に気に障《さわ》る。

皆、愉快に笑っていた。

一人、不愉快に顔を歪《ゆが》めているのがいた。ななめ前の黒猫だ。戦闘的な顔できりりと師匠をにらめている。不思議だ。俺のかわりに怒っているのだとすると、今昔亭三つ葉の数少ないひいきかもしれないが、まあそんなことはないだろう。

「これは講談の人なんですけどね、小金井芦洲《ろしゅう》さんね、正月に上野で飲んでたン。赤羽まで帰るのに急行なら一駅だってんで乗ってもうガーッと寝ちまった。それで目ェ開けるると窓の外が白い。寒いと思ったら雪だよ。アナウンスがネ、あおもりィ、あおもりィ」

師匠の話は早くも脱線だ。噺家の素顔というより暴露大会になってしまった。失敗談、奇癖、色事、しかし、細かいことをよく知っているもんだ。狭い世界だが、こう筒抜けじゃ、たまらない。どこまで本当だかもわからない。みんな、信じこんで帰るんだろう。よく笑う。同じ話を俺がしても、あの半分も笑わないと思うといやになった。

黒猫を見る。口が真一文字だ。笑うどころじゃない。怒ってやがる。とことん変な奴だと思うと、師匠もそう考えたらしく、ちらりと視線を送っている。たまに、ああした客が来る。落語通を自称するへそまがりの爺《じい》さんなどで、嫌いな演者の時意地でも笑ってやるものかと目をギョロつかせている。無視するか、いじるか、芸で笑わそうと気張るか。通常、小三文師匠は頑固爺さんなどいないふりをする。今日も、黒猫はいないふりをしてみた。そこだけ、すっと視線をはずす。が、猫のほうで勝手についてくる。にらんでくる。しぶとい。

そして、何を思ったか唐突にぬっと立ち上がった。後ろの席だが、派手に音をたてたので、皆、ふりかえった。黒猫は長い髪をひるがえすようにして、わざわざ前の戸口から出ていく。胸をそらして出ていく。

こんな無礼な女は初めて見た。

2

二年前から、柏家ちまきとの二人会を続けている。今度で七回目だ。落語協会特選会と銘打って、池袋演芸場で二席ずつしゃべる。同じ特選会でも真打ちクラスより木戸銭が安く、千八百円也《なり》。前売を買うと千五百円也。客はぼちぼち入る。若く元気で下手も愛嬌《あいきょう》、そんな二ツ目を応援するありがたい客がやってくる。

町内に一軒寄席《よせ》のあった昔と違う。今は都内にたったの六軒、そして噺家は三五〇人あまりいる。これでは真打ちといってもそうそう寄席の仕事にはありつけない。ぼーっとしてたら貧乏になるので、自ら仕事の場を開拓する。独演会、二人会、親子会、一門会、勉強会、地方興行——場所は定席のない日の寄席、公民館、小劇場、寺、蕎麦《そば》屋、スナック、色々である。半人前の二ツ目は、師匠や先輩の会にせいぜい便乗し、仲間で企画をぶちあげるべきだ。そういうわけで、俺やちまきは忙しく飛び歩いている。

柏家ちまきは三つ年上だ。大学を中退して柏家巻之助《まきのすけ》師匠に入門した。あんこ型の相撲取りのような体格で、笑うと目がなくなる。めっぽう陽気なタチでいつも笑っているから、ちまきの目玉はあまり見たことがない。彼は新作が得意だ。

落語は古典と新作に分かれる。おおまかに言うと、江戸、明治の頃に生まれてえんえん語り継がれてきた噺が古典、昭和の柳家金語楼を開祖とする創作落語を新作と呼ぶ。古典も生まれた当時は新作だった、などというつむじ曲がりもいて、厳密に分類するのはむずかしい。

ちまきの前歯が偽物《にせもの》になったのは、彼の新作への傾倒と関係がある。俺にも新作をやれやれとあまりしつこいので頭にきたのだ。いくら自分が好きだからって、人に押しつけちゃあいけない。俺は古典しかしゃべらないと決めている。熊《くま》さん、八つあん、与太郎、ご隠居、若旦那《だんな》、赤井御門守《ごもんのかみ》に糊《のり》屋のばばあまで好きで好きで、この世界に頭からどんぶり飛び込んだのだ。

なつかしいのが人形町の末広。戦後焼け残った唯一《ゆいいつ》の畳敷きの寄席で、今はもうない。赤ん坊の頃に両親が続けて病気で死んだので、俺は祖父母に育てられた。じいさんは、人形町で蕎麦屋をやっていた。これが大の落語好きで、まだよちよち歩きの俺を抱えるようにして末広に連れていく。五代目志ん生をひいきにしていた。俺は生身の志ん生師匠に間に合わなかったが、子守歌代わりのレコードでよく聞いた。息子の馬生師匠は覚えている。まだ小学校にあがる前だと思う。静かな感じの痩《や》せた男が高座ですいすい踊っているのが幼心になぜか不思議で、じいさんに聞いてみると、あれが志ん生の上の伜《せがれ》だと言う。惜しいことに噺の記憶はない。

当時、寄席で聞いて名前を覚えたのは、小さん、金馬、文治、談志、志ん朝、亡《な》き彦《ひこ》六《ろく》それから、四十代の小三文師匠。

じいさんは、寄席やレコードでいいかげんに覚えた噺を俺に聞かすのが趣味だった。これがひどい。めちゃくちゃやる。『酢豆腐』が途中から『羽織の遊び』に化ける。伊《い》勢《せ》屋の若旦那が出てくりゃ何でもいいってもんじゃない。違うよ、こうだよと文句をつけるうちに、孫のほうがだんだんと達者になる。すると得意になる。噺家になるぞと宣言する。じいさんは喜んだ。

中学、高校は落語より剣道に夢中だったが十六の時にじいさんが卒中で倒れ、「達也《たつや》、きっと志ん生になるんだぞ」とまわらぬ舌で一言。遺言になった。

柏家ちまきは、目のさめるような赤の地にミッキーマウスの点々と散った木綿布を上野の安売店で購入して着物に仕立てた。得意がって着ている。七福神より、めでたい。そのめでたい丸顔が、突飛な世情風刺をやる。時事ネタを好む噺家は多いが、ちまきはマクラや漫談に終わらず、一つの物語にまとめあげるのがえらい。

今やっているのは、『噺家強盗』という自作だ。不景気を題材にして、近い将来の全国民の大貧乏生活を悪い冗談にする。噺家は、押し売り、強盗と化す。上品なのは、昼下がりに玄関先で一席しゃべって金をせびる。物騒なのは、夜に忍び込んで家人を出刃包丁でつつきおこし、一席しゃべって金をとる。大看板の師匠連をその押し売りや強盗に仕立てて口調や仕草を真似《まね》るのだ。大げさだが、よく似ている。真似られた方は嫌だろう。

ちまきが大拍手のうちに引き下がると、今度は俺が高座にあがった。『禁酒番屋』をやる。刃傷沙汰《にんじょうざた》から禁酒令の出た城内に、左党の近藤氏の注文で酒を届けるため、酒屋があの手この手を打つ。好きな噺だ。先月、師匠からやっと許しが出て、今日のネタおろしとなった。

初めて高座でしゃべる時は、客の反応がいつもよりよけいに気になる。場内は静かだ。ちまきのあとだと、どうも笑いが少なく感じる。まあ、いい。くすぐりを連発してのべつ笑わすのは品が悪いという。序盤はクスクス山場でゲラゲラ、サゲでワッとしめる。終わり良ければ全《すべ》てよし。

堂々と声を張ってしゃべった。大きく、めりはりがきいて耳にすがすがしいと評判の声だ。今昔亭三つ葉は、勢いで聞かせると言われる。それならと嬉《うれ》しがってせりあがる。酒屋の若い連中が番屋の役人への仕返しに一升徳利に小便をつめるくだりで、ふわふわと笑いがわいた。役人がそれを飲むと、さらにわいた。

「ここな……、ううむ……正直者めが！」

とサゲて、きっちり一礼して高座をおりる。

拍手は、まずまず。

三角のおたふく風邪はほとんど回復した。腫《は》れは消え、もう外に出ても差し支えないそうだ。やれやれだ。三角の病気中、俺は月島に泊まりこんでいた。二人会が近かったので看病も雑用も面倒だったが、師匠に稽古《けいこ》をせがめるのは助かった。

小三文師匠は有名な稽古嫌いだ。自分のじゃなく弟子の稽古が嫌いだ。弟子入りを志願した時、めんどくせえと言って逃げまわるのを必死で寄り切った。いざ、弟子になると、今度は稽古をつけてもらうのに鬼ごっこをやる。師匠はせっかちのくせにズボラだ。風呂《ふろ》にはいるのもめんどくせえ、寝るのもめんどくせえと言ってぼーっとしている。今に生きてるのがめんどくせえと言って首でも吊《つ》らないかと心配だが、鴨居《かもい》に縄をかけるのは相当の手間だから大丈夫だろう。

「もう帰ってもいいよ」

と師匠が言い、実家のばあさんがうっかりくたばってるといけないので早いとこ吉祥寺に帰ろうと思ったが、

「稽古つけてくれませんか？」

ためしに聞いてみた。

「あー」

師匠はとぼけた。

「二人会、終わったじゃねえか」

「七月にまたやります」

「そんな暑い時、客が来るかよ」

「早朝落語に出ます」

「あー」

「『素人鰻《しろうとうなぎ》』やりたいんです」

「なんだ。また新しいネタか？」

師匠はかぶりをふった。

「ダメだよ。数ばっかり増やしてどうする。もっと一つを掘り下げないとダメだよ。『禁酒番屋』もまだセコだよ。だいたいね、おまえね、工夫がないんだよ。俺がやったとおりにそっくりやってどうすんだよ。頭悪いんだよ。前座じゃねえんだぞ」

説教になってしまった。

「おまえの噺ィ聞いてると、俺が下手ンなったみたいで嫌なんだよ」

「すいません」

「俺の噺の人物は俺がこしらいたんだ。同じ噺やっても、演者が変われば与太郎も熊五郎《くまごろう》も変わるだろうが。おまえは、おまえの熊をやんなきゃいけねえよ。俺はそっくりゆずってやる気はねえんだ。いきなり出来なくてもな、努力しなけりゃいけない」

「はい」

と答えたものの不服そうな顔をしていたので、

「なんだよ」

と師匠はにらんだ。

「どんだけ考えても、師匠がやったほうがいいんです」

「そら、あたりめえだ」

「わざわざ下手に直すのは嫌です」

「一生、俺の二番煎《せん》じでいいのか？」

「もっと良くなるというのを思いついたら、変えます。それまでは変えません」

言い切って、まっすぐ師匠を見つめると、相手はいささかひるんだ。

ちゃぶだいに手を伸ばして、ピースの缶を開けると一本取り出して、黄色い百円ライターでぽっと火をつけた。しばらく黙って煙をはいている。

「石頭だな。堅い、堅い」

やがて、ゆっくり言い出した。

「おまえ、侍のいる時代に生まれりゃ良かった。俺が殿様なら重宝したぜ。でもなァ、芸人は月代剃《さかやきそ》っちゃいけねえな。背中をちょいと丸めてやァらかく生きるんだ」

「背筋を伸ばしちゃいけませんか？」

「だめだ。えらそうなのはだめだ」

「だめですか？」

俺がしょげると師匠はくつくつ笑った。

「だめか、だめでないか、決めるのは客さ。俺じゃないさ」

そして、軽くうなずいた。

「噺が良ければいいさ。棒っきれみたいに堅くても真《ま》っ直《すぐ》でもなんでもいい」

そう言うと、帰れと玄関のほうにあごをしゃくってみせた。

吉祥寺の実家は井の頭公園の近くにある。じいさんが死んだ後、ばあさんは人形町の蕎麦屋をたたんで、住家の二階もろとも人に売り、武蔵野の古い家を買った。

じいさんは親父《おやじ》も神田《かんだ》の蕎麦屋だったが、ばあさんのほうは小石川の生まれで娘時代から上品な稽古事にあれこれ手を染めていた。山手のお嬢さんが、下町の蕎麦職人に一目惚《ぼ》れ、すったもんだの末嫁いできた。このお嬢、意外や鉄火肌のいいおかみさんになった。お琴も和歌も踊りも忘れたが、唯一続けたのが茶の湯で、暇を見つけちゃせっせと稽古に通った。武蔵野の家は、そのお茶の先生の持ち物だ。もう米寿を過ぎ、引退して息子の世話になるというので、格安でゆずってくれた。ばあさんは、そこに表千家の看板を新たに出してお弟子さんを引き継ぎ、俺の高校の学資を二年分稼いでくれた。

お茶の稽古日は、火、木、土だ。午前十時から午後八時頃までやっている。お弟子さんは好きな時間に来て、先客がいる時は広間の茶室の外の畳廊下で待っている。二、三人並ぶこともある。古顔になると、来る曜日、時間帯はだいたい決まってくる。

人形町の蕎麦屋は下で商売して上で暮らしたが、ここは逆だ。二階が茶の湯専用、住まいが一階。

初めて越してきた時、お茶の先生というのは妙な家に住むものだと思った。玄関がいやに広い。普通の家の三倍はある。建物の造りは長細くて、廊下に沿ってずらずらと部屋が並んでいく。旅館のようだが、数は三つ四つで終わる。そして、不便な庭がついている。露地というお茶の庭だ。どう不便なのかというと、家から眺めたり、中で遊ぶのに適さない。これは、茶室への通り道である。竹の枝折戸《しおりど》、飛び石、屋根つきの長い腰掛けがあり地味な草木が植えられている。どんどん行くと、庵《いおり》の茶室につきあたる。これはもっぱらお茶会用だ。ふだんの稽古は二階の広間でやる。ごめんくださいと玄関をあがってきてから、一度庭を通過して、また家に戻り階段を上る。なんでそんな不便なことをやるのかと聞くと、決まりだから、とばあさんはあっさり答えた。

一週間ぶりの帰宅だ。玄関で、薄い桜色の付けさげ小紋の女性と鉢合わせする。

「あら」

白い、ふくよかな頬がほころんで笑った。

「三つ葉さん、おひさしぶりです」

「ご無沙汰しています」

頭を下げながら胸が躍った。

「長いお留守だったんですってね？　おばあさま、お待ちかねでしょう」

「いや、どこでも重宝されます。雑用係で」

五分刈りの頭をかいて言うと、むこうは明るくにこりと笑った。

郁子《いくこ》さんは、ばあさんのお茶の生徒で、俺の踊りの師匠の娘でもある。お互い、稽古に行った先でよく顔を合わせる。

大和撫子《やまとなでしこ》である。古来、日本の女はかくあったかと思わせる、しとやかな落ちつき、優しい言葉遣い、着物の似合う丸い身体つき、美人ではないが美人以上に美しい。

「また、お顔を見せて下さいね。母がさびしがります」

優雅に膝《ひざ》を折ってお辞儀をすると、

「ごきげんよう」

引き戸がさらさらと静かにしまる。なごり惜しくて、遠ざかる草履の音に耳をすませていると、

「今年のカボチャは馬鹿《ばか》に赤いね」

背後から高い声が飛んだ。

「どこにカボチャがある」

「その首の上についてるよ」

ばあさんは、両手を腰について、やたらとえばった格好をしている。こちらは渋い小豆色の江戸小紋を粋《いき》に着こなしているが、いくらえばっても顔は古びている。

「夕食を頼むよ。蕗《ふき》をもらったから煮とくれよ。あと、魚辰《うおたつ》さんで何か塩焼きにするの見つくろってきてさ、豆腐の味噌汁《みそしる》に葱《ねぎ》をどっさりいれてね、ワカメとキュウリの酢の物。納豆は明日の朝食用だよ」

それだけ言うと、くるりと背中を向けて達者な足取りで階段をのぼっていく。いい気なもんだ。このばあさんに幼少時からこき使われてるから、俺は内弟子時代の雑用など屁《へ》の河童《かっぱ》だった。

冷蔵庫の在庫を確認すると、暮れないうちにと買い物に出た。

3

数日間、家にこもっていた。部屋で『禁酒番屋』ばかり繰り返ししゃべっていたら、晩酌の酒の味が小便に思えて、ほとほと嫌になった。噺《はなし》はいっこう上達しない。

俺は元来飽きっぽいたちで、飲み込みの早いかわりに、一つのことを長くやるのは苦手だ。新しい噺をやりたくてたまらない。でも師匠が芸のことであんなに真正面から怒るのはめったにないので、反省している。

七十七ある持ちネタの中から、得意だ、好きだと思われるものを選んではしゃべり、しゃべっては考え、考えてはまたしゃべる。

師匠は登場人物を自分のものにしろといった。むずかしい注文だ。八五郎をいわゆる八五郎らしくしゃべることはできるが、三つ葉しかできない八五郎というのがまだないでは済まない。言葉尻《じり》をいじるのではなく現代語を持ち込むのではなく、噺をぶちこわすのではなく、さて？

あまり長いことぶつぶつやっているので、ばあさんが気味悪がってのぞきにくる。

「そこに座れよ。ただで聞かせてやる」

と誘うと、

「なんだ。落語か。まっぴらごめん」

てんで愛想がない。

じいさんでも生きてりゃなあ、としみじみ寂しく思ったが、達者なら今頃俺に深く失望しているかもしれないので助かった。

前座の頃は噺をそのまま覚えさえすれば良かった。小三文師匠は昔ながらの三遍稽古で本当に三回こっきりしかしゃべってくれなかったが、あとは高座を楽屋のそでで聞いたりテープや兄弟子を頼ったりで切り抜けた。つらくはなかった。記憶の才はあっても、開発の能力はないのか、いや、研摩の腕があればいい、などつらつら思う。要するに人間が未熟なのだ、それは一週間や十日でどうこうなる問題じゃない、と結論すると、突然、腹がへってきた。

甘いものでも探そうと台所へ出ると、茶の間の電話が鳴っている。

「はい。外山《とやま》です」

「あ、達チャン？　帰ってきたの？」

電話は綾丸良からだった。

良は俺の留守中に何度も電話を寄こしたらしい。ばあさんから聞いていたが、こっちも猛反省の最中で動きがとれないので、そのままにしていた。

聞いてみると、また、気の滅入《めい》る用件だ。この前のカルチャアに一緒に行ってくれという。自分はあの講座に通ってみようかと思うのだけど、師匠の漫談ではなく平常の授業をのぞいてみないと安心できないという。

「いやだ。あんなところには二度と行きたくない」

俺はきっぱりと断った。

「よさそうなところだと言ったじゃないか」

良は反撃した。たしかに、そんな覚えがある。弱気の従弟《いとこ》を励まそうとして言った。

「そうかな」

俺はあいまいになる。

「あれは嘘《うそ》？」

女みたいに詰め寄ってくる。嘘つきとなじられるのは心外だ。不愉快だ。ごめんだ。

「うーん」

と一発うなると、相手は了解のしるしと受け取った。まったくめったなことは言えない。

二ツ目に昇進した時から、私服もすべて着物で通している。古典、古典と執着するわりにおまえは着物が似合わない、俺のがマシだと柏家ちまきが太い腹を揺すって喧嘩《けんか》を売ってきたので、今に見ていろと和服一色になることに決めた。

じいさんの形見の着物が山ほどあるので、それを着ている。爺《じじ》むさいが仕方がない。洗濯機で洗える化繊のニュー・キモノなどより断然いい。他人にじろじろ見られるのは商売柄わりと平気だが、初めはやはり動きにくくて困った。ばあさんが偉大に見えた。なごやだの袋だのつらそうな帯をぐるぐる巻きつけて、のんきに呼吸してやがる。しかし、五年のうちにはこれもどうやら慣れてくる。

木綿縞《じま》の唐桟《とうざん》に同系の濃い茶色の羽織をひっかけてきた気楽な身なりを、綾丸良は気に食わなそうに見つめる。

「達チャンて目立つねえ」

この格好で、俺は買物に出るし、高座に上がる。カルチャアにも行く。

「いつも通りだろが」

「いつも目立ってるよ」

軽く受け流していれば、

「ありがとうよ」

「テニスクラブでもさ、すっかり噂《うわさ》だよ。あの着物の変な人は誰だってさ。ただじゃなくてもゴタゴタしてるのにさ」

恩知らずに、ぐずぐず言い出したので、

「そうかよ。変な連れがいやなら一人で行くんだな。俺が頼んだわけじゃない……」

下北沢の路上で大声を出すと、

「ごめん、ごめん、ごめん。怒んないでよ」

良が露骨にあわてたので、文句を言うなと尻をひっぱたいてやった。

受付で見学を申し込む。前回と同じ後ろの席に陣取り、パンフレットを見ると、今日のレッスンは五回目で対話法の基礎をやるそうだ。

とぼとぼと生徒たちが入ってくる。どの顔も見たようで見ないようで、印象がはっきりしない。黒猫だけはわかる。膝あたりまであるやたらと長い黒のセーターに白いスパッツをはき、銀縁の四角い眼鏡をかけている。どこか妙だと思ったら、縁だけでガラスが入っていないようだ。ふざけている。

目があった。そのまま俺のほうへ近寄ってくる。さては文句をつける気かと身構えていると、中くらいの席にすとんと座ってしまった。なんだ。

TV局のアナウンサーという女性の講師が入ってきた。夕方に早口でニュースを読むパンダのような顔の女だ。今日は皆に一分ずつ実際にしゃべってもらうと断ってから、スピーチで嫌われる無駄な言葉について説明を始めた。自分の自慢や謙遜《けんそん》、常套句《じょうとうく》にことわざの類、あれはダメこれはダメと連ねてから、ダメじゃないほうに移ったが、なんだか眠くなってしまった。

良は真面目《まじめ》に聞いている。黒猫は遠いのでよくわからないが、相変わらず肩をぴんと張って背中に力をこめている。

スピーチの次は電話の応対の仕方を話し、それが終わると、いよいよ実践になった。一人ずつ、講師の脇《わき》にのぼって、一分間しゃべる。テーマは、〝会話〟だ。

開口一番は、サラリーマン風の中年男。某有名食品メーカーの子会社の総務部で係長を務めるが、会議の時の効率のよい発言の仕方を研究しにきたと語った。蝸牛《かたつむり》のようにしゃべるので、これだけで四十秒くらい使った。もう少し舌の回転速度を増せば効率も良くなるはずだ。内容も悪い。会社と組織と地位についてあんな細かにしゃべる必要はない。

続けて何人か出たが、皆面白くなかった。

まず、正面が切れない。これは落語の言葉だが、高座に上って一礼して顔をあげた時、視線が真正面から客をとらえることをいう。これができないと大看板にはなれないと言われている。意外と度胸のいるものだ。俺も初めは出来なかった。顔だけ向けても見えていない。なにやらぼやっとわけのわからないものが並んでいる感じだ。少し落ちついて一人ひとりが見えてくると、これまた照れ臭い。そこで、そっぽを向く。自然、気持ちもそっぽをむく。客は敏感だ。故三平師匠のようにいちいち対話しなくてもいいが、あなたにむかって話しますという雰囲気作りは大切だ。

どんどん人が変わる。一席しゃべったあと講師が寸評をする。

若草色のツーピースのＯＬ。やはりうつむいているが、話は少し面白い。部内に悪名高きお局《つぼね》様がいて、その標的にならないよう会話術を磨きたいという。化粧品の話題一つにも気を遣うそうだ。二十代と三十代で、化粧品が微妙に変わるなんて知らなかった。会話というテーマだが、一般論をする者はぜんぜんいない。なぜ、ここへ来たかという自己紹介のように皆なっている。

黒猫の番が来た。

出てきて、さっと見事に正面を切るので、ほうと思った。

が、しゃべらない。

おもちゃのような縁だけの眼鏡の奥で、真っ黒の目玉がきらきらしている。が、しゃべらない。とことんしゃべらずに、口のかわりに目をいっぱいに見開いて、無言の気合いのようなものだけを波動のようにじんと伝えてくる。

講師が不審な顔で振り向く。

「十河《とかわ》さん？　あの、なんでもいいですよ」

黒猫は聞こえていないように無反応だ。

「十河さん？」

講師は座っていた椅子《いす》から立ち上がって、そばへ寄りつく。

「あの、特に会話についてじゃなくても、いいですよ。なんでもいいですよ。ちょっとしゃべってみるだけですから」

まつ毛一筋動かさないから、目を開けて突っ立ったまま、くたばっちまったのかと思った。

気づまりな沈黙が続く。隣で、良が肩で息をしている。フルマラソンでも走ったあとのように苦しそうだ。見ている生徒も皆苦しそうだ。困った猫だ。俺があそこまで行って、引きずりおろしてやろうか。

ようやく、身動きした。熱を確かめるような仕草で額に手をやる。そして、一言、だ

る い感じでつぶやいた。

「会話は、苦手です」

低い声だ。つぶやきなのに、力のある、よく通る、不思議な声だ。

それきり、するりと席に戻ってしまった。何事もなかったかのように、静かに座っている。机の上で右手の拳《こぶし》を握っている。子供が宝物のビー玉を隠すようにぎゅっと握っている。やけに小さく見えた。

何か食っていこうと良が誘うので、駅近くのパスタの店に入った。ガラス張りで、大理石調の床の小洒落《こじゃれ》た造りだ。

良は魚介のフローレンス風スパゲッティというものを注文した。海老《えび》や烏賊《いか》や帆立がちまちまと入っているが、海老なら天ぷら、烏賊は刺身、帆立は貝柱を蕎麦《そば》で食いたい。

俺はイタリア麵《めん》をフォークにくるくる巻きつけるのが嫌いなので、ピザとバーボンのロックにした。

「あーあ、いやだなあ」

良は食いながら、しきりに溜《た》め息をつく。

「やっぱり、ああいうの、いやだなあ」

あまり、いやだ、いやだを連発されると、無理に引っ張りだされた手前、カルチャアの弁護でもしたくなる。

「あのなんとかいうアナウンサーは、しっかりしてるじゃないか」

励ますように言う。

「当り前のことばかり言うが的は射ている」

「そうじゃなくてさ、なんてのかなあ、あんな風に前に出てしゃべらされてさ、何も言えなくなってさ、ずっと黙っててさ」

また溜め息をつく。口にいれずにフォークを宙に浮かしていて、巻きつけたスパゲッティがじりじりと落下していく。

「僕、汗出ちゃった。他人事《ひとごと》じゃないよ。僕だって絶対しゃべれないよ。あんなの無理さ。あの娘《こ》、かわいそうだった」

俺はピザが赤く変色するほどタバスコをふりかけ、一切れを二口で食べた。辛いのが好きなのだがいささかやりすぎた。口が火事になってあわててバーボンを飲み込む。これがまたひりひりしみる。

「変わった女だなあ」

舌が回復すると感想を述べた。

「ぜんぜん困った顔をしないな。何を考えてるかわからない」

「困ってたよ。本気で」

良は珍しくきっぱりと断言した。そして、新たに大量のスパゲッティを巻きつけると口に押し込んだ。苦しそうにもぐもぐやっている。この男は姿形の美しさを、仕草や口調でぶちこわしにする。なんともおかしい。

俺は黒猫のことを考えた。二十歳前後だろうか。謎《なぞ》の女だ。学生にもＯＬにも水商売にもモデルにも何にも見えない。だいたいカルチャアへ来るタイプではない。カルチャアへ通う人間は、もう少し正体が明瞭《めいりょう》で融通がきかないものだ。

「ねえ、達チャン。あの講座でやるようなレッスンをさ、僕にさ、個人指導してくれないかな」

スパゲッティと格闘しているはずの良が、いつのまにかこちらを向いていた。

「あの通りじゃなくてもいいし、達チャンの好きなやり方でいいし、時々でいいから」

俺はかぶりをふった。

「出来ないよ」

「どうして？」

「専門外だ」

「こんなに頼んでも？」

良はフォークをぎゅうと握りしめた。

日焼けした大きな骨ばった手だ。この手には力があり、テニスのラケットを自在に美しく操ることができる。うらやましい力だ。それが悩みとともに細かく震えている。良の拳に黒猫のそれがだぶる。一分近い無言の行をしたあと、彼女も右手をぐっと結んでいた。

口にするはずの言葉を手の中に握りこんで黙ってしまう、そんな人間が存在するのだ。俺にはわからない。言わなくてもいいことまでうかつにしゃべって災難を招くたちだ。不思議だ、わからない、わからないと思いながら、自分の掌《てのひら》を広げてつくづく眺めていると、良が低い声で俺の名を呼んだ。

隣の二人掛けのテーブルに、黒い服の長髪の女が座り、渡されたメニューを広げたところだった。

なんと、黒猫だった。

彼女は一人だった。それなのにテーブルには大皿が六つ置かれて隙間《すきま》もない。サラダ、スープ、スパゲッティ、グラタン、ピザ、ドリア。いや、驚いた。彼女はグラスの白ワインを時々口に含みながら、あの皿、この皿と無差別攻撃していく。速い、速い。あれでは味などわからないだろう。見ていると、胸が悪くなってくる。

恐《こわ》いもの見たさで目をそらせないでいると浅黒い顔がついとこちらをむいた。

「やあ」

俺は思わず声をかけてしまった。

「すごい食欲だな」

彼女の顔に一面に警戒の色が浮かんだ。それは俺を認めた色でもあった。

うっかり声をかけたものの、後始末に困った。初めまして、でもないし、ご機嫌いかがです？　でもない。

「そんなにたらふく食って、腹こわさないのか？」

とんだおせっかいになった。

黒猫は無視するか、席を立つか、反撃するか、迷ったふうに見えた。くっきりした目玉が左右にうろうろした。こっちはえらく悪いことをした気分になって、

「邪魔してすいません」

と謝る。

「どうぞ、食べてください」

すると、目玉は動くのをやめた。

「馬鹿《ばか》にして」

あの独特の低い明瞭な声を間近で聞いた。腸《はらわた》にしみる声だ。

「いい声だ」

思ったことがすぐ口に出るので、

「浪花節《なにわぶし》に向いてるな」

これが黒猫の堪忍袋《かんにんぶくろ》の緒を切った。手にしたスプーンを乱暴に赤いスープの中に投げ込んだ。カチャーンと音が響き、滴《しずく》が散り、俺の唐桟《とうざん》の襟を汚した。トマトの匂《にお》いがした。

「あんたは何なのよ？　そんな着物なんか着て、変な格好して何なのよ？　えらそうに、何様なのよ？」

叫ぶと店中に鳴り響く。本物だ。いよいよ浅草の木馬亭あたりへ持ってゆきたくなる。

「なんだって聞いてるのよ！」

すごい剣幕だ。綾丸良などすくみあがっている。俺といい勝負の声に、負けず劣らずの短気と見受けた。

「失礼しました」

ペコリと頭を下げる。二人ほど寄ってきた店員を目顔《めがお》で制してから自己紹介する。

「私、今昔亭三つ葉と申します。噺家《はなしか》です」

「何、それ？」

「落語家です」

噺家ではなかなか通じない。通じないが、俺は落語家より噺家と名乗るほうが好きだ。

「先日、現代話し方講座で客演した今昔亭小三文の弟子です」

納得した顔をしない。

「小三文を知りませんか？」

ウンともスンとも答えないので、だんだん腹が立ってきた。

「この前、あんた、途中で席を蹴《け》って出ていっただろう。あの時しゃべってた頭の白いオヤジが俺の師匠だって言ってるんだ」

丁寧語がふっとんだ。

「あんた、いったい何が気にいらなくて出ていったんだ？」

「達チャン！」

良があわてた。

いかん。行儀良くするのはどうも苦手だ。

「いや、重ね重ね失礼しました」

失礼ついでに、なぜ出ていったのか、もう一度、理由をきくと、敵はようやくだんまりをやめて鼻先でふんと笑った。

「つまんなかったからよ」

「そんなはずはない」

「マジにつまんなかったからよ」

「出ていくほどのこたアない」

「あたしの勝手でしょ？」

「いや、失礼だ」

にらみあいになった。

「なによ！ 失礼なのはどっちよ？ 因縁つけてんじゃないわよ。師匠だかナンだか知らないけどね、あなたに頭下げるいわれは、ナンッもないわよ」

「ずいぶん舌がまわるじゃないか」

「それがどうしたのよ？」

「さっきとはえらい違いだ」

俺は意地悪で言ったのではなかった。むしろ感心して素直に気持ちを述べたのだ。

黒猫は絶句して真っ赤になった。あまりにひどく赤くなるので、こっちも息がつまってすいませんとも言えなくなった。お互い視線を下げて堅くなった。

「あ、あのう、あ、あの、あの、あのう」

綾丸良がこれまた紅色の頰をして、どもりながら仲裁に入ってくれる。

「ご、ごめんなさい。あ、あの、あの、こ、この人は、わわ、悪い、人じゃないんです」

大げさに息つぎして、必死で続けた。

「し、正直なだけなんです。ほ、ほんとは優しい人なんです。あの、あのあのあの、ぼ、僕、この通り、緊張すると、し、しゃべるのダメなんですけど、だから、あの、いっしょに勉強しませんか？　こ、この人にお、教えてもらいませんか？　さ、さっきの講座とかより、い、いいと思う。いっしょにやりませんか？　こ、この人、し、しゃべるの仕事だから、うまく教えてくれます」

黒猫があきれた顔で良を見つめた。

「ぼ、僕、わわ、わかります。あなた、あの講座にむいてないです。僕もいやです。だから、個人レッスン、う、受けてみませんか」

「へえ、そんな、バイトしてるわけ？」

黒猫は軽蔑《けいべつ》したような目で俺を眺めた。

「していない。まったくやってない」

俺は力をこめて否定した。

「良は誤解している。落語がしゃべれるからって、日常会話の指導なんてできない。断じてできない」

「当然よ」

軽く言われると、これがなぜか頭にくる。

「あんた、落語を聞いたことあるか？」

俺は尋ねてみた。

「あるわよ。そのくらい」

「生で聞いたことあるか？　どうせテレビで大喜利《おおぎり》でも見たんだろう」

　黒猫は返事をしない。大喜利というのがわからないのかもしれない。長寿番組『笑点』のことだと教えてやると、肩をすくめる。

「一度、寄席《よせ》で小三文師匠の噺を聞いてみるといいよ。絶対、席を立ったりできない」

「あたしが出てったのはね、あの人が本気でしゃべってなかったからよ」

　黒猫は恐ろしい早口で言った。

「あの人は、ただ口を動かしていただけよ。講座の生徒をナメてるのよ」

　半分は正解だ。確かに、師匠の念頭に生徒はなかったが、別にナメていたわけじゃなく相手が一国の首相の集まりでも同じだろう。そのことを説明しようとしたが、黒猫のほうが先に口を開いた。

「あなたは？」

「なんだ？」

「あなたはどうなの？　さっきから聞いてると師匠、師匠って、あなただって落語をやるんでしょう？　どうして、自分を聞きにこいって言わないのよ？」

　痛いところをつかれて一本参った。

「言えば来るのか？」

「行かないわよ」

「四月の第一週の日曜日、朝、十時。場所は上野広小路《ひろこうじ》の鈴本演芸場。早朝寄席といって二ツ目ばかりが四人しゃべる」

俺は同じことをもう一度繰り返した。

黒猫は俺の目をじっと見ていた。

気に食わない女だが、なかなか骨がある。


鈴本の早朝寄席は、毎日曜日、昼席の始まる前の十時から十一時半に行われる。休日の午前中、木戸銭五百円をぽんと放り出して、下手くその二ツ目の高座にわざわざ足を運ぶ〝神様〟の年齢性別は実に様々である。最前列でそっくりかえって鼾《いびき》をかく中年男、マスコミ人風女、落研とおぼしき学生の五人連れ、若いカップルに年寄りのカップル。たいがい二十人ほど入る。

俺は早朝寄席の客が好きだ。時間帯のせいか、どこか雰囲気が健康的な気がする。好《こう》事家《ずか》や暇つぶしの御仁《ごじん》に違いないのだが、耳はすごく良い。反応が素直だ。お世辞に笑わない。出来が悪いと、溜《た》め息の一つも聞こえてこなくて、二ツ目四人、雁首《がんくび》そろえて討ち死にすることもある。

この早朝寄席を苦手とする、ねぼすけの同業者は意外と多い。俺は早寝早起きの体質を見込まれて、よくピンチヒッターに駆り出され、る。今年はなんのかんので毎月出ている。

今日は何をかけようかと迷いながら来た。えーと第一声を発しておもむろに客を眺めてから噺を選ぶほどのゆとりはまだない。八分咲きの桜がきれいだから『長屋の花見』をやろうかと考え、小三文師匠の見事な噺が耳によみがえって、ああ、また、あの通りに、あれを下手くそに真似《まね》てしまうと思ってつらくなる。じゃあ、師匠のやりそうにない噺にしよう。昨秋、よそに稽古《けいこ》に出かけて教わった『たがや』をやろうと決める。せいぜい勇ましくたんかを切ってすっきりしてやろう。

客席の様子はいつもと変わらなかった。座布団《ざぶとん》に乗って頭を下げて正面を切って、さてというところで、黒猫と目があって、用意していたマクラが瞬時に消し飛んでしまった。噺のことで頭がいっぱいで、猫のことなどきれいさっぱり忘却していた。どのみち、万が一にも来るとは思っていなかった。

五列目くらいの真ん中に、また、あのふざけた縁だけの眼鏡をかけて、今日は消火器といおうかポストといおうか燃えるような朱色のセーターを着て、面白そうにこちらを見ている。黒猫じゃない、赤猫だ。とんだ不意討ちだ。ああ、たまげた。用意しておいたやつを忘れたので、何か花火のことをしゃべろうと思い、これは夏の噺であることに今更のように気がついた。両国の川開きの花火を桜の季節に打ち上げるのはてんで間が抜けている。

迷いがあるからいけない。ぐずぐず迷っているから、日頃やらない間違いをする。ああ粗忽《そこつ》だ。今日はどうも悪い日らしい。黒猫が赤い毛並でやってくるようじゃ、風向きが悪い。粗忽ついでに、『たがや』はやめて『粗忽の使者』をやろうと考え、粗忽者の治武田治武右衛門《じぶたじぶえもん》の主の大名が杉平《すぎだいら》なんたらの正《しょう》なのだが、そのなんたらがどうしても思い出せなくて、突然、口が金縛りにあう。

こんなことは経験がない。

俺は出てきてから、どのくらい、間抜け面《づら》をさらして黙っているのだろうか。

とりあえず、マクラをふろう。大名の名前なんて、なんたらの正でたくさんだ。とにかく何かしゃべらなければと、そそっかしい男の例を引いたありふれたマクラを始めたが、まるきり調子が出ない。えい、ままよ、と、噺に入り、いきなり、杉平むむむの正とごまかして冷や汗をかいた。

ところで、このむむむの殿様の名前が三度も四度も出てくる。そのたびに、むむむとやって冷や汗をかく。こんなに悪い汗の出る高座はひさしぶりだ。

やけくそになる。

口上を忘れた粗忽の使者の尻《しり》を力持ちの大工がつねりあげるくだりで、

「さあ、はやくまくれ。はやくケツを出せ」

「おう、まくったな。よし、まくったら、ケツをこっちへ持ってこい」

やけくそでわあわあしゃべると、客席はひるんで森閑としている。その静かな中に猫がひときわひっそり構えている。直にこちらを見ている。きわめて真面目《まじめ》な顔で見ている。まだいたのか。出ていかなかったのか。

猫の笑った顔を知らないと、ふと思う。

どんなだろうと思う。

「して、お使者のご口上は？」

「屋敷をでるおり、聞かずにまいった」

秀逸なオチなのに受けない。猫も笑わないが、ほかの誰も笑わない。

とても疲れた。

鈴本は建物の三階が演芸場で、四階にトイレがある。四人目の演者がしゃべりだすと、俺は呆《ほう》けた頭で楽屋からトイレに向かった。

階段を朱色の女がとんとんと降りてくる。俺は上る足を止める。やあと挨拶《あいさつ》した。

猫も止まった。首だけのお辞儀をして、嫌そうに無愛想に視線をはずした。

「来てくれてありがとう」

と俺は言った。噺の不出来を謝りたかったが言い訳がましくなるのでやめた。

「今度は……」

猫は俺を見ずに口をきく。

「いつ、どこでやるの？」

予定を告げながら、なんでそんなことを聞くのだろうと不思議に思った。

「また、来てくれるのか？」

冗談のつもりで尋ねると、行くかもしれないと例の低い声で独り言のようにつぶやく。

なぜか、嬉《うれ》しかった。

「そうか。良かった！　じゃあ、今度はもう少しうまくやるよ」

気分を直して、晴れ晴れと言う。

微笑《ほほえ》みのようなかすかなものが、浅黒い涼しい顔をさっとよぎった。

「あがったんでしょう？」

「そうなんだ。あんたがいてびっくりした」

「いい気味だわ」

猫は意地の悪い顔つきになる。

「面白かった。苦労しててさ。ざまァみろだわ」

俺はうなずいた。

「この前は悪かったよ。からかうつもりじゃなかったんだ」

猫は当惑した顔で横から俺を眺めた。しばらく無言で見ていた。そして言った。

「あなたに教えてもらおうかな」

「何を？」

「口のきき方」

「必要ないだろう。あんたはちゃんとしゃべれるさ。良とは違うよ。ああ、良ってのは、この前いっしょにいた俺の従弟《いとこ》だ」

「ダメなんだ」

と猫は足元に視線を落とした。

「ほんとにダメなんだ。あたしはぜんぜんダメだ。ぜんぜんダメ」

「俺はそうは思わない。ぜんぜん思わない」

こちらもぜんぜんで対抗した。

猫はきっと顔を上げて、大真面目に言う。

「あなたには、なんとなくしゃべりやすいみたい。わかんないけど。だから！」

セーターと同じ顔の色になった。

こっちも頬のあたりが火照《ほて》ってくる。

妙なことになった。

俺はなぜか断る度胸をなくして、かといって何をするのか皆目見当もつかないまま、楽屋から名刺を取ってきて猫に渡した。自宅の住所や電話番号が出ている。

「まあ、遊びに来るといいや。ばあさんがお茶を教えてるし、色んな人が来る。近くに大きな公園もある」

子供に向かって言うような言葉になった。

4

吉祥寺の家で、奇妙な会合が開かれるようになった。綾丸良と、黒猫と、十歳の関西弁の坊主《ぼうず》がやってきて、茶の間で、俺が落語を教える。月に一、二度、皆の都合の良い平日の夜に集まる。べらぼうに骨が折れる。謝礼を出すという話もあったが、そんな偉い身分じゃないので断って、ただのくたびれもうけになった。

どういういきさつかというと、これがまた変わっている。

良ばかりでなく黒猫にまで会話の指導を頼まれたのが月の初めだ。いつ現れるか、現れたらどうしようと弱っていた黒猫はとんと姿を見せず、代わりにやってきたのが村林の母と息子だった。

桜が咲いて散り、八重の花がいっぱいに開いた晴れた午後だ。良がこれから連れと一緒に訪ねていくと電話をよこした。

村林の母は、良のテニススクールの生徒で、地味な薄茶のスーツの似合うひっそりと優しげな四十前後の婦人だった。こういう人に俺は弱い。ああ、良さそうなお母さんだと思うと、もういけない。ほのぼのと見とれてしまう。母親というものの記憶がないから困る。強気のばあさんしか知らないので、良妻賢母的女神への強い信仰がある。

その女神は沈んだ口調でせつせつとしゃべった。息子が学校で陰湿ないじめにあっている、転校してきたばかりで、クラスになじめないらしいので、落語の一つも覚えて披露して、人気者になってほしいという。

俺と良がテニスクラブの喫茶室でやりあっているのを、村林夫人は聞いたという。俺が噺家《はなしか》であること、良になにやら教えるらしいことをこっそり耳にして、突然、その名案がひらめいたという。とんだ迷案だ。

俺は断った。まだ二ツ目という半端《はんぱ》な身分で人に物を教えられる腕などない、また、落語を覚えたからといって簡単に人気者になれるわけではない——そんなことを言うと、村林夫人は痛く失望した。

綾丸良が口を出す。

「ダメモトでいいじゃない。簡単なのをちょいちょいと教えてあげれば?」

「そうなんです。そうなんです」

村林夫人は熱意をこめて何度もうなずく。

「一番易しいので結構です。藁《わら》にもすがる思いなんです」

まさに、すがるように、ひたと見つめられた。弱った。女神に懇願されて重ねて断るのはむずかしい。

藁にされるのは面白くなかったが、まあ、しかし、藁ぐらいの期待で済むなら、『まんじゅうこわい』でも教えてやるかと思った。万が一にも役に立てば人助けだ。役に立たなくても『まんじゅうこわい』を子供が覚えて別に悪いこともあるまい。

そこで「はあ」と言った。これが、取り返しのつかない「はあ」になった。

村林の坊主は、終始、無言だった。

骨張った顔と身体《からだ》つきで、濃い一文字眉《まゆ》の下、目玉が退屈そうにぐりぐり動いている。口をとがらせて、あごを持ち上げ、人を小馬鹿《こばか》にしたようなひどく生意気な表情をこしらえている。いじめられっ子のタイプではない。あの顔は、綾丸良の同類ではない。

俺は尋ねてみた。

「なんで、いじめられてんだ？」

「いじめやない」

坊主は威張って答えた。

「喧嘩《けんか》や」

かん高い関西弁が耳にきんとはじけた。

「相手の人数が多いだけやん」

「何対何だ？」

「一人と、そやな、八、九……」

大真面目に首をかしげて勘定した。

これは根性のすわったガキだと感心する。

「そうか。大阪から来たのか」

母親はきれいな標準語なので、思いがけない気がした。少々やっかいだった。この言葉だと上方の落語のほうがいいだろうが、そんなのは教えられない。

「落語は好きか？」

と聞くと、

「知らん」

とにべもない。

「米朝《べいちょう》や枝雀《しじゃく》を聞いたことあるか？」

「知らん」

「落語を覚えたいか？」

「いらん」

一発、蹴飛《けと》ばしたくなった。

母親がおろおろして、

「優《まさる》ちゃん」

綾丸良がおたおたして、

「達チャン、お、怒ったらダメだよ」

「あのう、ちゃんと説得して、お行儀よくさせますから、ぜひともお願い致します」

村林夫人は深々と頭を下げる。

俺が何とも言えないでいるうちに、良が、

「僕も一緒に習うから」

と馬鹿なことを言い出した。

「なんだって？」

「達チャン、ケチで会話のレッスンしてくれそうもないから、落語でもいいや」

「でも、いいだと？」

こちらの血相が変わったのを見て、

「わわわわ、ぜひ、落語を教えて下さい」

ここで、もう一人、神妙に頭を下げる。

良と村林夫人が話をまとめて、四月末の水曜日の夜に来ることになった。

とにかく、何か教えればいいんだろう。女神の村林夫人と愚図の良をなだめるために、一通りさわりだけでも噺をたたきこんで、さっさと面倒から逃れようと覚悟を決めた。

この顔ぶれに黒猫を引き込んだのは俺だ。鈴本で別れてから、何も連絡をよこさなかったが、中席の末広で二度も見かけた。開口一番の次に、一日交替で二ツ目を定席の高座に上がらせてくれるのだが、夜のその早い時間のすいた客席にぽつんと座っている。一度目は見送ったが、二度目は客席まで出てつかまえて話をした。話し方教室じゃなくて落語教室をやることになったが来るかと聞くと、ぱっと目を輝かせてうなずいた。

こうなりゃ、二人も三人も同じことだ。

お客をするなら何か茶菓子を用意しろと、ばあさんに命じられて、客じゃない、生徒だからいらないと言うと、嫌な目つきでじろじろ見やがった。いつのまに弟子をとるほど出世したかと聞く。面倒臭いので、良に頼まれたのだと大省略の説明をして逃げ出す。駅の反対側の本町二丁目の梅香亭へ行く。ただで教えるのに菓子まで買わされて、まったく踏んだり蹴ったりだ。

まだ時間があると思い、そばまんじゅう五個の包みをぶらさげて、本屋などをぶらぶらしていたら、いつのまにか空の色が変わっていた。ぼんやりした鶯色《うぐいすいろ》に暮れている。

住宅街の細道を、下駄をカラカラ鳴らして急いだ。若い緑の香がただようのは、井の頭公園から流れてくるのか、家々の庭の植木なのか。風が凪《な》いで、空気は湿っていた。一雨来るのかもしれないと思う。

ブリの照り焼きの夕食をばあさんと二人で食っていると、玄関で音がして、やがて綾丸良がひょいと茶の間に現れた。

「あ、ごめん。食事中だった?」

ノッポの良がかしこまると、

「もう終わるよ」

とばあさんは振り向いてにっこりした。

「良ちゃんは夕食はすましたのかい?」

「うん。『四五六』の肉みそチャーハンが食べたくてさ、早く来たんだ」

「あそこは込むからね」

ばあさんがお茶を入れようと腰を上げかけたのを良は制して自分で台所に立つ。勝手知ったる祖母の家だ。良のお袋さんは俺の死んだ親父《おやじ》の妹にあたる。

良は三つの茶碗《ちゃわん》にほうじ茶をいれて持ってきた。マメな男だ。俺の場合、家事労働は鍛えられて達者になったが、もともと気が利《き》くほうではない。

「なんだって良ちゃんは落語なんてやる気になったのさ?」

ばあさんは、備前の湯飲み茶碗を両手でそっと包むようにして尋ねた。いつもの癖だ。年寄りは春でも手が冷えるのだろうか。

良は懇切丁寧に説明した。話し方を習いたいなどと言うが、この男は実は大変なおしゃべりである。人見知りをするのと、激しく緊張をするのが悪いので、気楽な仲だと、俺よりずっとよくしゃべる。細かくしゃべる。

ばあさんは何がおかしいのか、そっくりかえってカラカラ笑う。

「馬鹿だねえ。達也なんかに口の利き方が教えられるわけがないだろう。そういうのは、もう少し繊細な人間でないとだめだよ」

「でも、僕は、昔っから達チャンみたいになりたいと思ってたからなあ」

良はまんざら冗談でもお世辞でもなさそうにつぶやいた。お茶を口から吹きそうになった。照れ臭い。が、根が単純なもので、そう言われると、なんだか自分が少し偉いような気がして嬉《うれ》しくなる。

ばあさんが食器を洗い、俺が茶の間を片付けて座布団《ざぶとん》を出したりしているうちに、骨《こっ》董《とう》品のような柱時計がぼんぼんと七つ鳴った。七つ目の余韻がまだ響いているうちに、玄関のチャイムが鳴り、村林の母子《おやこ》が到着する。はて、母親も落語を習う気かと驚いたら、付き添いで来たという。幼稚園児じゃあるまいし今度から一人で来いと言ってやったら、母親はすいません、もう失礼しますからと恐縮して、ばあさんが引き留めたのに帰ってしまった。

「夜道を子供一人であぶないじゃないか」

とばあさんが怒るので、家を聞くと下連雀《しもれんじゃく》だという。自転車ならすぐなので送ってやると約束する。

「二人乗りはよくないよ。あたしが車を出すから」

とばあさんがなお物騒なことを言う。

日頃、着物姿でお茶など教えているくせにこのばあさんは自動車免許を持っている。中古のオンボロ軽自動車も持っている。何を思ったか、吉祥寺に越してきてから教習所にせっせと通い、六二歳にしてめでたく若葉マークとなった。これがスピード狂いだ。細道でも遠慮なく飛ばすし、高速は追い越し車線でメーターを振り切る。助手席に乗ると、三途《さんず》の川の水音がじゃぶじゃぶと聞こえてくる。

「命が惜しけりゃやめておけ」

俺が忠告すると、

「歩いて帰るわ」

村林優はすました顔でそう言った。

黒猫は七時の約束に十五分の遅刻をした。

「ごめんなさい。仕事が終わらなくて」

と言い訳をした。

そうか。働いているのか。それにしては、汚いなりだとあきれる。鼠色《ねずみいろ》の霜降りTシャツの上に黒い網のような上着をはおり、穴だらけの細いGパンをはいている。土左衛門が地曳《じび》き網をひきずって浜辺にどさりと打ち上げられたようだ。

ともあれ、これで、面子《メンツ》はそろった。


お茶とそばまんじゅうの乗った丸いちゃぶだいを囲んで、さてということになった。

黒猫は十河五月《さつき》と名乗った。

「そっちはトカワか。俺はトヤマだ。合い言葉みたいで面白いな」

と言うと、別段、面白くもなさそうに小さくうなずく。

「仕事は何をしてるんだ？」

「ワープロのオペレーター。バイトだけど」

意外な気がした。何かもっと突飛なことをやっていそうに見える。

良に自己紹介をしろと言ったら、苦手だと尻込《しりご》みする。

「本当はそういう稽古《けいこ》をやりたいんだろ？」

と言うと深い溜《た》め息をついて考えこむ。

わからないな。誰に遠慮があるんだ？　さっきの能弁はどこへ消えた？　仕方がないから俺が代わりに紹介してやると、恥ずかしそうに下を向いて聞いている。わからないな。村林の坊主は座布団にあぐらをかいて、足の親指をぐりぐりまわして遊んでいた。

「君、やる気あるのか？」

母親の押しつけでは気の毒だと思い、

「いやならやらなくていいぞ。正直に言え」

と聞いてやると、

「センセ、こわいなあ」

とけろりとした顔で言う。

「先生じゃないよ。噺家《はなしか》はどんな偉い人でも先生とはいわないんだ。師匠なんだ。俺はまだ師匠じゃないし、ただの兄さんだから、三つ葉と呼んでくれよ」

「ミツバ」

「さん、くらいつけろ。年上だ」

「サン」

「まとめて言えよ」

にらみつけると、敵は面白がってにたにた笑った。

何もやらないうちから、早くもいやになった。無愛想の十河に、内気の綾丸に、生意気の村林だ。どうしてくれよう。

まあ、いい。気を取り直して、そばまんじゅうをむしゃむしゃ頰張り、皆にも食うようにすすめた。何も行儀作法を教えようってんじゃないんだ。落語だ。落語。

ふつう、稽古というと、一対一の差し向かい。教わるほうは座布団を敷かずに正座して拝聴する。俺は皆から座布団を巻き上げて牢名主《ろう》のように積んで乗っかって見下ろしてやりたくなったが我慢した。

「『まんじゅうこわい』という噺を、ええ、やります」

宣言したものの、どう教えたらいいものやら、いきなり困ってしまった。いざとなればできるだろうとたかをくくって、何も考えておかなかった。相手は素人《しろうと》だ。しかも、玄人《くろうと》になる気のないド素人だ。一人はガキで関西弁だ。

「この噺、知ってるか？」

と聞いてみると、良だけが首を縦にふった。

「じゃあ、とにかく一度しゃべってみるからよく聞いてくれ」

しゃべりだそうとして、声が喉《のど》にひっかかるようないやな感じがした。やりにくい。ものすごく、やりにくい。

手を伸ばせば触れるところで、三人がまともにこちらを見てやがる。正面の村林はまんじゅうをくわえている。左の十河は頰杖《ほおづえ》をつき、反対の手で髪をいじっている。右の良は何も考えていないような目をぽかんと見開いている。それでも、三つの視線が焦点のように俺に集まる。ちゃぶだいの縁が作る円がばらばらの関係の四人をつないで、茶の間はしんと静まり、背後の台所でばあさんが何やらやっている物音だけがカタカタ響く。これがただの客ならなんのことはない。プロのミュージシャンがギターをかきならして得意の歌を友人に歌ってきかせるように、六畳の茶の間を暖かい団らんの場として、俺は楽しくしゃべるだろう。しかし、彼らは客でも弟子でもない。ただの聞き手とも違う。

一つ深呼吸して、ようやく、口を開いた。

『まんじゅうこわい』は大変有名な噺である。これを落語と知らない人でも、内容とオチは心得ていたりする。町の若い衆が集まって、互いに恐《こわ》いもの、苦手なものの話をしているうちに、一座の兄貴分がまんじゅうがこわいと言い出す。皆が悪戯《いたずら》に、寝ている兄ィの枕《まくら》もとにまんじゅうをつみあげると、こわい、こわいと言いながら、むしゃむしゃ食ってしまう。計略にかかった、本当に恐いものは何だと怒ると、兄ィは一言「今は濃いお茶が一杯こわい」とサゲる。

元は中国の小咄《こばなし》で、江戸の文化年間に高座にかけられてから、どんどんふくらんで、落語として成長した。前座噺として知られている。大看板が実に洒脱《しゃだつ》に痛快に客を喜ばすこともある。恐いものを皆で話し合う前半の場面が演出の鍵《かぎ》で、クスグリを練りに練って個性を出す。ただし、前座が開口一番などでしゃべる時はうんとはしょって短くまとめる。

今回も短くいかなければいけない。わかりやすいように、ゆっくりしゃべり、身振りは大きめにつけることにした。

「こっちィ上がっちゃっとくれ……」

「ええ、こんちァ」

「こんちァ」

のっけから、噺の選択を間違えたかなと後悔する。町の衆が集まるので登場人物が多くなり、それがいわゆる大一座の稽古となるわけだが、素人が、いの一番に覚えるにはやっかいだ。

胞衣《えな》――と言いかけて、赤ん坊が産まれる時に後から出てくる胎盤なんかのことだと説明して、なんとなく村林に遠慮する。坊主《ぼうず》はおとなしく聞いている。まあ、いい。

兄ィがこわいこわいと言いながら、まんじゅうをむさぼり食う場面を大げさにやると、なんだか皆、目を丸くして見ている。サゲでは笑ってくれたが、その後の沈黙はいやだった。

誰も何も言わないので、仕方なく、

「どうだ？」

と尋ねると、

「うん。面白いね」

と良がとってつけたように言い、

「なんか阿呆《あほ》みたいやな」

と村林が真顔で言った。

「よう、やるわ」

怒るより先に身体《からだ》の力が抜けてしまう。

「おまえもやるんだぞ」

と脅すと、

「いやや!」

と首を縮めた。

「俺、東京の言葉ようしゃべられへん」

「関西弁でいいよ」

「そんなん、わからへん。やってみせてや」

「うーん」

俺はうなった。やはりこれは難題だ。

「それ、どうやって覚えるの?」

と十河が聞いてきた。

「ただ聞いて覚えるんだ」

皆、うんざりした顔になった。

「台本はないの？」

と十河。

「ないでもないけどね」

俺は考えこんだ。市販の古典落語などという文庫本をテキストに使ってもいいけれど、それは俺のやる噺とは違う。

「今度までに考えておくよ」

とりあえず、逃げをうって、今日はもう解散しようと言った。

袴《はかま》をつけ、いらんと首をふる村林の坊主を自転車の後ろに放り投げて夜道を走った。

「なアなア」

背後から呼びかけてくる。

「なんだ？」

「落語家て、いつも着物着とるん？」

「俺は着る。ふだんは着ない人もたくさんいる」

納得したのかしないのか、それきり黙っている。

女子大の脇《わき》を抜け、小金井方面に続く大通りに出た。ポタリと雨粒が顔をかすめた。空はぶ厚い雲が低く一面に広がり、街灯りを反射してやけに白々と見える。

「村林」

今度は前から呼びかけた。

「君、なんで学校で喧嘩《けんか》してるんだ？」

返事をしない。

「秘密か？」

「別に秘密やあらへんけど」

「俺に話すのはいやか？」

「大人には言わん。俺らの問題や」

走る自転車の作る風が雨粒をぱらぱらとぶつけてくる。

「そうか」

俺は独り言のようにつぶやいた。

「そういう姿勢は好きだ」

「もう、ここらでええよ」

村林はいきなり大声を出した。

「はよ帰らんとずぶぬれになるよ」

「遠慮するな。雨ぐらいで溶けやしないさ」

そう言いながら、ペダルを漕《こ》ぐ足の力をぐんと強めた。

春雨が目に見える線となって、前に左右についついと降ってきた。

5

週に一度、日本舞踊を習いに行く。

二ツ目になった時、兄弟子の六文に誘われて、赤坂の裏通りにある藤間流の稽古場に足を運ぶようになった。永田郁子嬢の生家である。

母親が師匠なのだが、三つの時から踊りをやっている郁子さんも相当にうまい。時折、母親に代わって、子供の稽古をつけたりもしている。

俺は赤坂に行くのが楽しみでもあり、苦痛でもある。郁子さんの顔を見られるのが天国で、踊りの稽古は地獄だ。なんせ、からきし才能がない。振りは覚えるのだが、身体が木偶《でく》だ。おめえのはいいとこ盆踊りか泥鰌《どじょう》すくいだと六文兄《あに》さんに冷やかされる。

例のごとく、泥鰌を数十四ほどすくってくたくたになって稽古を終えると、郁子さんがさっと顔を出して、

「ねえ、三つ葉さん、おいしい葛桜《くずざくら》があるのよ。食べていかない？」

と声をかけてくれる。夢のようだ。

大学から帰ったところだろうか。半袖《はんそで》の紺のワンピースを着て、髪を同色のカチューシャでまとめ、麦わらで出来たような大きなバッグを下げている。こうしたおとなしい洋服姿がまたいい。並みの女だと、ただの野暮か地味に終わるが、郁子さんは特別な気品があって涼しい色香があふれる。

住まいのほうに案内してくれる。こういう時はたいがいお母さんも一緒なのだが、今日はお弟子さんがたてこんでいたため、居間に二人きりとなった。

緊張した。彼女はまったく落ちついたもので、これ新茶よと言って、濃い香りのただよう湯飲みと、夏向きの薄手の青磁の丸小皿に透明な葛桜がぷるぷる揺れるのをテーブルに運んでくる。革のソファーに斜めに向き合って座った。

「どうぞ、召し上がって」

菓子をすすめたあと、

「踊り、上達なさったんですって？」

と優しくお愛想を言うので、

「とんでもない。まるでダメです」

正直に否定すると、

「母が褒めてましたよ。三つ葉さんは熱心だって。きっと上手になるわよ」

人なつこく、ことりと笑った。

熱心さを褒められたのであって技術が上達したわけではなさそうだが、こうおっとり出られると、なんだかうまくなったような気がしてしまう。こんな人がそばにいて本業のほうも励ましてくれたらどんなに良いか。想像するだけで胸も顔も熱くなる。

ほどよくぬるめのお茶は、舌にまったりと柔らかく、青い香りが身体の芯《しん》まで沁《し》みこむようだ。

「おいしいですね。宇治ですか？」

「いえ、静岡なんです。親戚《しんせき》がいて毎年送ってくれるんですよ」

郁子さんは葛桜を口に入れて、

「ああ、おいしい。私、甘いものばかり食べるからどんどん太ってしまって」

悔しそうに言うので、

「女性は丸いほうが良いです」

と真面目《まじめ》にうなずいた。すると、何がおかしいのかころころと笑う。いつまでも笑っていて、ごめんなさいと言ってまた笑う。

「何か変なことを言いましたか？」

困って尋ねると、

「三つ葉さんは、いい人ね」

とかわいらしく小首をかしげてみせた。

この人には恋人がいるのだろうかと、考えた。常日頃から頭を離れない疑問だが、なかなか口に出して聞く勇気が出ない。当人にはむろん聞けない。お母さんやウチのばあさんに探りを入れるのもこそこそして嫌だ。

こうして稽古先の自宅で親しく話すのもいいが、一度外で一日中会ってみたいとしみじみ思う。映画にでも誘ってみるか。映画より歌舞伎《かぶき》がいいだろうか。そうだ。歌舞伎がいい。俺の勉強という名目もたつ。清楚《せいそ》な訪問着の郁子さんを連れて歌舞伎座へ行く。ああいいなあ、幸せだろうなあ。

今度……と口を開きかけて、なかなか思うように言葉が出てこないのに驚いた。なんのことはない。友人として誘って何の不都合もない。結婚を申し込むわけではない。しかし、喉《のど》に何かの固まりがつかえているかのように声が出てこなかった。

郁子さんは名門女子大に通うお嬢さんで、俺はまだ半人前の噺家《はなしか》で、そんなことをひがんでいるのだろうか。そうかもしれない。彼女を女性として大変好きで、恋人にしたくていずれは嫁にもらいたくて、その先走った真剣な気持ちが、軽い誘いの言葉を邪魔するのだ。

いつも、こうなわけじゃない。俺だって、女の子と出歩くし、親しく付き合ったことも何度かある。

郁子さんは特別だ。

弱い。困った。

結局、何も言い出せないまま、葛桜をたいらげてすごすごと退散した。

落語教室の次の日取りが決まった。五月半ばの月曜日の夜だ。少し間が開いたが、連休で俺も何かと忙しかったので仕方ない。

『まんじゅうこわい』をどうやって教えようか考えていると、良やら十河やら村林やらの顔がふわふわと浮かんできて、出来の悪いお化けのようにそこいらじゅうに居座った。ラケットをふらつかせて生徒の前でどもっている良、カルチャアの教室で言葉の出ない十河、いじめを喧嘩と意地で言い切る村林。

ふと、先日、郁子さんの前で言いたいことの言えなかった時の苦しい気持ちをそっくり思い出した。まどろっこしい、じりじりとした、なさけない気持ち。自分がだめな奴《やつ》だと溜《た》め息が出るような気持ち。俺の場合、相手があこがれの女性だから苦しさの中に甘さも混じるが、あれを生徒や同級生やどうということのない他人の前で感じるなら、さぞかしつらいだろう。

気の毒だ。初めて、同情のようなものを感じる。『まんじゅうこわい』が何の解決になるか知らないが、出来るかぎりちゃんと教えてやろうと思った。

テキストを作る。噺の本来の教え方ではないが、この際、細かいことを言っても始まらない。紙を用意する。いざ書き出そうとすると、これがすらすら出てこなくて驚いた。一度しゃべってみてから書くことにする。面倒臭い。しかも字になったものを見てみると、どこか変だ。これでいいのかと思う。間違っていると思う。いらいらしてくる。ようやく、仕上げて汚い字だが無理にも読んでもらうことにする。問題は村林だ。たった今、仕上げたやつを関西弁風に直していくが、とんと要領を得ない。仕方がない。違うところは当人に直させようとイカサマな改造をどんどん進行させる。

とんだ大仕事になった。

この前で懲《こ》りて一人くらい来ないんじゃないかとも思ったが、全員、きちんとやってきた。

毎度、まんじゅうを買うのもいやなので、海老《えび》せんべいを一袋、深皿にざらりと流しこんで勝手に食ってもらうことにした。

苦心の作のテキストは評判が悪い。

皆、字が汚くて読めないとぼやく。読みづらいのはわかるが、読めないことはないはずだ、読もうとする努力が足りないんだと、俺が怒ると、しぶしぶコピーした紙に目を落とした。

「三つ葉さん、これ、声出して読んでよ。あたし、チェック入れて、今度までにワープロ打ってくるから。みんなの分もやるから」

十河が提案した。

声出して読んでよ、はないだろう。詩の朗読と間違えてやがる。声を出すのがあたりまえで字に書くものじゃない。それをわざわざ親切に書いてやっているのを、汚いの、読めないの、音読しろの、とくる。落語をなめている。落語を習いたいなら、それなりの姿勢と覚悟というものがあるだろう。

腹をたててしゃべりはじめると、口調がつい早くなった。

「もっとゆっくり」

十河がシャープペンで紙に走り書きしながら命令する。

「おまえらな……」

素人《しろうと》相手にくだらないから言うまいと思ったが、どうしてもおさまらなくなって、落語の稽古《けいこ》の厳しさについて一席ぶった。

神妙に聞いているから少しは反省したかと思ったら、村林がぼつんと言った。

「俺の紙、ちゃうやんか」

今頃気づいたか。べらぼうめ。

「おまえのは関西弁でやれるように直した」

「どこが関西弁や」

「違うか？　だいたいそんなもんだろう？」

「ちゃうわァ。これ、めっちゃ変やで」

「おかしいと思ったら自分で直せ」

「センセ、手抜きやな」

「冗談じゃないぜ。何時間かかったと思ってんだッ！」

思わず怒鳴りつける。

「生意気ぬかすんじゃねえ。先生と呼ぶんじゃねえ。いいか？　このタコ！」

村林はタコの真似《まね》をしてにゅうと唇をつきだして見せた。にくたらしい。

歯ぎしりしながら、また噺に戻る。少し調子が出てきたかと思ったら、十河に止められる。そこは何だと聞かれる。実にたびたび止められる。もういやになって、わからないところだけ聞けと言って、二人で一つの紙をのぞきこむようにして教えた。ペン習字の通信教育でも申し込もうかとつくづく思った。

ようやく終わると、今度は村林の分だと十河が言って、また読まされる。俺が「へん」とか「ねん」とか「わァ」とか「でェ」とか言うたびに、村林が畳の上で転げるようにしてひいひい笑う。

「変や。変や。絶対に変やァ」

確かに俺もそう思った。

悪筆とトンチンカンな関西弁のせいで、すっかり気勢をそがれたので、稽古はやめにして何か飲み物をとってこようと台所へ向かった。ホワイト・グレープ・ジュースが冷蔵庫にあったので、コップに注ぐ。四等分すると六分目くらいしかない。ケチくさい。よく冷えているものに氷を入れて増量する。

テキストの清書が出来て、暗記させてしゃべれるようにして、それから身振りをつけて仕方噺にする。気が遠くなるような作業だ。皆、どうせ酔狂なんだから、早く飽きてやめてくれたらいいのにと思う。

酔狂——酔狂というより、それぞれ問題があるんだったな。あの連中に落語を教えるより、人生相談をやったほうが楽なんじゃないかと思えてくる。

ジュースを持って茶の間に戻ると、三人ともそっぽを向いてだまりっくらをやってる。俺の姿を見て、良がありがたそうにほっと溜め息をつく。困ったもんだ。まあ、この面子《メンツ》じゃ共通の話題なんてあるわけもないが、天気の話の一つもできないのかな。

「で、最近はどうなんだ？」

俺はいきなり良に尋ねた。相手はふいをつかれて面喰らった顔をする。

「どうって何がどう？」

「テニスのコーチだよ。少しはうまくやれてるのか？」

「え、え？」

良は口ごもった。

「彼は小さい時からテニスを習っていて、すごく上手なんだ。それで、クラブでコーチをしてるけれど、ちょっと事件があって、教えるほうの調子が悪くなったんだ」

俺はあとの二人に説明してやる。大きなお世話だし、プライバシーの侵害かもしれないが、いいやと思った。

「事件て何や？」

村林がさっそく食らいついてきた。

良は顔一面に迷惑という文字を浮かべる。

「話したくなかったら、そう言えよ」

俺は親切なような意地悪のような口をきいた。すると、良はひどく困った。

「お、お、お母さんに聞いたらいい。し、知ってると思う」

「それじゃ、十河がかわいそうだ。一人だけつんぼさじきだ」

俺が言うと、十河はつんとあごを上げた。別に知りたくもないという顔を作りながら、目の中に興味の色が薄く浮かんでくる。

「良は舌のまわりを良くしようと思って、落語を習いに来てるんだ」

俺はオチをつけるように言った。

「十河五月さんもそうだな？」

十河はそうだともそうじゃないとも答えない。この女は不都合なことを聞かれると、まるで無視する癖があるらしい。

「姉チャンも事件があったんか？」

村林は面白そうに尋ねた。

十河は村林のほうをまっすぐに向いた。そして、きっぱりと一言答える。

「そうよ」

さすがの村林も二の句のつげないドスのきいた声音だ。

「あなたは？」

今度は十河のほうが村林に質問する。

「あなたはなんで落語を覚えたいの？」

「お母さんに、ゆわれたからや」

「それだけ？」

村林は一瞬、真面目に考えこんだ。それから、おもむろに答えた。

「俺も事件があってん」

ホワイト・グレープ・ジュースの中で静かに氷が溶けている。四つのコップは霜がついて水滴がじりじり流れ始める。

また沈黙が落ちた。でも、それはさっきの静けさとは少し種類の違うものに思えた。


数日後、丸一日、暇だったので、ふと思いついて、武蔵野グリーン・テニスクラブに出かけた。良がいるのかいないのかは知らない。特に用があるわけじゃなし、空振りを覚悟でぶらりと行った。

本当にひさしぶりに洋服を着た。また悪目立ちして良にうらまれても嫌なので、白のTシャツにGパン、素足にデッキシューズをひっかけて外を歩くと、妙なもので透明人間にでもなったような気がした。

一時過ぎに着いた。スクール専用コートに良の姿はなく、四十くらいの四角い体型の男と、小柄な青年がコーチをしていた。生徒は八人ばかり。女子大生風が多い。皆うまい。このまえ良が教えていたクラスより格段に腕がよく、コーチが球出しするのをストレートにクロスに小気味良く打ち返している。

年上のコーチのほうがえらいのだろう。大きな声できびきびと指示を出している。コートの中のすべての人間が、能率良く、素早くリズミカルに動く様は、見ていて気持ちがいい。小柄な青年コーチもよく声が出る。陽気で溌剌《はつらつ》としているが、球出しはあまりうまくないようで、生徒は少し打ちづらそうにしている。

きっと綾丸良のほうがテニスの腕は上だろう。それでも、俺が生徒だったら、元気な彼の指導のほうがありがたいだろうと思う。

なんだか憂鬱《ゆううつ》になって、他のコートのほうへぶらぶら歩いていった。

良はいた。ダブルスのプレイをしていた。皆、クラブ会員だろうか。パートナーはじいさんで、相手は中年カップルだ。

圧倒的に良の組が強かった。じいさんは足はよたよただがラケットさばきはすごく、強烈なスピンのかかった打球をラインぎりぎりにいれていく。じいさんの追いつかないボールは良がきちんとカバーした。見惚《みと》れるような華麗なフォームだ。どう予測するのか、いつもボールの落ちる場所に苦もなく行っていて、力まない流れるような振りで、バウンドの低いボールを打つ。

素人の俺にも、良がほかの三人とはレベルがはるかに違うのがわかった。力を加減していた。じいさんに決めのボールを打たせようとしているように見えた。

セットが終わると、おばさんが悲鳴をあげてパートナーを替えようと言い出し、夫らしきおじさんもうなずき、じいさんは自分の手柄のように得意そうになった。良は珍しく楽しそうにニコニコしている。いい雰囲気だ。

サイドを変わる時に、良は初めて俺に気がついた。

「達チャン……？」

幽霊でも見たようにつぶやく。

「ど、どうしたの？　ど、どうかしたの？　その格好？」

動揺して吃音《きつおん》が出たので、まずいことをしたと思ってひやひやする。

良は、ちょっとすみませんと謝って、こちらへ出てきてしまった。

「ごめんごめん。いいんだ。邪魔する気じゃなかった。続けてくれ」

俺はあわてて良を押し戻そうとした。

「この前、様子が聞けなかったから、ちょっと見にこようかと思ったんだ。今日は仕事も稽古も約束も何もないからさ」

「う……ん」

良はわかったようなわからないような顔をした。

「おまえさ、本当にテニスうまいんだな」

俺は心から誉めた。

「すごいなあ」

「だって、そんな」

良は目をそらした。

「普通の人より少しはマシだけど、プロになれるほどじゃないよ。インカレだってベスト十六が最高で……」

「うまいよ」

俺は断言してうなずく。

「小三文師匠がトリで前座噺をらくらくとしゃべってるみたいな感じがしたな」

良は気味が悪そうな顔をして、俺を上から下まで丹念に眺めた。

「達チャン……」

ささやくように言った。

「Gパンが似合わないね」

「さいですか」

俺は誉め言葉と受け取って、じゃあなと手を振ってその場を離れた。

その夜、良から電話があった。十河五月がテキストの清書を郵送してきたという。十河の黒猫め、やるじゃないか。俺はうれしくなった。無理にねじこまれて落語教室をやらされたわりに、誰も熱心じゃない様子で頭にきていたのだ。

それから、良はどうでもいいような無駄話をうだうだとしていたが、やがて、あのね

え、あのねえと五回くらい繰り返して、

「今ね、ほとんどスクールに出てないんだ」

と白状した。ヘッドコーチの助手と、子供のクラスで、週に三回だけ教えているらしい。

「もうだめかもしれないな」

と弱音を吐いた。

「馬鹿《ばか》言えよ。頑張れよ。せっかく落語の稽古もするのに、俺の苦労も考えろ」

と励ますと、

「そうだね」

と力なく返事した。

かなり滅入《めい》っているとみえた。

あんなにテニスがうまいんだから自信を持てよと説教したが、そういう問題じゃないと、まるで聞く耳を持たない。

良の当面の悩みには同情しない。テニスクラブのバイトをクビになっても、学生の身の上、親は金持ちときている。ただ、これから社会人として一本立ちすることを前提とすると、なかなか根本的な大問題となる。

内気である。緊張する。吃音が出る。自分に自信がない。底に穴の開いた小舟で世間の荒波をくぐるわけで、これは転覆まちがいなしだ。

「悔しくないのか？　悔しいじゃないか」

俺はかみついた。

「今日、おまえより下手くそなチビが、しゃあしゃあと教えてるのを見たぞ。俺は悔しかった。すごく悔しかった」

受話器の向こうは陰気に沈黙している。

俺は二人ぶん腹をたてて電話を切った。

『まんじゅうこわい』のテキストは、十河のワープロで見違えるほど立派になった。ただし、郵送してもらった二人も、送った本人も噺を一言も覚えていない。なんのための切手代だ。間抜けな連中だ。落語は暗記しないことには始まらないのだと力説するが、まだ皆ぼんやりしているので、声に出して読ませることにする。良は尻込《しりご》み、村林は文句と予測して、一番手に十河を指名した。え？　あたし？　と言って真っ黒の目玉をちらちらと揺らしたが、覚悟を決めて読み出した。

十河はカルチャアで黙って突っ立っていた印象があまりに強くて、さぞ、ぶきっちょだろうと思ったら、とんだ見当外れだった。初めはもごもごやっていたが、次第にうまくなる。つっかえない。それどころか、台詞《せりふ》がちゃんと人のしゃべる調子になっていて、べらんめえの舌がよくまわる。

無口で、仏頂面《ぶっちょうづら》で、しゃべったら損だといわんばかりの十河五月が、

「ウワバミだってェ？　コン畜生。育ちのいいミミズだァ、そんなものァ、てヤンでえ、呑《の》まれちまうわきゃねえじゃねえか」

と小気味良くやる。うっかり聞きほれていたが、気がついて、ほどほどのところで止めさせた。

「おい、うまいなあ。十河ァ！　どうなってんだよ。驚いたなあ！」

大声で褒めると、夢から醒《さ》めたような顔つきで、ぼうっとこちらを見つめる。すごい集中力だな。これにもびっくりする。

「ただなあ……」

少し考えてから言い出した。せっかくの名調子にいきなりケチをつけるのはいやだが、ほかの者に真似《まね》されても困る。

「人物で声を変えないほうがいい。微妙に使い分ける噺家もたまにはいるけど、ふつう、やらないんだよ」

「じゃあ、どうやって人を区別するの？」

十河はむっとした顔で聞いてきた。

「それが落語の技術で、上下《かみしも》をつけるっていうんだが、いずれ詳しく教えるが、右を向いてしゃべる時と左を向いてしゃべる時で、人物を分けるんだ」

「何、それ?」

「つまり、俺と良が会話をしてるとする。十河から見ると、俺は左向きで話すし、良は右向きで返事をする。そういうふうに人間の居場所を首の向きで示す」

「なんだか、むずかしいね」

良が眉《まゆ》をしかめる。

「まあ、そういう動作は、噺を暗記してから教えるよ。まだまだ先、だろ?」

からかうように嫌味を言ってやる。

続いて、良に読ませる。これが笑えるほどひどい棒読みだ。初めて英語の教科書を読む中学生みたいだ。

最後が村林だ。好きなように変えてしゃべっていいぞと言うと、本当に勝手にやりやがった。語尾を変えるなんて生やさしいものじゃない。

「カラまんじゅう……」

「トウまんじゅうだ。唐まんじゅう」

「カラまんじゅうのが面白いやんか」

村林は抵抗した。

「カラまんじゅう」

「トウまんじゅう!」

「カラまんじゅう、中身が入ってへんわァ。こんなん食われへん。こわい、こわい。クリまんじゅう、イガイガがついてて口ン中が大怪我《おおけが》や。たまらんわあ。いたいなあ。ああ、あんこがのどにつまってもうた。苦し。息がでけへん。死んでしまうわ。あ、ほんまに死んでもうた。ちゃんちゃん。終わりや」

「それ、どこに書いてある？」

「好きにやってええのんやろ？」

「ひでえアドリブだなあ」

人を馬鹿にしてるのか、センスがあるのか坊主《ぼうず》はすました顔をしている。テンポのいいひょうきんな関西弁を聞いていて、ふと、村林に桂《かつら》枝雀師匠を聞かせてやりたくなった。『まんじゅうこわい』の録音がないか、探してみよう。

今度は順番を変えて違う場所を読ませる。十河と良は真面目《まじめ》にやったが、村林はもうすっかり飽きてしまって座っているのも苦痛なように身をよじっている。俺もじっとしていられない子供だったからつらさがわかり、

「少し庭で遊んできていいぞ」

と言うと、

「いやや。真っ暗やんか」

と口をひん曲げた。

「帰るか?」

「いやや」

「じゃあ、俺の部屋で漫画でも読むか?」

「ほんま? 何ある?」

現金に笑顔を見せたので、茶の間の隣のごたごた汚れた六畳に連れていってやる。

村林は敷きっぱなしの布団《ふとん》を見てふんと言い、本棚のコミックスを見てふふんと言う。

「好きなの読んでいいぞ。寂しくなったら、こっち来いよ」

言い置いて、大人ふたりの稽古《けいこ》をまた始めたが、さっぱり戻ってこない。気になるのでのぞきにいった。

村林は『あしたのジョー』に没頭していた。

「なんだ。古いのを読んでんだな」

声をかけると驚いて跳び上がった。

「だって、新しいのはロクなのない」

目も上げないで、ひたすら先を読みたいらしいので、貸してやろうかと言うと、ようやく顔をこちらに向けてしばらく迷った。

「よしとくわ」

大人みたいに分別臭い表情を作った。

「また、ここで読ましてや」

生意気面が分別臭くなると、十歳の心の容量には多すぎる複雑な色々の感情を持っているように見える。なにしろ頭が切れる。承知の上で、わざと悪ぶったり、行儀よくしたりしているように思えてくる。

俺は複雑なのが苦手だ。子供の複雑なのはなおさらだ。でも、いったん預かっちまった手前、複雑だからいやだとは言いたくない。

村林の〝事件〟とは何なのか考えた。大人には言わないという。しょせんガキの喧嘩《けんか》だとたかをくくったが、あぐらをかいて漫画を読んでいる坊主の背中が、やけに小さく、そのくせ大人びて丸まっている気がして、なんだか妙にかわいそうになった。

6

俺の噺《はなし》は、いよいよセコになった。

師匠に怒られてから、手持ちのネタをじっくり検討しているのだが、考えれば考えるほどしゃべればしゃべるほど、どんどんマズくなる。高座にあがるのがいやになった。セコとわかってる噺をわざわざ客に聞かすのが気の毒で、なんだか滅入ってしまうのだ。

「どうしたんだよ？　元気ないじゃんよ？」

何かと仕事でいっしょになる柏家ちまきが糸のような目を見開いて心配してくれる。

「三ッちゃんはイキの良さが売りなのに」

小三文師匠の説教を話して困っているんだと言うと、

「真面目なんだからァ」

とふざけた励まし方をする。

「小三文師匠は、稽古が面倒臭いだけだってば」

「ちまきはどうだ？　噺のことで巻之助師匠に怒られないか？」

俺があくまで真面目に尋ねると、

「会うたびにギャーギャー言われてますよ」

とさらりと答える。

「あの人の毒舌ってただモンじゃないでしょう？　俺、右から左に抜けちゃうもん。じゃなきゃ生きてけないもん」

「強いな」

「しぶといのよ。あたしァ」

女声で茶化してみせた。

あれきり、月島の師匠の家へ行っていなかった。新しい噺は教えてくれそうにないし、持ちネタはめちゃめちゃになっている。どんな稽古をせがめばいいのかわからない。師匠とは寄席《よせ》などでたまに顔を合わせるが、挨拶《あいさつ》をするだけだ。おかみさんは元気かな？　受験生の次男坊はどうしているだろう？　三角は大丈夫なのか？　病気してないか、夜逃げの準備をしてやしないか？　ぶらりと遊びにいって、大掃除でもしてやろうか。

でも、だめだな。どうも、気も足も、月島方面に向かない。

梅雨が近づいてきていた。緑の色が濃く暑苦しくなり、木の芽の匂《にお》いが湿った空気にむっとたちこめる。

落語教室は続いていた。

本業のほうがあまりに不調なので、こんな暇があったら稽古したいとか、こんな馬鹿げたことをやってるからますます下手になるのだとか、つい思う。よく出来たもので、俺が真剣にやめたくなると、今度は皆が乗り気になってきた。

十河は噺を暗記した。優秀だ。まだ、だいぶつっかえるが、テキストを見ずに最後までしゃべれるようになった。

しかし、とにかく、たまげたのは村林だ。

桂枝雀師匠の市販のテープを手にいれて聞かせてやると、ウケるウケる、俺の噺はそっぽを向いたのに、いまいましいほど笑いやがった。そして、これを覚えると言い出した。江戸前の噺はだいたい十五分くらいだが、上方版は長くて、途中に怪談が一つ入って三十分を超えてしまう。だから無理だと言った。参考にするのはいいが、丸ごと覚えるのは無理だ、と。あの頑固坊主は例によって言うことをきかなかった。テープを持って帰ってじわじわと覚えだした。子供の記憶力をなめたらいけない。抜かしたり、間違えたり、勝手に変えたりするが、とにかくかなりの部分を覚えていくのだ。本当に驚いた。

俺は坊主のやる気に押されて、テープをおこしてやった。それをまた十河が清書してくれる。村林版の新テキストだ。

綾丸良が一人、劣等生だったが、そのわりに不愉快そうな様子も見せず、きちんと顔を出す。そんなわけで、やめるにやめられず、俺は往生している。

三人は一向に仲良くならない。落語を覚えるという同じ慣れない苦労をしているのに、仲間意識というものは生まれないようだ。十河が村林のために清書をしてやったりするのだが、「姉チャン、ありがとな」「別に」で終わってしまう。稽古中はまだいい。失敗に笑ったり、横から直してやったりで、少しは通いあうものがある。問題はその前後だ。

世間話の類《たぐい》はろくにしない。ましてや個人的な話はいっさいしない。

村林はあれでいっぱしの社交家だが、なにしろ、大人の二人がひどい。十河が人間嫌いで、良が対人恐怖症ときている。

良はもともと内気なのが、事件で自信喪失して重症になった。世間と未知のものに対して激しく怯《おび》えている。

十河のことは、付き合いが浅いから、良ほどわからないが、どうやら、とことん世間を疑ってかかっている様子だ。自分に向かう色々の人や物事を厳密に審査して、たいていは排除する。排除しようと常に身構えている。常によろいを着て、槍《やり》を構えている。うかつな言動は、ぐさりとやられる。

良は防御と逃亡で、十河は攻撃一本だが、同じなのは、あまり口をきかないところだ。そして、その口の重さをどうにかしたいらしいが、『まんじゅうこわい』の手にはあまる仕事だ。性格を変える努力をすべきだ。そのためには落語を稽古するより、仲間と親しむほうが大事に思える。

そういうことを、俺はいつか二人に言ってやろうと考えているが、まだ機会がない。

その、ひっそりした落語教室の雰囲気が、ある日を境にがらりと変わった。

変えたのは、一人の中年男だ。そして、彼が来るきっかけを作ったのは、うちのばあさんだった。

このところ、ばあさんは面白がって隅っこで見物しているのだが、村林の上方落語に笑い、十河の江戸前たんかに笑い、良の棒読みに笑う。これがなかなか結構な観客だ。よくウケるし、元気に褒めるし、まめに飲み物、食べ物を出してくるのだ。

ところが、出してくるのは、お茶や団子だけじゃ済まなかった。新しい生徒まで引っ張り出してきた。

世の中に、落語を習いたがる暇人は、星の数ほどあるらしい。ばあさんのお茶のお弟子さんの親戚《しんせき》とかいう男が、ここの話を聞きつけて参加を願い出てきた。

二人も三人もいっしょなら、四人いたからって、どうってこたァない。家族でも親族でも矢でも鉄砲でも持ってこい。また一から教えるのは面倒臭いが、断る理由を探すのはもっと面倒だ。

霧雨に煙る、むし暑い夜だった。

その男はやってきた。

三人三様の稽古を進めている八時頃、ばあさんに案内されて茶の間に乗り込んできた。全員で息を飲んだ。俺は手近にぶんなぐれるような棒がないかと思わず探した。

強盗以外の何者にも見えなかった。

真っ黒のサングラスに、鼻まで隠れる巨大なマスクをつけている。顔は下駄のような四角。それが境目のわからないくらい太い短い首に支えられている。腕は丸太ん棒だ。てらてらした紫のシャツのボタンをはだけ、ぶあつい胸に金鎖が光っている。

ばあさんは、よく、こんな男を家の中に入れたものだ。玄関の戸を閉めて、即座に警察に電話するべきだ。

「お邪魔します。どうも遅れまして」

強盗にしては丁寧な口をきいた。

「今日は、どうも、見学させてもらいますんで……」

マスクの下でもぐもぐと言う。

「この前、話した、ほら、田代《たしろ》さんのご親戚の、ええと、お名前は何でしたっけね？」

ばあさんは強盗男をふりかえった。

「山田太郎です」

「はあ」

俺はようやく声が出た。

「なんだ。落語を習いたいって人ですか？」

山田太郎はゆっくりとうなずいた。

「いや、何も落語じゃなくてもいいんですがね。あのう、色々と、そのォ、うまくしゃべれるようなトレーニングをやってると聞いたものでね」

どうして、そういう話になるのだ？ なんで、ただ単に落語が好きで、宴会芸の一つとして覚えたいという普通の人間がやってこないのだ？ いや、どんな人間も来なくていい。もう、まっぴらだ。

俺はばあさんをにらみつけた。茶飲み話にあることないこと吹聴《ふいちょう》しやがったな。いや、特に意識してホラをふいたとは思わないが、どうせ面白がって曖昧《あいまい》な話をしたんだろう。ばあさんは、笑いを嚙《か》み殺すように口をへの字に曲げた。喜んでいる。こんな怪しげな野郎を呼び寄せておいて、さあ楽しくなったと高見の見物だ。そういう年寄りなのだ。

「落語しかやりません」

俺は断固として宣言した。そして威厳をもって注文した。

「そのサングラスとマスク、はずしてもらえませんかね？ 強盗に居座られたみたいで、落ちつきませんよ」

「すいません」

口は謝っているが、手は動かさない。やがて、思いだしたように付け加えた。

「弱視なんです。それから花粉症です」

冗談じゃァない。

「夜ですよ。室内ですよ」

「風邪をひいていて、目も痛いんです」

どうしても顔を見せないつもりらしい。これが怪しくなかったら、石川五右衛門《ごえもん》も弁天小僧もただの善人だ。

「マスクをしてちゃあ、声がこもって稽古にならないでしょう」

「今日は見るだけです」

がらがらした声で威張っている。

冗談じゃァない。

俺がまさに、帰ってくれと言おうとした、その時だった。

村林優がひょいと叫んだ。

「あー、オッちゃん！　もしかして、湯河原太一とちゃうかァ？」

山田太郎は三センチほど畳から跳び上がった。誇張ではなく本当に跳び上がったのだ。

ユガワラタイチ？　聞いたことあるな。山田太郎よりは人間味のある名前だが、どこで聞いたんだろう。村林はなぜ知っているんだろう。

「山田さんじゃないんですか？　ユガワラさんですか？」

俺は詰め寄った。

「山田です」

男はあくまで山田にこだわる。

村林はしげしげと山田を見つめる。

「湯河原によう似とるわァ。似すぎやわ」

「なんなんだ？ そのユガワラってのは？」

「三つ葉さん、知らんか？ 野球見ィへんのか？ 代打、湯河原って知らんか？」

村林は目をきんきん光らせている。

野球？

ああ！ プロ野球の、湯河原太一か。それなら、よく知っている。そうだ。〝代打、湯河原〟だ。

奇妙な選手だった。バッティングセンスが抜群に良く、守備走塁も人並みにこなすのに決してレギュラーを取れない。打席数が四とか五とかあるとダメだ。一でないとダメだ。それもランナーのいるチャンスに限るのだ。舞台が大きくなればなるほど、湯河原は凄《すご》い打者になる。バットを刀のように大上段にふりかざして出てくる。そして、青眼に構えてぴたりと投手を射る。その芝居じみた動作に場内がしんと静まるほど、全身が殺気をはらんでいる。人斬《ひとき》りの眼をしていた。

おそらく、それほどの集中力を複数の打席に割りふることができず、また、チャンスでないと殺気が燃え上がらなかったのだろう。

彼はトレードで何度もチームを変わった。必殺の代打の切り札をおっぽりだすのだからよくよく人間に問題があるらしい。監督にたてつき、チームメイトと喧嘩し、フロントともめた。そういう噂《うわさ》だった。湯河原自身は一度もトラブルのことを口にしていないので、真実はわからない。

湯河原の面白いのは、決して覇者の立場にいないことだ。彼のバットは、より強いチームを粉砕する。憎まれ役。刺客。だから、シーズンが終わって優勝チームがもてはやされる時には、彼の手柄は闇夜《やみよ》の悪夢のように忘れ去られている。

それでも、「代打、湯河原」のアナウンスが響き、そのいかつい風貌《ふうぼう》がぬっと打席に現れると、敵、味方、どちらの応援席からもウオーとうなるような大きなどよめきがわきおこった。

彼はたしか去年に引退したはずだ。最後はどこの球団にいたのだろう。四十をとうに越えていた。相変わらず、大上段に構え、青眼にぴたりとつけても、その刀は投球を切らなくなっていた。

俺は目の前の男をつくづくと眺めた。言われてみればよく似ている。しかし、あの必殺の刺客の湯河原太一が、顔を隠して、吉祥寺のボロ家に現れるものだろうか。

「湯河原さん」

俺が呼びかけると、男はふと顔を向け、それから、あわてて目をそらした。これは間違いないと確信する。

「湯河原さんでしたら、お帰り下さい」

俺ははっきりと言った。

「顔を隠して違う名前で来る人に、噺を教えるのはいやです」

一呼吸おいて、また言った。

「もし、山田さんでしたら、勘違いして失礼しました。謝ります」

黒いサングラスの向こうから、じりじりと射るような視線を感じた。

腹を据えて、にらみあった。

非常にゆっくりと、節の太い褐色の指が動いて、初めにサングラスを次にマスクをむしりとる。

むきだしの顔。思わずはっと息を飲んだ。テレビ画面で見慣れている、そのくせ、まるで違う一つの顔がそこにあった。

まずい造作だ。眉《まゆ》はゲジゲジだし、鼻は巨大だし、口は切りそこなった蒲鉾《かまぼこ》のように歪《ゆが》んでいる。しかし、見る者の目をひきつけて離さない不思議な強い引力があった。長い間闘ってきた男の顔だった。目に見えない無数の白い傷痕《きずあと》が、樹皮のようなざらざらした肌を縦横によぎっているのだ。

俺は、なんだか、ほうと息をついて、参ったと思った。

湯河原太一はしばらく口をきかなかった。皆、彼がしゃべりだすのを待っていたので、沈黙はいやに長く続いた。

「たしかに湯河原ですが……」

ようやく口を開くと、俺の目を見た。

「あんたは若いのに気が短いな。誰しも事情つうもんがあるだろうが！」

うがいのようながらがら声で、うらみがましく言う。

「短気は有名です」

と素直に応じる。

「事情って何です？」

水を向けると、

「簡単に聞くな。そう気安くしゃべれるもんなら、堂々と名乗ってくるぜ」

威張っている。サングラスとマスクでこそこそ変装してくる人間に威張られるのはしゃくにさわる。せっかくの武勇の顔の品格が下がる。気にいらないので、黙ってにらめてやると、やがて、たまりかねて向こうから質問してきた。

「この三人を教えているのか？」

「そうです」

「子供がいるじゃないか」

「別にいいでしょう」

「そんな子供だましの練習じゃ困るんだ」

「彼は三人の中で一番長い噺に挑戦しています。なめたらいけない」

湯河原は吠《ほ》えるような咳払《せきばら》いをした。

「人前で落語をペラペラやるなんて、そんなこまっしゃくれた子供は良くない」

「ぜんぜん悪かない」

「いや、俺は嫌いだ」

いきなり、村林に因縁をつけるので、どうやって喧嘩《けんか》してやろうか考えていると、問題の当人が涼しい顔でしゃしゃり出てきた。

「湯河原のオッちゃん」

相変わらず、なれなれしい坊主《ぼうず》だ。

「最近、野球の解説やらへんなあ?」

無邪気を装《よそお》って、どこか人を小馬鹿《こばか》にしたような特有の口調でしゃべった。

「ラジオ出てないやろ? 俺、病気かと思っとったわ」

湯河原はなんともいえない複雑な表情で村林を見つめた。

「ああ、解説者をやってるんですか」

俺は納得した。知らなかった。暇だとナイター中継のテレビは見るが、ラジオまではなかなか聞かない。村林の小僧は相当の野球好きと見える。

「ローテーションがあるんだ」

湯河原はゆっくりとしゃべった。

「放送局と契約して、順ぐりにやるんだ」

「先発投手といっしょやな。けど、オッちゃんは谷間の投手やろ？　もう負けを覚悟して監督目ェつぶって使ったろっちゅう……」

「おい、村林！」

失礼なことをずけずけ言うので、少しあわてた。村林はびくともしない。

「ほんまやねん。いっぺん聞いてみるとええわ。ものすご下手やねん。なんにもしゃべられへんのや。アナウンサーがもう、どうしよ思て、あせりまくって二人分しゃべっとるのけっこう笑えるで」

湯河原の下駄のような顔に、さっと赤みが増した。

「面白いことしゃべりそうな顔しとるのになあ」

村林はあきらかに喧嘩を売っていた。相手が自分をよく思っていないと悟ると、挑発して怒らせにかかった。ガキのくせに。こんな小山のようにごつい、強面《こわもて》の男にむかって、とんでもない無茶な奴《やつ》だ。

「そろそろクビになったんちゃうか？」

とどめの一言に、湯河原太一は立ち上がった。丸太ん棒の腕を伸ばして、村林の襟首をひっつかもうとするのを、俺は間に割って入って横面《つら》をこづかれた。すごい一撃だった。

「村林！ おまえ、怪我《けが》したくなかったら、少し黙ってろ」

まず坊主を怒鳴ってから、

「湯河原さん、あんた、子供にむかって、そんな本気で飛びかかるもんじゃない」

こづかれた頬を押さえて、

「ああ、いてえ。こりゃ明日は腫《は》れる。晴れるならいいけど、腫れじゃたまンねえや。これでも商売道具の面なんですぜ」

冗談にして場をおさめようとした。

湯河原は、あえぐように荒い呼吸をしていた。顔の赤みはひいたが、握った拳固《げんこ》がまだぶるぶる震えている。

図星かな、と思った。バット一本で身体《からだ》を張って生きてきた男が、舌先三寸の世界に足を踏み入れて七転八倒しているわけか。

良に頼られた時も、十河に頼まれた時も、不思議だったが、今度という今度は疑問を通り越して、もう、ぽかんとしてしまった。

「落語が野球解説に役立ちますかね？」

「わからん」

湯河原は吐き出すように答えた。

「わからんが、とりあえず見にきた」

顔のない、山田太郎になりすまして。

「見ていきますか？」

俺が尋ねると、

「やってみろ」

湯河原はまた命令するような口調で言う。なぐってすみませんのお詫《わ》びもない。腹が立つが、わざわざ謝罪を要求するのもケチくさい気がして、俺は黙っていた。

折り紙つきの問題人物か。

少し面白いような気もする。

稽古の続きを始めると、すっかりびびってしまった良は言葉もろくに出てこない。十河は湯河原の無遠慮な視線をはねかえすようにすごい顔つきで神経を張っている。村林もいつになく真剣な表情をしていた。場の緊張感は、皮膚が切れるかと思うほどだ。

これは良いことだろうか悪いことだろうかと考えた。よくわからない。

「あんた、どもるんだな」

湯河原は良にむかって言った。

「ふうん、なるほどな」

その、なるほど、に、良はとても傷ついた顔をした。

「それが、どうしたのよ？」

かみついたのは、黒猫の十河五月だった。

「いや、遊びでやってると思ったからな」

「遊びじゃいけないの？」

十河も気が強い。

「俺はいやだね」

湯河原はむっつりした顔で鼻をこすった。

「こっちが真面目《まじめ》なのに、へらへら遊び半分でやられたら、頭にくるぜ」

「そんなのあなたの勝手じゃない」

十河はまっすぐ切り込んだ。

「えらそうに言わないでよ。野球選手かなんか知らないけど、あたしは見たことも聞いたこともないんだから」

「なんだと？」

「おいおい。よせよ」

俺は口をはさんだ。これじゃ、落語教室じゃない。喧嘩教室だ。なかなか俺好みだが、仲裁役にされるんじゃつまらない。

「遊びで落語を習うのが普通だと思うわ」

と十河は少し静かな口ぶりで言った。

「でも、ここに来てる人は、みんなワケアリだから」

良と村林が、はっとした顔で十河を見つめる。

「みんな、人生、かかってるんだから」

「そう熱くなるなよ」

俺は閉口して言った。冗談じゃない。そんな責任はとれない。『まんじゅうこわい』もさぞ迷惑だろう。

十河と良と村林は、まるで三人が団結したように視線を並べて、湯河原を見つめた。妙な光景だった。彼らの目の中には同じような色がくっきりと浮かんでいた。反感と闘志とある種の仲間意識。彼らは何も話さないまま、ひそかに友情や相手への興味を育《はぐく》んでいたのだろうか。それとも湯河原太一の出現によって、突然生まれて出たのだろうか。

「わかったよ」

湯河原は、また巨大な鼻をごしごし指の節でこすった。

「わかったよ」

そして馬鹿にするように付け加えた。

「オネエチャンはそんなにギスギスしちゃ、もてないぜ」

十河五月の細面の頬が、茶の間の蛍光灯の光の加減か、すっと青ざめて見えた。何か言い返すと思ったら黙っていた。その沈黙は、カルチャアの壇上で立ち往生していた時のそれにひどく似ているような気がした。

7

七月、入谷《いりや》の朝顔市に続いて、浅草にほおずき市が立つ。観音様の四万六千日だ。その日に参拝すると、四万六千回分の御利益《ごりやく》があるという。雷門も仲見世も周辺の店もどこも満員だから、待ち合わせは演芸ホールを出たところにしようと俺は言っておいた。

前座の後、高座にのぼると、浅草演芸ホールの客席も早くもにぎわっている。観音様の御利益といつもなら嬉《うれ》しがるところだが、噺《はなし》の調子が悪いので、大勢のお客さんを見るとなんだかぼーっとなってしまう。彼女がもう来て聞いているかどうか、顔を探すゆとりもなかった。

『あわびのし』をあっさりしゃべってトコトコ降りてしまう。楽屋で兄弟子の六文と顔を合わせて、何あせってんだよ、タレでも待たしてんのか？　と小指を立てられる。違いますよと笑って逃げたが、汗が出てきた。たしかに女と待ち合わせをしている。しているが、それは恋人ではないし、片思いの相手ですらない。

紺地に白い大きな胡蝶《こちょう》の模様を染め抜いた浴衣《ゆかた》をすらりと着て、半幅帯を貝の口に結んでいる。いつも垂らしている長い髪は片側にまとめて編み下げて、別人のようにしっとりと粋《いき》に美しく見えた。

十河は俺に気づいて、なんだか照れ臭そうにまばたきをした。

「よお」

と片手をあげて合図したものの、俺はすっかりとまどってしまった。キテレツな服を着てとんがった黒猫じゃない。知らない麗人が来ちまった。どうしたらいいのかわからない。

「ふん。着てみると、下手な縫い目もわからないな」

とりあえず、憎まれ口をたたいてみる。

十河が自分で縫い上げた浴衣である。この浴衣のせいで、実は観音様の御参りを付き合うはめになった。

吉祥寺の家に出入りするようになってからわりとすぐに、十河はばあさんに誘われてお茶の稽古《けいこ》にも通い始めた。ミニのワンピースやデニムのスカートで堂々とやってくる。

着物とはいかないまでも、もう少し折り目正しい服がないものかと言うと、これでも遠慮してGパンははかないと威張る。Gパンなんぞでまともに正座ができるもんか。こんな女のどこを気にいったものか、ばあさんは十河が来ると喜ぶ。いい茶人になりそうだと言う。十河がいい茶人になるなら俺はディスコでかっぽれを踊ってやると皮肉ったら、おまえは目がない、今の約束は覚えておくよと、年寄りはとぼけた顔で抜かした。

半月くらい前の日曜の夕方だった。俺が仕事から帰ってくると、茶の間で、ばあさんと十河が紺色の布地を広げて何やらガタガタやっている。十河は浴衣を製作中なのだが、どうもうまくいかないので、ばあさんが手を貸しているのだという。

「そんなもん作ってどうするんだ?」

あまりに似合わないことをしているので、あきれて俺が尋ねると、

「着るのよ」

相変わらず、木で鼻をくくったような答えが返ってくる。

「ふうん。花火でも見にいくのか?」

最近じゃ浴衣で花火に行くのがはやりだそうだが、デパートなどで買った毒々しい色使いのを若い女が喜んで着る。自分で縫うなんざ殊勝なこった、しかも、地味で綺麗《きれい》な布地じゃないかと感心する。

「花火じゃないの。ほおずき市に行くの」

十河は独り言のようにつぶやいた。

「観音様か？　もうじきじゃないか。間に合うのかよ」

からかうように聞くと、

「絶対に間に合わすわよ」

とやけに力が入っている。

「なんだ。デートか」

急に十河が可愛《かわい》らしく見えて、からかってみると、

「ちがうっ」

真剣に否定する。照れや恥じらいじゃなくて、間違いが許せないというような、十河独特の厳しい口調だ。世間話や挨拶《あいさつ》話を根っこから断ち切る勢いがある。たいがい、相手は白けて黙ってしまう。俺も最初はそうだったが、もう慣れてしまって、

「そうか。女同士、浴衣でそろえて行くんだな。梅園で行列してあんみつでも食うか？　いいなァ。俺も呼んでくれよ」

ぽんぽん軽口をたたく。

すると、十河は妙に真面目《まじめ》な顔で俺をじっと眺めて、

「まだ、誰とも約束してないの」

憂鬱《ゆううつ》そうにぼそりと言った。

約束もしていないのに、なぜ、あわてて浴衣を作るのだろう。十河の浅黒い顔は、なんだか悲しげで切羽詰まって見えて、俺は変な気持ちになった。

「じゃあ、いっしょに行こうか？」

するりとそんな言葉が飛び出していた。

「ほんと？」

十河はぱっと目を見張った。

「いいよ。ちょうど、浅草で仕事あるし、二日のうちのどっちかには行けるな」

「ほおずきを買ってくれる？」

と十河は聞いた。子供が縁日で綿飴《わたあめ》をねだるように幼く尋ねた。

「うん」

とうなずいたが、いよいよ妙な気持ちになって、ばあさんをふりかえると、なんだか面白そうににんまりと笑いやがった。


「どうする？　まず何か食うか？」

十二時半近くになっている。

「どこも込むからな。先に御参りしようか」

と言うと、十河はおとなしくうなずいた。

演芸ホールから雷門に向かって、人込みの中をゆっくり歩き始めた。観音堂に御参りするだけなら、仲見世の途中に抜けたほうが早いが、まあ急ぐこともない。

梅雨明け宣言はまだだが、今日はやけにからからと晴れている。射るような日差しがアスファルトの舗道にまぶしく反射していて、もうすっかり真夏の陽気だ。

暑いので、俺も楽屋で高座着から白地に紺の縦縞《たてじま》の浴衣に着替えていた。

ほおずき市に、浴衣の二人連れだ。これはどうしたって、立派な恋人同士だ。六文兄《あに》さんになど見られた日には、なまじ女っ気がなくて有名なだけに、楽屋に三つ葉の婚約の噂《うわさ》でも流れるだろうと思い、甘いような苦いようなしょっぱいような気分になった。

隣にいるのが郁子さんなら、とは、できるだけ考えないようにした。しかし、特にその気もなかったのに十河はひょいと誘ってしまって、肝心の郁子さんはいまだにお茶の一つも呼び出せない。どうしたものか……。溜《た》め息が出そうになって、これは十河に悪いと反省する。でも、相手の腹もわからない。浴衣と浅草とほおずきにやたら執着してやがる。どのみち、お互いがお互いだから、色っぽいことにはなるまいと安心して、安心すると急につまらなくなった。

「よく仕上げたなあ」

かたわらの胡蝶の浴衣をちらと見て言う。十河の裁縫はお世辞にもうまくなかった。

「ずいぶん……」

と十河は言いよどんで、

「ずいぶん、おばあさんに手伝ってもらったから」

と白状した。

「着付けも教えてもらったんだ」

自信がなさそうに、襟の合わせや帯のあたりに目をやるのを、

「うまく着られてるよ」

と太鼓判を押してやる。

十河は安心したように俺の顔を見て、ふっと笑った。泉から清水がさらさらこぼれるように透明な自然な笑いだった。化粧気のない涼しい顔立ちによく似合う。

困ってしまった。十河に笑顔など見せられると困る。この女は怒った顔をしていないととても困る。落語教室で、良や村林の失敗にウケるところは見ていたが、こんな風にふわりと微笑するのは知らない。

大混雑の仲見世をじりじりと進んだ。参道の両脇《りょうわき》に、人形焼屋、せんべい屋、土産物屋、洋服屋、おもちゃ屋などが、派手にけばけばしく安っぽく、そのくせおつな風情《ふぜい》を持って並んでいる。外人の好む眺めである。日本の代表的風景の一つなのである。

ちょっと待ってて、と十河は言って、土産物屋に飛び込み、浅葱《あさぎ》色《いろ》と小豆色の団扇《うちわ》を買ってくる。どっちがいい？ と尋ねるので、青いほうをもらう。パタパタとゆるい風

を作りながら歩く。

とりたてて何も話さなかった。しゃべる必要を感じなかった。良い気分だった。

宝蔵門を過ぎたあたりから、ほおずき屋の呼び声が高くなり、

「どうする？　買うか？」

と尋ねると、少し迷ったのち、お参りしてからにする、と答える。

観音堂の前は混雑をきわめていた。賽銭箱《さいせんばこ》に近づけずに硬貨を遠投する無礼者がいて、それが頭に命中する不運の人がいて、なかなか物騒だ。

五円玉を放り込んで、噺が上達しますように、と祈った。ばあさんが長生きしますようにと付け加える。郁子さんを嫁にもらえますように、良が立ち直れますように、村林がいじめられなくなりますようにとさらに加えて、五円ではずうずうしいが、まだ十河がいる、十河の望みはなんだろうと考えていると、身体《からだ》が人に押されてくるりと一回転してしまい、俺は観音様に背を向けて拝んでいる格好になった。御利益が逆さまにならなければいいが。

おみくじを引いた。二人そろって凶を引き当て、書いてあることがそれぞれ同じように悪い。

「お先真っ暗じゃないか」

と俺が言うと、

「どのくらいの確率なのかな」

と十河が考える。

「おみくじなんて当たらないよ」

「ちがう。当たる当たらないじゃないの。二人とも凶を引く確率」

「きわめて、まれだな」

なんだかおかしくなって、どちらからともなく笑い出した。

もう一度やるかと聞くといらないと答えるので、おみくじを木に結んで、妙にせいせいした気分になった。

ほおずき屋はやたらたくさん出ている。

みかん色の袋をかぶった実が鈴なりについている鉢は、俺にはどれも同じように見える。どれが綺麗で、どれが健康なのか、とんと見分けがつかない。これを欲しがる気持ちもわからないが、皆、嬉しがってどんどん買っていく。

「好きなのを選べよ」

と十河に言う。

「んー」

と生返事をして、人込みに押されるようにずるずる歩く。目は走らせても足は止めない。

何を選り好みしてるのか不思議になる。そのうち、目もやらなくなって足元を見ている。

「どうしたんだ？　買わないのか？」

と聞くと、

「んー」

とまたうなって、

「荷物になるから」

妙な言い訳をする。

「そんなの持ってやるよ」

俺は立ち止まって、

「あれなんかどうだ？」

といいかげんに一つの鉢を指差した。

「お！　にいちゃん、これはいいよ」

ほおずき屋のオヤジがやはりいいかげんに同調して薦める。

「じゃ、それ、くれよ」

俺が懐《ふところ》から財布を出そうとすると、

「やっぱり、いらない」

と十河は低く叫んで、慣れない下駄でカタカタ歩き出した。

「おい、待てよ、おい」

ほおずき屋のオヤジがいやな目つきになるのを振り捨てて、俺は追いかけた。

「遠慮するこたないよ。いくらもしない」

「別に」

十河の「別に」はたいがい腹が立つが、今度は格別にむかむかした。

「欲しいんだろ？」

「いらない」

「買ってくれって言ったじゃないか」

「気が変わった」

「なんでだ？」

「別に」

女じゃなかったら、思いきりひっぱたいてるところだ。女でもひっぱたいてやったほうが、のちのちの本人のためじゃなかろうかと手をこすってみたが、十河は俺から逃げるように小走りに急いでいく。混雑の中、うっかり見失いそうになった。

それもいいかと足を止めた。あんな気まぐれな無愛想な女にこれ以上付き合う必要はない。一人で蕎麦《そば》でも食って帰ればいい。よほど楽しい。

隅田川の水は銀鼠色《ぎんねずいろ》をしている。良く晴れた夏の空を映しても青くはならない。川縁のコンクリートの遊歩道を吾妻橋から駒形《こまがた》橋のほうへとぼとぼ歩く。川には平たい四角の水上バスが通っていく。デッキは満員だ。こちらに向かって手を振る子供に、大きく挨拶を返してやる。

十河五月は水上バスを見ない。船の行く手の白く光る波間をぼんやり眺めている。

「腹が減った」

俺はわざとでかい声で言った。

「並木の藪《やぶ》で蕎麦でも食おう」

十河は聞こえないふりをする。

三つ編みをぐいと引っ張ってやった。

「痛いッ。なにすんのよ！」

やっと声が出たので、

「返事をしないからだ。話しかけたら返事をするのが人間の礼儀だ」

まだ黙っているので、

「こりゃ便利な紐《ひも》だな。返事をするまで、どんどん引っ張るぞ」

本当に引っ張ってやる。

「出の悪い便所の水だなァ。うちの便所は古いから、こういう鎖の紐がついていて、ぎゆうと引っ張るとじょうと水が出る。こつがあンだ。思いきり引っ張らないと出ない」

また引っ張ろうとすると、ふりほどいて逃げた。

「痛いわねっ」

きりっとにらみつけた。

「何さ。たらたら嫌味を言ってないで帰ったらいいでしょう!」

「やなこった」

あきれた顔でぽかんと俺を眺めていたが、やがて、十河は溜め息をつくように言った。

「どうしてェ?」

それから早口で続けた。

「あたしに腹立つでしょ? いやな女だと思ってるでしょ? 最悪でしょう? 何、がまんしてるのよ? さっさと帰ったらいいじゃないよ」

「そう簡単に追い返されてたまるか」

俺は負けない早口で答えた。

「まあ、あれだ。さっきのおみくじみたいなもんだ。凶も二つそろうと豪快じゃないか。態度の悪い奴《やつ》も、あんまり悪いと面白いよ。不思議になってくる」

十河は怪訝《けげん》そうに眉《まゆ》をひそめた。

「蕎麦を食おうよ」

俺は言った。

「藪のつゆは辛くていいぞ。盛りがうまいんだ。知らないだろう?」

「知ってる」

急に十河は高熱がひいたような静かな青い顔になってつぶやいた。

昼時をとっくに過ぎていたが、それでも、ずいぶん並んで待った。入口近くの古ぼけた木のテーブルに老年夫婦と合い席で、十河と向かい合って座った。

「去年」

水を一口飲んだところで、十河はぽつんと言い出した。

「去年の夏もここに来たな」

独り言みたいにつぶやいた。それきり黙ってしまいそうになったが、やがてまた思い直したように続けた。

「八月の夕方でね、浴衣《ゆかた》姿のカップルが、あたしたちのあとから入ってきたの。高校生くらいに見えたな。それがね、いかにも地元のコって感じで、盛りを一枚ずつ食べてすっと出ていっちゃった。浴衣姿がイカしてんの。男の子が藍色《あいいろ》の無地、女の子が白地に赤い朝顔の模様、さっぱりしてて、着なれてて、ほんとイカしてんの」

十河がごく当り前のように言った「あたしたち」という言葉が耳に残った。

「こっちもさ、〝夏〟キメてるつもりで、あたしはタンクトップで肩出して、彼はバミューダはいて足出して、おそろいのヒマワリ模様のビーチサンダル裸足《はだし》にひっかけてさ。でも、ぜーんぜん負けてるじゃん」

遠い目で楽しそうに語る。

「来年はあれやろうって、あたしが言って、それなら浴衣を手作りしろって彼が言って、二人分縫ったらほおずきを買ってやるって」

盛りが二丁、運ばれてきた。

俺が割り箸《ばし》をわると、やけにパキリと高い音が鳴った。十河も袋から箸をぬいた。

「あたし、男なら誰でも良かったんだよね」

その台詞《せりふ》に隣の老夫婦がぎょっとして身構えた。

「ぜんぜん行かないのはいやだったし、一人で行くのも馬鹿《ばか》だし、女同士じゃつまらないし、だから、誰か男の人が一緒に行ってくれないかなって思ってたの」

なんだ。驚いた。ほおずき市の話か。

「でね、三つ葉さん、つきあわせてお参りしたの」

「バミューダパンツはどうしたんだ？」

「とっくにフラれたよ」

さらりと答えただけ、淋《さび》しさがかえって強く伝わってきた。

何か言わなければと思った。でも、こういう話題は苦手だった。とっくというのがどのくらい前かわからないが、昔の恋人との約束に身代わりを立てるのだから、相当に好きだったのだろう。いざとなると、やはり、身代わりではつらくなったのだろう。俺の買ったほおずきではいやだったのだろう。

「蕎麦、食えよ。のびるぞ」

面白くないと思っている自分に驚いた。

俺だって、十河じゃなくて郁子さんと歩きたいと考えたじゃないか。おあいこだ。

「真面目《まじめ》に聞いてよ」

十河はいらいらした口調で叫んだ。

「人がせっかくつまらない告白してんのに」

「ほんとだ。つまらん」

俺は言った。

「さっさと忘れることだ。わざわざ思い出しに来ることたない。芸がない。ほおずきを約束したンなら、花火に変更すりゃいい」

十河はむっとした顔で箸を割った。こっちはずるずると音をたてて蕎麦をすすった。

「言うんじゃなかった」

十河はまだ蕎麦に手をつけない。

「あなたなんか、女の気持ちなんかわかりっこないんだから。人を好きになったことなんかないでしょう。真剣に、本気で、死ぬほど好きになったことないでしょう」

「さっさと食えよ。俺のじいさんは蕎麦屋だったんだ。ガキの頃は店の手伝いをしたよ。蕎麦がのびるのは許せないんだ」

「じゃあ、これ、あなた食べなさいよ。あたし、いらないわよ。何が蕎麦よ！」

両方とも声がせりあがってきたので、合い席の老夫婦が迷惑そうにしている。

十河というのは本当に困った女だ。飲食店で俺と怒鳴り合いをして、まわりに迷惑をかける運命にある。

「俺は、今、片思い中だ」

声を落として白状した。

「どうやってデートに誘ったらいいのか四苦八苦してる。でも、今日、待ち合わせ場所に十河がいた時、嬉《うれ》しかった。ほおずきを買ってくれと頼まれた時もなんだかえらく嬉しかった。勝手なもんだ」

十河の盛りをぶんどって食べ始めた。

相手は俺が食うのを黙って眺めていた。

食べ終えてから顔を見たら、声もたてずにほろほろと泣いていた。

腰が抜けそうになった。

翌日、交互出演で、浅草演芸ホールに出ている冬風亭みぞれが食当りで倒れたので、俺がまたしゃべることになった。

仕事を終えて、相変わらずにぎやかな浅草の町に出る。一人で観音様にまたお参りしておみくじを引いたら今度は大吉が出た。ほおずきを一鉢買った。

千歳烏山《ちとせからすやま》の十河の家を、住所だけを頼りに探して行った。うちよりだいぶ綺麗《きれい》な和風の一戸建てだった。しばらく迷ってから、門の前にほおずきの鉢を置いた。大吉のおみくじを添え木に結んだ。

そのまま、こっそりと帰った。

8

湯河原太一の巨体が六畳の茶の間でのっそり正座していると、室温が二、三度上がるような気がする。顔のつくりが暑苦しいところへもってきて汗かきである。こめかみから流れる玉の汗を派手なチェックのハンカチで拭《ふ》いてはふうふう言っている。真夏にはあまりありがたくない男だ。

先方も真夏にはありがたくない家だと思っている。ばあさんが冷房嫌いなので、茶の間には扇風機しかない。熱帯夜には、湿った暑い風がどろんどろんと部屋の中をまわっている。湯河原は汗を量産する。さらに文句、注文も量産する。エアコンを買ったらどうだ、扇風機の風がこない、足がしびれた、氷水をくれないか。うるさくていけない。そんなにつらいなら来なければいいと思う。

来なければいいと思う理由はほかにもあって、一つは湯河原が綾丸良顔負けの劣等生であること、もう一つは自分を棚にあげて人の失敗をやたら喜ぶ悪い癖である。

綾丸良は、落語を話す時には、あまり吃音《きつおん》が出ない。噺《はなし》を思い出すのに必死で、緊張する暇すらないのかもしれない。それでも、時々舌がまわりきらずにアプアプすることがあって、湯河原は河馬《かば》が吠《ほ》えるようにおおげさに笑うのだ。

気持ちのいい笑いじゃない。ざまァみろ、このまぬけめ、という下品な笑いである。優等生の十河や村林の失敗にはあまり喜ばず、同じ劣等生の良ばかり笑うのが、いよいよ下品だ。弱者を踏みつけにする笑いだ。その自分が笑った相手よりもっと弱いのだから始末に負えない。目にあまる態度なので、

「そう笑うもんじゃないですよ」

と湯河原をたしなめると、

「ほー、落語は笑うもんじゃないのかね？」と反撃する。

「うまく出来た時に笑うもんですよ」

「もちろん、もちろん」

と満足気にうなずく。

「綾丸君は上手だから笑えるんだよ」

皮肉を言われて、良は赤くなってうつむいた。

皮肉には皮肉をもって返せばいいが、良にそんな度胸があるわけはなく、俺はもってまわった物言いが大嫌いである。

「いいか、湯河原さん、あんたが一番出来が悪いんだぞ。テキストもろくに読めない。俺の金釘《かなくぎ》じゃないぜ、ワープロの活字だぜ、ただの日本語だ。まあ、つっかえるわ、間違えるわ、暗記はしてこないわ。いったいやる気があンですか！」

思ったことがそのまま口から出てくる。

湯河原もさすがにむっとした顔になる。

「ほい、次、読んでください」

良が暗記してきてヨチヨチとしゃべった冒頭部分の続きを、湯河原にやらせる。もちろん、覚えちゃいない。ただ読むだけだ。それも初めてじゃあるまいに、どうして、こう、もたもたするのだろう。もたもたはいっこう構わないが、もたもたにふさわしく少し謙虚になってほしい。自覚がないのだろうか。まさか、わざとやってるんじゃあるまいな。

「湯河原さん」

俺は途中でさえぎった。

「あんた、恥ずかしいんだろう？」

野武士の頭領のようないかつい顔がぴくりとひきつった。豪快に見えるが、意外と神経質だ。頭上に野球帽がのっているかいないかで、人格まで変わってくるみたいだ。

「なあ、あんた、落語をしゃべるのが恥ずかしいんだろう？」

俺は繰り返した。

「くだらねえと思ってやってるだろう？」

「からむのはよせよ」

人を酔っぱらい扱いする。

「大真面目だ」

「若造のくせに」

「若造が真面目になって何が悪い」

「落ちつけよ」

上から軽く押さえつけようとするので、

「無理に落語を習うことないでしょう」

俺はなるべく静かな声を出した。

「口のトレーニングなら、発声練習でも、早口言葉でもいい。一人で簡単にやれることがいくらでもあるでしょう」

「そんなに俺が邪魔なのか？」

気味が悪いほど低い声で聞いてきたので、さすがに、すぐに、うんとは言えなかった。

「達チャン」

良がなだめるように声をかけた。

「きついこと言わないでよ。そんなふうに言われちゃったら、僕だって、ここに来られなくなるもん。ね？」

綾丸良が端正な顔をほころばせて「ね？」と甘えてくるのは昔からの癖だ。人がいいや。自分がイビられてるのに助け舟を出すこたないや。湯河原は尻《しり》がこそばゆいという顔をしている。惜しいことをした。もう少しで表へ蹴《け》り出してやれたのに。

下駄顔の元野球選手は、俺が何も言わない先から、もたもたとさっきの続きを読み始めた。

七月末日の柏家ちまきとの二人会、チラシを渡してやったのに、誰も聞きにこない。どうせ出来も悪かったが、そういう問題じゃない。俺への義理と人情と礼儀、落語への興味や情熱、何か一つくらいあるだろう？ つまらない連中だ。

十河は来ると、なんとなく期待していた。上野も新宿も浅草も来たのだから、池袋を嫌うことはない。嫌ったのは池袋じゃなくて今昔亭三つ葉なのだ。噺家の三つ葉というよりただの外山達也だ。

十河は、ほおずき市の日から、だんまり貝になっちまった。落語教室に顔は出す。ただ俺と目を合わせようとしないし、ほとんど口をきかない。

えらい嫌われようだ。

たしかに俺は不粋な男だ。髪は引っ張る、言いたい放題言う、いらないというほおずきを押しつける。嫌いなら嫌いでいい。はっきり嫌いだと言えばいい。喧嘩《けんか》を売ってくればいい。あの日のことはどう考えても十河が悪いが、なんだかんだ言い合いをすれば、俺だって、すまんの一言くらいは出てこないでもない。お互いにさっぱりする。

俺から仕掛けないのは弱みがあるからだ。ほおずきをこっそり置いてくるという、柄にもない気障《きざ》な真似《まね》をして、恥ずかしくて動きがとれないのだ。俺はめったに後悔というものをしないが、あれは余計だった。

十河の手に渡ったのだろうか。通りすがりの人が持っていったかもしれないし、家の人がどこかへやってしまったかもしれない。それなら、いい。十河があのほおずきを見て、俺にうんざりしたと思うとたまらない。顔から火を噴いてぼうぼう燃えそうだ。

風呂《ふろ》の湯につかって、のほんとしている時など、ふいに、並木の藪《やぶ》での十河の泣き顔が目に浮かぶことがあった。

奇妙な顔だった。しわ一つ寄せず、顔を歪《ゆが》めもせず、無表情のまま、目から頬へと涙の粒が転げて、すうと筋になる。自分で泣いているとわかっていないんじゃないかと思った。それほどひっそりと静かだった。

あの顔を思い出すと、胸のあたりが不快になる。落ちつかなくて、ざわざわして、いらいらして、痛むような感覚になる。

南の海に台風が来ていた。まだ日本からはだいぶ離れている。東京に近づくとしても先のことだが、湿気を含んだ風がどうどうと不穏な音をたてて庭の木立を揺すっている。

湯河原太一は仕事で欠席だった。

ひさしぶりに気楽な雰囲気で稽古《けいこ》をする。あの暑苦しいひねくれオヤジがいないとせいせいするが、あまりせいせいしすぎて、何か落とし物でもしたような気がする。

十河と村林は、もう仕方噺の稽古にはいっていた。つまり、上下をつけ、身振り、表情を作り、登場人物の演じ分けをする。

うちの師匠は厳しい三遍稽古だったし、俺は当り前のように言葉と動作を同時に覚えさせられたが、なにしろ考えの甘い素人《しろうと》相手だ。まず暗記を先にさせようと思った。全部覚えなくてもいい。ある程度、言葉が頭にはいったら自然に表情や手の動きは出てくるから、そこで本格的に教える。

十河は努力家なのか、よほど頭がいいのか俺がぼんやりしているうちにさっさと全部覚えてしまったが、村林はまだ六分咲きといったところだ。良が三分咲き、湯河原のオヤジは蕾《つぼみ》も出ない。

十河を見ていると、何か特殊な才能を持ち、訓練したと思うことがある。まず、声の出し方が素人じゃない。よく通る大きな声で楽々と明瞭《めいりよう》にしゃべる。台詞《せりふ》がうまい。感情がよく出る。身振りをつけていくと、これも恥ずかしがらずに思い切ってやる。言葉も身振りもいささか大げさなくらいメリハリがきいている。ふと思いついて聞いてみた。

「十河は何か芝居でもやってたか？」

相変わらずのだんまり屋だったが、さっと赤面して顔をこわばらせた。俺の何気ない一言が刃で、切られて血を噴いたような赤くなり方だった。

どうして、こう、いちいち反応が過激なんだ。別に芝居をやっていてもいなくても俺はぜんぜん構わない。何だというんだ。

「少し動作が大きすぎる。噺の邪魔になる。まあ、好き好きだけどな。膝《ひざ》で立って踊るようにしゃべる人もいるから」

ぶっきらぼうに指摘した。

「気をつけます」

壁にでもしゃべるように抑揚のない声で答えた。

もう勝手にしろ、と思う。

村林は噺の好きな箇所だけよく覚えていてそこばかりやりたがる。マクラの、ジェットコースターで悲鳴をあげるところ、油虫をやっつけるのに殺虫剤をふりかけまくるところ、そして本編の怪談部分だ。皆が集まって、恐《こわ》いものは何かという話をしている時、身投げしようとした女を助けようとして過って殺してしまい、それが幽霊になってあとをつけてきて襲われて、という長いくだり。

「全身は濡《ぬ》れ鼠《ねずみ》、白地の浴衣《ゆかた》が身にびちゃーっとまといついて、髪はザンバラ、顔は真っ青……」

「さっきぃ助けてやろうとおっしゃったおーかーたぁ」

「わあ、こわあ、わあ、こわあ、わあ、こわあ、ああ、びっくりしたあ！」

この絶叫部分を声をふりしぼって叫び、喜んで自分でひいひい笑っている。

「おい、待てよ」

俺は割り込んだ。

「自分が笑っちゃ落語にならないよ。人を笑わすんだから、自分はどんなにおかしいことを言ってもすましていなけりゃだめだよ」

「むずかしいなあ。あ、おもろいことゆうた思たら、つい笑てしまうねん」

「そうか」

俺はうなずいた。

「まあ、いいけどさ。最初のうちはな」

噺が仕上がるまでには、いやというほど繰り返ししゃべるわけで、もう飽きて笑うどころではなくなるのだ。

休憩を入れると、雨の音が強く聞こえてきた。しばらく前から降り始めたのが、だいぶ本格的になってきた。

「こりゃ日本中、降ってんじゃないか。湯河原さん、仕事ってどこの球場だろう」

俺が言うと、

「ほんまに仕事やろか？ あのオッちゃん、見栄《みえ》張っとんのとちゃうか」

村林は疑ってかかって、俺に新聞はないかと尋ねた。テレビもラジオも放送予定の試合の解説者に湯河原の名前はない。予備のカードかもしれないと言って村林は解説者の名前の出ていない三番手のパ・リーグのゲームに目をつける。

「これかもしれへん。福岡ドームや。雨でもやっとるで。三つ葉さん、ラジオない？」

催促されて、部屋からラジカセを取ってくる。村林に渡すと、カタカタいじって、やがて、スポーツ・アナウンサー独特の早口のしゃべりが聞こえてくる。

――ワンナウト、ランナー一、二塁！　どうでしょう？　ダイエーとしては追加点が欲しいところですが、やはりバントでしょうか？

――はあ、そうですね……

聞き覚えのあるがらがら声に、皆、すわっと乗り出した。

――ストライク！　高めのまっすぐ。湯上谷はバントの構えはしていません。バントでしたら、今のは絶好球ですねえ。

――はあ。フォアボールの後だから、ウェイトのサインでも出てたんじゃ……

――そうですね。ええと、村松はデッドボールですね。

――あ、ああ、デッドボール……

――ストライク！　ぜんぜん打つ気を見せませんけど、何か狙《ねら》い球《だま》をしぼっていますか？

――はあ。ええ、最初がストレートで、次がカーブだから、ええと……

――一塁牽制球《けんせいきゅう》ッ！　ランナーあわてて戻りました。セーフ。危なかったですね。ずいぶん大きなリードでしたね。このカウントでエンドランはないと思いますが？

――はあ、それは……ないと思います。

「湯河原のオッちゃんや」

村林はにやにやした。

「な？　とろいしゃべりやろ？　アナウンサー一人でやっとるやろ？　ぜんぜん、うまなってないなァ」

しばらく、皆で、湯河原が落語と同じくらいもたもたと解説するのを聞いていた。なんだか気の毒になるくらいテンポが悪かった。アナウンサーは色々と質問を仕掛けてくれるのだが、湯河原はきびきびと即答できない。一瞬考える間があく。わずか数秒だが音だけが頼りのラジオにおいては、致命的な遅れだ。ひやひやする。ようやく何か言いかけるとアナウンサーが邪魔する。いや、湯河原のほうがアナウンサーの邪魔をしている。もたもた解説が、ラジオの実況中継の速いリズムを完全に崩しているのだ。

「いつもと違うね、湯河原さん」

良が不思議そうにつぶやいた。

「き、緊張するのかな。やっぱり」

良自身が緊張して、眉《まゆ》をひそめて、ラジオをじっと見つめる。

「俺、初めてラジオ聞いた時、湯河原はしゃべらん男やな思たんや。いるやろ。すごい無口でごついオッサンて」

村林が言う。

「でも、本物、ぜんぜんちゃうやんか。嫌味でうるさいオッサンや。なんで、いつもみたいにしゃべらへんのやろ」

村林の言うとおりだった。

間の悪さ以上に困るのは、湯河原の言葉の退屈さだった。あたりさわりのないことしかしゃべらない。いつもの辛辣《しんらつ》さは影も形もない。

俺はラジオを消すように言った。そして、稽古の続きを始めたが、福岡ドームのマイクロフォンサイドで、もたもたをやっている湯河原の苦しい顔が目の前をちらついて、どうも集中できなかった。

ばあさんが、氷をかいて、ゆであずきと白玉と黒蜜《くろみつ》を添えたガラスの器を運んでくる。

「なんですか、そりゃ？　氷あずきですかい？　やけに甘そうですな」

湯河原は気味悪そうに顔をしかめながら、誰よりも早く匙《さじ》に手を伸ばす。

「甘いのは苦手ですか？」

ばあさんが尋ねるのに、

「まあね」

と答えて、ざくざくと口にかきこむ。

「塩でもふりましょうか？」

ばあさんも黙ってはひっこまないので、湯河原は不愉快そうにハハハと笑って、つまらない冗談だなという顔を作って、またざくざくと食べる。こめかみが痛むような冷たいやつを一分もかからずに食べおえてしまう。

ばあさんは、あきれたような、少し満足したような複雑な顔で、器を下げる。

中入り、休憩、お茶の時間である。

俺は氷を食うのをやめて、テレビのスイッチを入れに立った。リモコンは、いつか、ばあさんが間違ってゴミに出してしまい、それきり新調していない。

休憩時間にテレビをつけたのは初めてだ。テレビなどつけると、皆ありがたがって黙って眺めて会話をしなくなるにきまっている。会話をしなければいけない。少しずつでもいいから、お互いを知って仲良くなるのが、この面子《メンツ》にとってはぜひ必要だ。

今日はふと気がむいた。プロ野球中継にチャンネルを合わせてみる。

巨人対阪神戦をやっている。甲子園を高校生に譲り渡して、阪神は地獄のロード中なので、場所は東京ドームである。七回の裏、三対一で巨人が勝っていた。

俺はなんとなく巨人をひいきしている。東京で生まれたから、まあ、そんなもんだろうと思っている。別にヤクルトでもいいが、やはり巨人のほうが少し好きだ。

「よしよし」

と独り言のように言うと、

「三つ葉さん、巨人ファンやで。ぜったい、巨人ファンやな。わかるわ」

村林が馬鹿《ばか》にしたように言う。

「そっちはタイガースだろう」

決めつけてやると、村林は首をぐっとそらせて、恐いような細い目になって、俺を見据えた。

「大阪に住んどったからやないでえ。そんな単純なもんやないでえ。巨人ファンなんかには死んでもわからんわ」

「何がわからないんだ？」

「タイガースのことや」

村林は一度息を吸って言い足した。

「阪神タイガースゆうチームがどんなチームかわからん。どこがええか、巨人ファンには絶対わからん」

「そう力むほどのチームじゃないさ」

湯河原太一があっさりと言いはなった。

グラウンドの外ではなく、中にいた男が口をきくと、ただのファンは発言権を失ったような気がする。

「三年いたけどさ、客はうるせえわ、フロントはあほうだわ、ろくなこたなかったぜ」

村林の顔が一瞬青白くなった。

「ほんなら、湯河原さんは、どこのチームが一番良かったん？」

珍しく、湯河原さんときちんと呼んで、詰め寄った。

「色んなチームにおったやろ？　タイガースが嫌いなら、どこが好きやったん？」

「どこも同じさ」

「みんな、嫌いなんか？」

「ま、ね」

「そやから、すぐにほりだされるんや」

「なんだと？」

また喧嘩《けんか》になりそうだったので、俺は口をはさんだ。

「ねえ、湯河原さん。テレビの音を消すから解説してくれませんか？」

「あ、そら、ええわ。みんなで笑たろ」

湯河原になぐられる前に、俺が村林を一発軽く小突いて、

「せっかくプロがいるんだ。こんな機会はめったにないや。頼みますよ」

「いやだね」

「恐いですか？」

俺の言葉に湯河原の褐色の顔面がびくりと波打った。

「野球のことをしゃべるのがそんなに恐いんですか？」

「別にこわかない」

「じゃあ、いいでしょう」

俺はまたテレビのところへ近寄って、ボリュームをゼロに落とした。音のない画面に野球選手が動いていた。

茶の間も音がなかった。元野球選手の口は動かなかった。

「八回の表、阪神タイガースの攻撃。チャンスですね。ツーアウト、一、三塁。ああ、代打が出ました。あれは……真弓ですね」

俺はアナウンサーの真似《まね》ごとをした。

湯河原はじろりと俺をにらんだ。

「どうですか？　湯河原さん。真弓選手は代打の成績がいいですね。よく打ちますよね。それに、彼が出てくると、球場がどっと沸きますね。湯河原さんもそうでしたね。あの歓声は気持ちがいいでしょう？」

「ありゃ、だめだ」

と湯河原はつぶやいた。

「プレッシャーになりますか？」

「真弓はだめだ」

湯河原はテレビ画面の打者をじっと見つめていた。

「今日の斎藤は打てない」

「なぜですか？」

「わかる」

「どういうところでわかります？」

「目だ」

「目ェやて」

村林がケラケラ笑った。

「スライダーが切れてるとか、バットの振りがにぶいとか、ふつう、もっと専門的なこと言わへんか？」

「いいから、黙って見てろよ」

湯河原は人が変わったような真剣な表情で画面を食い入るように見つめていた。

「斎藤の面《つら》だぜ。死ぬ気でほうってるぜ。投手がああいうものすげえ面してる時は、こっちも奴《やつ》が投げた球にぶちあたってくたばるくらいの覚悟でいかなきゃだめだ。真弓の奴、すかしてるじゃねえか。カッコつけてる場合じゃねえよ」

「真弓はもともとカッコええんや」

「今日は、気迫で負けてる」

カウントはツー・ワンになっていた。

「ここで勝負しますか？」

俺は聞いた。

「あたりまえだ。気で押してる時はググッといくのが一番いいんだ。へたに考える時間を与えると、打者が有利になる」

「頑張れ、真弓！」

村林が叫んだ。

投球はボールで打者は見送った。

「何が勝負や。ボールやないか」

「手が出なかったんだ。ストライクだぜ」

湯河原は自信たっぷりに言い切った。

「見ろよ。助かったって顔してるぜ。あのアンパンは辛いんだよ」

「あんパンが、からい？」

良がつぶやくように繰り返した。

「アンパイヤが、球審が、ストライクゾーンが狭いんだよ。低めをとらないんだ。あいつはいいぞ。あいつのミス・ジャッジにだいぶお世話になったぜ。監督や投手が何人も爆発して退場になってんだぜ」

もう一球ボールが続き、フルカウントからセカンドにゴロを打って打者はアウトになった。

「馬鹿めが」

と湯河原は言った。

「ありゃストライクだが、アンパンはボールと言うぜ。ぼーっと突っ立ってりゃ一塁行けるのによ」

「真弓の悪口ばかり言うな」

村林が怒鳴った。

「馬鹿を馬鹿と言って何が悪い」

「そんなら、放送でゆうてみい。ラジオやとオッちゃんはおとなしいにしとるやないか。そんなふうに偉そうにしゃべってみい。選手や監督や審判を馬鹿、馬鹿とゆうたらええのや。ゆえるもんなら、ゆうてみい」

「内輪の話と仕事は違うさ」

「そんなん卑怯《ひきょう》や」

「子供にはわからん」

「でもね、湯河原さん」

俺は言った。

「この前、ラジオの解説聞かせてもらったけど、今日の話のほうが断然面白かったぜ」

湯河原は、うなるような、うめくような、なんとも言えない嫌な声をたてた。

「湯河原さん、あんた、現役時代のイメージが悪役だからな、聞き手は強烈な、辛口の、毒のある解説を期待するぜ。常識的なのも、冷静なのも、ウケない」

「落語家風情《ふぜい》に何がわかる。ウケる、ウケないでやってるんじゃないんだ。俺の仕事は正しいことをしゃべることだ」

「違うな。間違っててもいい。面白けりゃいいんだ。人の言えないことをしゃべったら強い。俺の商売と似てらァね。要は個性だ」

自分の言葉にハッとした。同じことを人に言われたら、俺は返す言葉がないような気がした。

俺もまた、面白さや個性より、正しくあることを望んでいる。古典落語の正統派の技術を身につけることばかり考えている。

湯河原より始末が悪い。

たしかに、野球解説は正しければいい。

しかし、落語が正しくて、客が喜ぶか？

9

麻布《あざぶ》の事務所に電話をかけると、ここ数日連絡がとれないが、たぶん葉山の別荘にいるのではないかと、若い男の声が言う。電話番号を教えてくれる。いるはずなんだけど、なかなか出てくれないんですよねえ、とへっぽこ幽霊の噂《うわさ》のように付け加える。

草原亭白馬師匠は、小三文師匠の弟弟子に当たる。年は四十の尻《しり》のほうで、集客力にかけては一、二を争う人気者だ。基本的には古典派だが、改作も新作も気軽にやり、テレビのバラエティーのレギュラーも張れば、ドラマ、CMでもお馴染《なじ》みとくる。市川雷蔵に似ていると自称している。ダンディズムを追求している。そのくせ、悪ふざけをやる。真冬の夜更《よふ》けに、ふんどし一丁になって富士急ハイランドでスケートをしてつまみだされる。わざと腐りかけの食品で闇鍋《やみなべ》をやって、弟子三人を一昼夜、雪隠《せっちん》詰めにする。同じものを食って一人だけぴんぴんしているから凄《すご》い。

俺はこの人に嫌われている。もともと小三文師匠と犬猿の仲なので仕方がないが、何かにつけ、俺の名をあげて馬鹿だの河馬《かば》だのと言う。高座でも言う。テレビでも言う。まあ三つ葉の宣伝をただでしてもらっているようなものだが、笑ってすますには毒舌の毒が少々きつい。

うちの師匠との確執は、古典派の名跡である小三文の名をめぐってのことらしい。
真打ち昇進の時に、将来を見込まれた噺家《はなしか》は、由緒《ゆいしょ》ある名前を襲名し、その披露をする。前座の名は師匠が冗談でつけるし、二ツ目は、やはり冗談のようなのから、一門の大看板の昔と同じ出世名前まで色々あるが、ともかく、皆、目の色を変えるのは真打ちの襲名なのである。どの名前を継ぐかによって、現在の自分の実力の評価、将来への期待が明らかになる。また、大きな名前をもらえば、その名の威光と自信で売れることもある。

白馬師匠はまだ二ツ目の頃からその才能を注目されていたが、うちの師匠は売れずに地味にやっていた。それでも、今、八代目小三文の名にふさわしいのは、やはりうちの師匠だとひいき抜きで思うので、大師匠の三文は慧眼《けいがん》だ。

小三文をくれないなら、いっそのこと手垢《てあか》のつかない名前が良いといって、二代目草原亭白馬を襲名。初代白馬は、明治時代の噺家で三十一歳で狂死している。大天才だったという説もあるが、事実はわからない。その名を継いで、自らの力で大きくきらびやかに開花させた。

小三文と白馬は、あらゆる点で対照的である。そのくせ、互いの悪口は同じだ。「あいつは変人で困る」。

葉山の電話は不通だった。三日後に、また事務所にかけると、例の男が出てきて、「あのう、もし良かったら、別荘のほうにおいで下さいとのことですが……」と何やら申し訳なさそうに言った。口ぶりから察するに、来たけりゃ来い、気がむいたら会ってやるくらいの白馬師匠の伝言だったのではないか。

うちから葉山というのはえらく遠い。おまけに電車の便が悪い。井の頭線を端から端まで乗り、次は山手線で品川へ行き、ようやく横須賀線にたどりつく。平日の昼下がりだが電車はかなり込んでいる。夏休みもあと数日で終わりだ。最後の行楽客で湘南《しょうなん》はまだだいぶにぎやかだろう。

横浜を過ぎたあたりから、だんだん窓の外の景色が開けてくる。緑が深くなる。俺は電車から景色を眺めるのは嫌いじゃないが、どうもすぐに飽きてしまう。そこで、長く乗る時はついぶつぶつと小声で噺の稽古《けいこ》を始めて左右の人にうるさがられるのだが、今日は色々と考えることがあった。

俺の噺について。

俺自身、落語を好きでいるためには、やはり、正統派の古風な品と味が欲しい。

芸人として一本立ちするためには、押しも押されもせぬ強烈な個性が欲しい。欲しい、欲しいというのは簡単である。

小三文師匠の二番煎《せん》じでなくなるために、具体的に何をどう努力すればいいのか。今回の葉山行きは、その一歩である。

熟慮の末というよりは、ひょいと思いついた。思いついてみると、これまで、実行しなかったのがもどかしくなるような考えだ。

問題は白馬師匠だ。いきなり訪ねていってうまくつかまるかどうか。たとえ会えても、嫌いな俺の頼みを聞いてくれる保証はない。うんと言うまでは何度でも押しかけるつもりで、短気をおこさないように腹を据えなければならない。

逗子《ずし》の駅から葉山方面へ向かうバスに乗った。駅前の商店街を抜け、しばらく町中を走ると、やがて海が見えてくる。沖は青いが、浜近くは海水浴客の水着の色でモザイクになった八月の湘南の海だ。葉山マリーナからさらに五分ほど乗ってバスを降りた。

通りの向かいはすぐ海だ。商店や人家の裏手の防波堤から階段を降りてコンクリートの桟橋に出られる。浜はない。テトラポッドに空《むな》しく波が寄せている。風が強い。ふだんでもこれだけ強く吹いていて、嵐《あらし》の日はどんなだろうと想像する。白波、三角波、高波、家の窓まで水がせりあがってきそうな海の近さを痛快にも物騒にも感じる。まぶしいような空の色だった。目を細めてもくもくともりあがる入道雲を眺めていると汗が首筋をつたって冷たく流れ落ちる。

夏の晴天の、これでもかというほど暑い日が俺は好きだった。うじうじした考えが、白光に照りつけられて残らず蒸発してしまう。

海を背にして、細い坂を上る。十分ほど歩き続けたが、事務所の男が教えてくれた目印が何も見つからないので、さては間違ったなと思い、バス通りに引き返した。

干物の生臭い、しょっぱいにおいがする。さっきとそっくりの小さな魚屋が現れる。場所が場所だけに魚屋が多い。しかも、双生児のような魚屋だ。

その角を曲がってみる。坂の右手に釣り具屋、企業の保養所、しばらく上った左手に米屋と看板を確かめる。この道で良さそうだ。人家の表札を一つずつのぞいていく。やがて潮風にひびわれたような木の札に宮原とかすかに読めるのが見つかった。

別荘というと豪華に響くが、我が家とおっつかっつのボロくたびれた日本家屋だ。

建物の左側に、トタンの屋根をかぶせただけの駐車場があり、その粗末な場所に不似合いな、濃紺のやたらとスマートなオープンカーが置いてある。派手な柄の海水パンツ一丁の男が、車を布でせっせと磨いていた。

「白馬師匠！」

俺は大きく声をかけた。

「おう、三つ葉」

汗まみれの白い顔がふりかえった。八月の湘南の日差しにも焼けない肌とみえる。

「来やがったか。何の用だ？」

車を磨く手も止めないで聞かれて、単刀直入を得意とする俺が一瞬ためらった。

「師匠の〝文庫〟を借用できないかと思いまして」

丁寧に頭を下げた。

「お願いします」

「へーえ」

白馬師匠は俺を上から下までじろじろと眺めまわした。

「何に使うんだ？」

「勉強です」

「へ！」

鼻で笑われた。

それきり、また後ろを向いて、車をごしごしやりはじめたので、

「お手伝いします」

と申し出ると、それには返事をせずに、

「この車の名前、言ってみろ」

と言う。

自慢じゃないが見てわかるのはベンツくらいのものだ。これは例の丸いマークがついてないので違う。左ハンドルだな。外車だな。

「わかりません」

あっさり降参する。

「わかるまでそこで立ってろ」

まるで中学教師だ。意地の悪い。一週間、ここに突っ立ってたって、知らないものは知らない。

白馬師匠は海パン姿も勇ましく、わっしょいと動いている。ワックスをかけたのを空《から》拭《ぶ》きしたのか、やがて、車は濃紺の内側から光るような美しい艶《つや》が出てきた。

「アルファ・ロメオのスパイダーだ」

輝く車にうっとりと見惚《みと》れて言う。

「蜘蛛《くも》ですか」

「クモじゃねえ！」

師匠は鼻にぎゅっとしわを寄せた。

「男のくせにアルファも知らねえのか？ ほんとにおめえは、まあ……」

溜《た》め息をつく。

「ちったあ勉強しろ」

そして、ようやく、あがれよ、と玄関のほうにあごをしゃくり、疲れた様子で首をぐるりとまわした。

左党の師匠への手土産に、ばあさん秘蔵の青森の田酒《でんしゅ》を一升ぶらさげてきた。

「おめェ、この暑いのに日本酒かよ」

とぶつくさ言いながら、コップを二つ持ってくる。客間から、西日のかんかん当る濡《ぬ》れ縁にひょいと出て、まぶしそうに目を細めた。

「来いよ」

あぐらをかいて片膝《かたひざ》を立て、二つのコップになみなみと酒を注ぐ。一つを俺に渡し、もう一つに口をつけてぐっと飲む。ふうと息をはく。台所から取ってきたのか茶色い模様の日本手ぬぐいを首からぶらさげて、それでも裸の上体にも顔にも汗が流れるのをいっこうにぬぐおうともしないが、美男のせいか、色白のせいか、涼しい感じすらする。

酒のコップを片手に、白馬師匠の隣に正座する。顔の片側を日光が容赦なく焦《こ》がす。濡れ縁の先は狭い庭になっている。物干しに洗濯物がひらひら揺れ、ひからびて割れたような地面に日日草、おしろい花、俺の背丈より高いヒマワリの花が咲いている。白、紅、黄。潮のにおいのする熱風が、時折ぼうと吹き寄せてくる。日本酒はぬるい。身体《からだ》は火のように熱い。俺は着ているものを何もかもぬぎすてて、海に頭から飛び込みたいと、じりじり思った。

「師匠が花の世話をするんですか？」

なぜか妙に気になって尋ねてみた。

「ああ。隣の婆《ばば》アがやってくれるんだ」

白馬師匠は面白くもなさそうに答えた。

「俺ァ、めったにいないから。金払って、ここの管理を頼んでるんだ」

もっともだ。人気者の師匠に、葉山にこもって庭いじりをする暇はない。

白馬師匠の自宅は事務所と同じ麻布のマンションにある。二度目の離婚をしたばかりで気楽にあちこちめぐりあるいているようだ。

「飲まねえのかよ」

師匠は俺のコップを横目で見た。

「おめェは飲めねえものを土産に持ってくるのかよ、あ？ あ？」

仕方ないので、なまぬるい酒をあおった。アイスキャンディーでも持ってくりゃ良かった。

「暑苦しい野郎だなあ。着物なんざ着やがってよ。夏ァ、野郎は裸でも暑苦しいぜ」

庭の花のような色どりの海パン男は言う。

「昔の日本じゃねえんだ。夏は暑すぎらァ。もう着物で夏を過ごせる時代じゃねえんだ。そういうことをわかってねえから、てめえはとことんダサいんだ」

一升瓶を片手で握って、酒をコップにどくどく流しこんだ。

「おう、暑いだろう。ざまァみやがれ」

「実に暑いです」

俺は思わず笑ってしまった。酒を持参して自分が肴《さかな》になったなと思って、おかしくなったのだ。

「笑うな！　このドン・キホーテめ！」

白馬師匠は俺のむこう脛《ずね》を蹴《け》飛《と》ばした。

「おめェみてえな奴《やつ》が落語をダメにすんだ」

出たな、と思った。

「ドン・キホーテ」「おめェみてえな奴が落語をダメにする」――白馬師匠が俺を罵《ののし》る時に必ず使う台詞《せりふ》だった。時代錯誤の滑稽《こっけい》馬鹿《ばか》にして空想的理想主義者が、古典落語の本質を履き違えて、着物姿でのし歩き、古臭い顔つきをしてみせる。その顔も姿も考え方も何もかもが気にいらないと白馬師匠は言うのだ。

に
「いくら昔の格好をしたからって、昔の心になれるわきゃねえだろ。たとえ、昔の心になれたからって、面白い芸につながるわけじゃねえんだぞ」

差しのせいか、珍しく諭すように言われて、毒づかれるよりきつく感じた。

「なあ、もうあと十年、二十年すれば、確実に古典落語は滅びるぞ。今のガキどもに届く言葉を考えなけりゃならないのに、俺より若いおめェが逆戻りしてどうするよ？」

今のガキどもと言われて、村林を思い出した。俺の噺には笑わなかったが、枝雀師匠には喜んだ。横綱と幕下くらいに力の差があるが、それでも俺はやはり悔しかった。

「好きなんです」

懸命に言ってみた。

「着物も、昔の姿も仕草も考えも」

西日にあぶられて、燗《かん》がついたような酒を一口飲んだ。むっとくる。

「見せる芸じゃないですか？」

もう一口飲んだ。今度はうまいと思う。

「着物を着て出ていって、自分の身体一つで江戸や明治を作り出して見せる芸じゃないですか？」

「そらそうだ」

意外にもあっさりとうなずいた。

「志を全《まっと》うして、おとなしく絶滅するか？」

「いや、そうそう、くたばりません」

俺は意地を張った。

「じゃあ、どうするよ？」

「考えます」

横を向いてまともに白馬師匠を見つめた。

「勉強します。お願いします。〝文庫〟を貸して下さい」

すると、白馬師匠はいきなり手にしたコップを庭に投げ捨てた。ガラスが目を射るように白く光る。しぶきが散る。紅色のおしろい花が夕方の水のかわりに青森の酒を吸った。

〝文庫〟とは、白馬師匠が三十代の頃から集めた、過去、現在の名人の噺の録音、ビデオ、速記本、写真、そして、大衆芸能全般にわたる膨大な資料のことだ。落語研究家の源田氏、元ラジオの落語放送の担当ディレクターだった吉川氏との共同作業と聞く。貴重な記録の収集、保存を目的とし、今なお続けている。具体的に何があるのか、どこに置いてあるのかは知らない。ただ質、量ともに有名で、頼んで貸してもらう人は業界の外にも多いらしい。

「貸してやるとも」

白馬師匠は目の縁がかすかに赤くなっている。あれしきの酒で酔うはずもないから、よほど怒っているのか、すでにかなり出来上がっていたのか。

「何の何を欲しいと言え。すぐに出してやらあ」

怒鳴りつけられて、自分のうかつさに初めて気づいた。当然、師匠は目録を作っているだろうが、何があります？から始めるのはひどく不勉強で失礼だった。俺はおおいにあせった。そして、もごもごとっさに思いついたものを口にしていったが白馬師匠はせせら笑ってさえぎった。

「馬鹿野郎！　顔洗って出直してこい！」

バス通りの海風よりも豪快にまた怒鳴られて、

「はい！　失礼しました」

俺は素足で庭にけしとんで頭を下げた。

「また、来ます」

最後に、白馬師匠の目を下から見上げると俺などいないかのように、はるか上空で鳶が環《わ》を描くように飛ぶのを首をそらしてぼんやり眺めていた。

横須賀線は、海から帰る人々でぎっしりすし詰めになっていた。潮のにおいのするような日焼けした肌、カラフルなTシャツにパンツにサンドレス、手にしたビニールバッグ。十代、二十代の若いカップル、親子連れ。たとえば、この一車両のうちの何人が寄席《よせ》に来たことがあるだろう？　何人が落語を聞いて面白いと笑ってくれるだろう？

海はいい。カーッと暑くなるだけで、これだけの客を呼べる。一九九〇年代、娯楽の数は限りなく、江戸は日に日に遠くなる。昔の言葉も習慣もどんどんすたれていく。俺などはまだ祖父母が明治、大正の人間だから、その時代のイメージがおぼろにも描けるが、もっと年下の連中にとっては歴史の教科書の文字のように無縁のよそよそしい過去だろう。

熊《くま》さん、八つあんのいる長屋の日用品、暮らしの情景を説明抜きでしゃべるのはむずかしい。へっつい、と言っても何のことかわからないだろう。かまどと言い直しても、まだ映像が頭に出ないだろう。廓噺《くるわばなし》は特に、吸い付けたばこ、大引け、妓夫《ぎゆう》など固有の言葉やしきたりが多くて困る。噺の途中でいちいち説明できないので、マクラでやる人が多いが、さあ笑わせてもらおうという客にいきなり歴史や古文の授業をするようなものだから興ざめもいいとこだ。

噺の内容自体が今の倫理に合わないものもある。娘が身売りしてこしらえた五十両を、あかの他人を助けるためにぽんとくれてやる親父《おやじ》を、お人好《ひとよ》しの善人とする『文七元《もっ》結《とい》』などは、なんのこっちゃという感じだ。

白馬師匠は古典落語の将来を真剣に憂《うれ》えているのである。落語を愛しているのである。

もっと、日頃、俺の考えていることを率直につぶさに話してみればよかったと思う。

落語の源は、もっとも古いところでは、戦国時代の『戯《ぎ》言《げん》養気集』、江戸の寛永年間の『きのふはけふの物語』『醒睡笑《せいすいしょう》』——武将や貴族のつれづれをなぐさめるため話相手をしたお伽《とぎ》衆の笑話にさかのぼれる。落語『平林』『寝床』『子ほめ』の原話や艶笑《えんしょう》小ばなしの佳作などがある。

こういうお伽衆の口演筆録は、面白がって少し調べたことがある。

実際に興行としての落語の形が出来たのは江戸の天和の頃で、ヨシズ張りの小屋をつくり、晴天に興行して銭を集め、娯楽的な架空の笑話を提供する辻咄《つじばなし》がはやった。京都で露の五郎兵衛、江戸で鹿野武左衛門《しかのぶざえもん》。この辻咄は、庶民の娯楽への指向を嫌う徳川幕府の弾圧によって衰退したが、やがて、寛政の頃、本格的な寄席興行が始まり職業的落語家が誕生する。江戸では三笑亭可楽が始祖である。

文化元年には江戸には三十三軒の定席ができ、文政八年には百三十軒あまりになって、前座、二ツ目など芸人の階級もできるようになった。幕末には三題ばなしが流行する。

その中心人物に、かの三遊亭円朝がいる。幕末から明治にかけて活躍した円朝は、落語家の社会的地位を向上させ、落としばなし、人情ばなし、芝居ばなし、怪談ばなしなど、江戸落語の各分野を集大成し、彼の創作は古典として今なお数々語り継がれている。

明治になると、寄席四天王の一人で、近代落語の祖と言われる、ステテコ踊りの三遊亭円遊がいる。それから、名人、橘家円喬《たちばなやえんきよう》、三代目柳家小さん。大正時代は、酒と女にあけくれた狂馬楽、盲小せん、エログロナンセンスの柳家三語楼。まさに伝説の噺家だ。円喬、小さん、三語楼は録音が残っているらしいので、ぜひとも聞いてみたい。

昭和初期、戦後から高度成長時代の名人だって、俺は実際には知らないのだ。

これを知りたい、この人を聞きたいというより、本当に何もかも、手当たり次第に接してみたい。一つの噺がどこで生まれて、どういう名人の手によって、どんなふうに育ち、変わっていったか。古くは文字でも噂《うわさ》でも、なるべく近くは生の声や映像で、追えるかぎり追ってみたい。

これまでも自分のできる範囲でちょこちょこ当たってはいたが、もっともっと強烈な欲求が生じた。そこで、白馬師匠の〝文庫〟を思い出した。ろくに考えないで行動に移るのが、いつもながらのおっちょこちょいだ。

全部貸してほしい、と素直に言やァ良かったかな。でも、自分の安直さが恥ずかしかった。白馬師匠の〝文庫〟は、師匠の長年の努力の賜物《たまもの》である。その結果だけをただで頂戴《ちょうだい》するのはずうずうしい。俺自身、古本屋や図書館を駆けめぐり、貴重な録音の持ち主を捜して頭を下げて、もっと勉強しなければいけない。

横浜、鶴見、川崎、と電車が東京に近づくにつれ、空気の密度が濃くなるような気がした。せかせかして、片時も休まない、張りつめた空気だ。

晩夏特有の煙ったような黄昏《たそがれ》に包まれて、四角いビル、マンション、建売住宅、道路、直線で構成された近代都市が、頭脳と意志をもった冷酷な巨大生物のように見えてくる。ネオンが光る。車のライトが光る。

車内に女の子のくすくす笑いが響いた。高校生くらいの三人連れ。彼女たちの視線が気になった。夏大島を着流した俺を見て、嘲笑《あざわら》っているような被害妄想《もうそう》に陥る。

第二次世界大戦後、アメリカ、ヨーロッパの文化の移植によって、日本は変わった。根こそぎ変わった。古い土着の根っこを捜してごそごそ掘り出そうとする者は、ドン・キホーテと呼ばれ、速い時の流れからずり落ちていく。

葉山の海に広がる大きな空を思い出した。

暑い強い風。

白馬師匠の庭のノッポのヒマワリの花は、枯れかけて茶色がかっても、なお勢いよく太陽にむかってぐんと首を伸ばしていた。

10

突然、恐怖を感じた。

出囃子《でばやし》のテープが鳴って、高座の座布団《ざぶとん》に歩いていく時、ふいにあたりがすっと暗くなり胃袋が氷の固まりでも飲み込んだように冷たく感じる。身震いが全身を走った。

日本橋の洋食屋だった。一晩貸切りにして松家とび平師匠が食事つきの落語を客に提供する。とび平師匠はエネルギッシュな中堅の噺家で、年に四、五回独演会を開き、若手をゲストに呼んで漫談の肴にしつつ、一席しゃべらせてくれる。柏家ちまきがその常連だ。三つ葉をからかうと面白いと進言したらしく、今回俺にもお声がかかった。

寄席やホールより、ずっと気楽な雰囲気の場だった。とび平師匠がまずひょいと顔を出し、ようこそおいで下さいました、と我が家のような挨拶《あいさつ》をする。ひとしきり時事ネタの漫談で笑わせてから、ちまきと俺を呼び出して三人で掛け合いのようなものをやった。

とび平師匠もちまきもアドリブに優れている。機関銃のようにしゃべって俺を攻撃の的にするのでこっちは防戦一方でへーへー言わされる。俺がちまきの前歯を折った話は殺人未遂のように大げさになるし、態度の悪いタクシーの運転手と喧嘩《けんか》した件は、二発ぶんなぐられて一発蹴《け》り返しただけなのに、車から降りてレスリングになり、双方、留置場に放り込まれたことになっている。

「前科者ですから」

とちまきは言う。

「嫁の来てがありません」

「どうですか？ お客さんの中で、今時こういうバンカラな男いいわーという方、いらっしゃいませんか？ あたし、お世話します。ただし、あとのことァ知りませんよ。三日付き合うと顔が変わってるかもしれません」

とと び平師匠。

「女の人をなぐったことァまだありません」

俺がむっとして言うと、

「ほら、男らしいでしょ？」

「なぐろうと思うことァよくあります」

「あぶないねえ」

「それがね、三つ葉はね、最近、付き合いがひどく悪いんです。どうも出来たんじゃないかって」

「子供が？」

「いや、その前の段階」

「女ね？」

「あやしんですよ。飲もうって誘うと断ったことない男がね、よく帰るって言うんです」

「あやしいね！」

「女も子供もいます」

俺は言った。ふと口がすべった。

「おじさんと青年もいます」

「変なのがいるねえ」

「皆、性格に問題があって」

「ほう？」

「あたしに落語を教えろと言うんです」

とび平師匠もちまきも困った顔をした。一瞬、掛け合いであることを忘れて本当のことを言っちまった。これじゃ、突っ込みようもない。オチもつかない。芸がない。

その後で、一席しゃべる場があった。

壁際《かべぎわ》の中央にしつらえた壇上の座布団までたどりつけないかと思うくらい、膝《ひざ》ががくがくした。なぜだか、わからない。特に緊張していたわけじゃない。ただ、しゃべるのが急に恐くなった。腹痛でも装《よそお》ってその場に倒れてしまおうかと思うくらい恐くなった。

ふと我に返ると、予定の演目をしゃべっていた。記憶が飛んでいる。どんなマクラをふったのだろう。俺はいったいどうしちまったんだろう。

客席は静かだった。

ああ、静かだな、また今日も静かだなと思うと、このまま高座を降りて、すたこら家に帰りたくなった。

もう、ずいぶん長いこと、笑いをもらっていない気がする。以前はあまり客の受けにこだわらなかった。好きなようにやって、笑ってもらえれば幸せと簡単に思っていた。その頃はわりと良く受けていたのだ。若手の二ツ目の中では、明るく元気な実力派として評論家筋におほめの記事を書いてもらうこともあった。

サゲを言う。気のない拍手がぱらぱらと鳴る。掌についた土でも払っているようだ。茫然《ぼうぜん》として引き上げてくる。

それから、客席へ食事が運ばれて休憩になった。とび平師匠に、顔色が悪いよと言われる。風邪をひいて寒気でもするのかと思ったがどうも違う。身体じゃない。心の寒気だ。噺がうまく出来なくてノイローゼになったのか、俺にそんな繊細さがあってたまるかと思う。笑いが取れないのが何だ。まだまだ尻《しり》が青いんだから当り前。客にそっぽを向かれて当り前。野次られて当り前。しかし、その当り前も長く続くと、ボディーブローのようにじわじわと全身に応《こた》えてくる。

今の自分をセコだと思うのは、まあ良かった。これからの自分が、どこまでいっても、やはりセコかもしれない、才能もセンスもなくて永久に上達しないと考えるのは恐ろしかった。心臓のあたりが痺《しび》れるように冷たくなる。何か保証のようなものが欲しい。俺は大丈夫なのだと、きっとうまくなる、きっと売れるという自信のかけらでもいい、欲しい。

ふと、綾丸良の顔が頭に浮かんだ。自信のない顔の代表選手だ。おどおどして弱っている。十河の人をはねつけるような険しい顔、湯河原の怒りに歪《ゆが》んだ顔、村林の強情な顔、次々に浮かんできて、どの顔も、どの顔も、自分のこれからに自信や希望が持てないで困っていた。

その困っている連中に、俺はなぜか落語を教えていた。俺自身が落語に困っているというのに、教えているのだった。

九月の昼の日差しの強さは凄《すご》くても、夕暮れは早くなる。鳴く虫の音が蟬《せみ》から松虫、鈴虫に変わっている。しん、しん、しん、しん、りい、りい、りい、と、どの草の陰にいるのか、井の頭公園は足元から沸き立つようににぎやかである。

俺は足を止めて、虫の音に耳を傾けた。

今日は一日中、麻布の図書館で、本とにらめっこをしていて、頭の芯《しん》が疲れており、しんしんしん、りいりい、の声が気持ちよく全身に沁《し》みてくる。目を閉じて深呼吸した。夕方の空気は、どこかひんやりとした秋のにおいをはらんでいる。

西洋人は虫の声が雑音なんだそうな。蟬もコオロギも鈴虫も、車の排気音のようにうるさいだけらしい。俺は虫の声は好きだが、虫の声を愛《め》でる古文は苦手だ。何も平安の清少納言じゃない、江戸時代の西鶴や山東京伝だが、比較的、今に近いからといって、すらすら読めるわけじゃない。俺は成績の悪い生徒で試験勉強もろくすっぽやったことがない。図書館は嫌いである。長いこといると、身体が本臭くなったようで、物干し竿《ざお》にぶるさがって、ばあさんにふとん叩《たた》きでパンパンはたいて欲しくなる。

それでも、このところ、よく行っていた。江戸時代に書かれた小説、逸話辞典、近世奇談集成などを読んでみる。読もうと努力してみる。眺めてみる。頑張る。時代特有の匂《にお》いがしないか、マクラに使えそうなエピソードがないか。古地図や歴史書で、江戸の町並みや家の作り、生活習慣、年中行事などを詳しく調べる。すると、当然飲みこんでいるはずのことをよく知らなくて愕然《がくぜん》とした。出来合いのおぼろなイメージを頼りに師匠の形をそのままなぞってやっていたわけで、これじゃセコなのも無理はないと思う。

七井ノ池に、夕日が紅に黄金にさざ波を染めていくのを、じっと眺めていた。足漕《あしこ》ぎボートの白鳥が、もう店じまいでつながれて、ぞろりぞろりと並んで揺れているのが、なんだか不思議なような哀れなような気がして、そんな感傷は、秋の夕風のせいか、図書館の本のほこりが脳につまったせいか、仕事に悩んで弱気になったせいか、まったく俺らしくないことだった。

今夜は、連中がやってくる。落語教室は稽古《けいこ》の終わりに皆で相談して次の予定日を決めるが、だいたい、月に三度、十日に一度くらいと見当をつけている。全員がそろうことはめったにない。俺が急な仕事で突然すっぽかして迷惑をかけることもある。

今日は誰が来て、誰が来ないか、ぼんやり考えながら、池にかかった橋を渡る。湯河原はまた欠席か。野球解説の真似《まね》事をやらせて以来、さっぱり顔を出さなくなったが、あれで気を悪くしたんだろうか。時々ラジオをつけて、どこかで、もたもたやっていないか探してみる。見つからない。村林も知らない。生活はどうしているんだろうと、他人事《ひとごと》ながら気になった。現役時代にそれほど高給取りだったとも思えない。貯《たくわ》えで食っているのか、もう何か新しい仕事でも探しているのか。第二の人生か。湯河原のつまずいているのが第二の人生だと思うと、同情心のようなものが少し減る。彼は第一の人生は素晴らしくまっとうしたわけで、そこでまだ花も咲かずにぐずぐずしている自分に比べて良い身分だ。

虫が鳴く。カラスが鳴く。雁が巨大なMの字を作って葡萄色《ぶどういろ》の広い空を渡っていく。池の向う側に村林に似た小さい姿がちらりと見えたが、すぐに木立に消えてしまった。

「三つ葉さん?」

十河に呼ばれて、俺ははっと顔を上げた。彼女は一席しゃべり終わったところで、俺の寸評を待っていた。ぼんやりしていて、よく聞いていなかった。あわてて、適当な批評を始めると、十河はひどくうさんくさそうな顔つきでこちらを見る。文句をつけるかと思ったら、ただ「はい」と言う。言葉だけおとなしい。「はい」という顔じゃない。そもそもこの女は「はい」という女じゃない。「いいえ」の女だ。落語を一つ二つ覚えたところでその鉄壁の「いいえ」が覆《くつがえ》るとはとても思えない。相変わらず、そっけない真冬のような冷たい厳しい態度のまま、それでも、まめにやってくるのは、なぜなんだろう。

次の村林がしゃべっている間、俺はずっと考えていた。もう、これは終わりにすべきじゃないのかな。こんなことを続けていて何になる? 連中のためにも、俺のためにもならない。湯河原が見切りをつけたのがいい証拠じゃないか。曖昧《あいまい》な藁《わら》になるのは、もうやめよう。すがられても困る。ちぎれるだけだ。頼りない。すっぱり終わりにして、皆それぞれの問題に一人で正面から取り組んだほうがいい。

そんな決心を固めていると、村林が突然しゃべるのをやめた。どうしたんだと尋ねると、

「ぜんぜん聞いてへんやないか！」

怒って赤い顔をしている。

その通りなので、悪かったと謝ると、

「俺、全部、覚えたのに」

うらめしそうに目を細めた。

「ゆうべ、家でしゃべってみたら、どんどん最後までいくやんか。びっくりしたわ。これ忘れんとこ思て、今日はスイミング・クラブさぼって、公園の人のおらんとこで練習してきたんや」

「公園？　どこの？」

「そんなん、どうでもええやん」

村林は口を尖《とが》らせて、ぷんと横を向いた。機嫌をそこねたヒナ鳥みたいに見えた。いつもより少しかわいく見えた。

「へえ。覚えたのか。そうか」

さっき、井の頭公園で見かけた子供は、やっぱり村林だったのかもしれないと思った。

「落語って面白いか？ 水泳より好きか？」

真剣に尋ねたのに、つまらんこと聞くなあと溜《た》め息をつかれてしまった。

「落語は落語。水泳は水泳」

思いきり馬鹿《ばか》にしたように答えたあと、ひょいと付け加えた。

「百メートル泳げる小学生は結構いてるけど、落語なんか出来るのは、おらんやろ」

「まあね」

うなずきながら、落語って何かをちゃんと知っている小学生がどれだけいるだろうと考えた。

「友達に、落語を習ってるって話するか？」

「するわけないやん」

「なんで？」

「笑われるわ」

「じゃ、自慢にならないだろう」

少しムッとして突っ込んだ。

「どこで威張るんだよ？ 俺は百メートル泳げないけど、落語はしゃべれるってさ」

「ゆうとくけどな、俺、二百メートル、泳げるで。クロールも平泳ぎもいけるで」

「そりゃ悪かったな」

「家で威張るのか。お母さんの前でしゃべって聞いてもらうんだな」

「悪いわ」

「聞かへんがな」

妙に大人びた冷めた目になった。

「落語をやれ、ゆうたんはお母さんやけど、ほんまは東京の言葉を覚えてほしかったみたいやな。ぜんぜん聞いてくれへんわ」

ドキリとした。学校で、関西弁を笑われていじめられているのだろうか。聞いてみようとすると、

「俺、ウンコする時、落語の練習するんや。お母さん、めちゃめちゃ怒りよるで。トイレから変な声が聞こえる、気味悪いィて」

ニタリと笑いやがった。

「だいたい落語やると、勉強せい、ゆうもんな。俺、思いきりやかましく、しゃべったるねん。お母さんがテレビ見てる隣でやったるねん」

「迷惑な奴《やつ》だな」

「戦いや」

「戦いばっかりだな」

負けず嫌いも反骨精神もいいが、疲れやしないかと少し心配になった。

「そやけど、俺、落語、好きなんとちがうかな？」

自分に問いかけるように首をひねった。

「ちゃんと覚えたもんな。嫌味でやるには長すぎる思わんか？」

「思うわね」

突然、十河が返事をしたので、皆、びっくりした。落語以外では口を開かないダンマリ猫が何を思ったか、

「本当に覚えたんなら、やってみてよ」

と挑戦的な口調で言うので、

「ええよ」

村林は目を丸くしてうなずいた。

ひょっとして、この二人にはライバル意識などというものがあるのだろうか。十河の顔つきは真剣だし、村林は得意そうだし、どうも、そうらしいと妙な気分になってくる。

「ああ、惜しいなあ」

急に村林は舌打ちした。

「湯河原のオヤジ、肝心な時に、いてへん」

「あの人さァ、どうしたんだろうねー」

誰かが湯河原の名前を持ち出すのを待っていたかのように、良が言った。

すると、皆、良に視線を集めて沈黙した。

「どうしたんだろうねー」といっしょに声を合わせて繰り返すような沈黙だった。

俺もちょうど湯河原のことを思い出していた。湯河原がいたら、また、生意気な小僧だと村林と喧嘩《けんか》するだろうかと考えていた。

決して仲良しの集まりではない。喧嘩の火種があちこちでブスブスくすぶっているような物騒な関係である。それでも、やはり、一人の不在が気になる。いないよりは、いたほうがいい。もし、落語教室をやめると言ったら、村林は、十河は、良は、がっかりするだろうか。淋《さび》しいだろうか。

三人の顔をそれぞれゆっくりと眺めた。

村林は落語を好きだと言ってくれた。

俺が頼んだわけじゃないし、期待したわけでもないが、えらく長い噺《はなし》を覚えた。村林だけじゃない。十河は村林の半分の長さだが、とっくに噺は覚え、仕草も板についてきた。良もだいぶつかえずにしゃべれるようになっている。彼らの人生の問題はともかく、落語は確実に目に見えて上達している。そして、そのことを彼らは喜んでいる。俺が思っていたより、ずっとずっと喜んでいる。

「よーし。聞いてやるぜ」

俺が村林をうながすと、

「なんや。えらそうやんか」

坊主《ぼうず》は鼻をふーと鳴らしてから、もったいぶって、しゃべりはじめた。

お世辞にも、うまい噺じゃなかった。素人《しろうと》で子供だということをさっぴいても、飛ばしたりつかえたり、間違えたり、身振りは大きいだけでめちゃめちゃだし、なにより、キメの台詞《せりふ》で先に自分が笑ってしまう。

しかし、実に嬉《うれ》しそうにしゃべっていた。自分の言葉に楽しんで、ほくほくとやっていた。何べんも繰り返し聞き、しゃべっているから、もうたいがい飽きて、いやになっていそうなものだが、はずんだ表情で生き生きと口を動かし、手を動かす。よく笑う。

いい眺めだった。

村林がしゃべるのを見ていると、俺はなんとも幸せな気分になってきた。

ほかの聞き手も同じ気持ちらしく、十河が珍しく柔らかい眼差《まなざ》しで、良が心配事などないような明るい眼差しで、村林の一挙一動をじっと見守っていた。

この六畳の古びた茶の間は、のどかな幸福の空間だった。良い笑いがあった。自然な人の和があった。現在にも未来にも、暖かい光が満ちているように思えた。

子供が気まぐれに噺を一つ覚えてみた――それだけのことなのに、その事実は俺にとってとても重かった。

十歳のガキが、母親にいやな顔をされながらも、塾や水泳教室の合間をぬって、三十分の噺を覚えきるのなら、二十六歳の本職は甘ったれたことを言っちゃいられない。自信がないなどと泣いていられない。ないものは、作るしかない。作るには、とりあえず努力するしかない。結果がどう出るかなど知ったこっちゃない。今月は仕事が少なく、いやというほど時間があるので、出来る努力を地道にやることにした。

じいさんの形見の『口演速記 明治大正落語集成』全八巻を、ありがたく読み返してみる。題名の通り、明治と大正の有名な落語家の高座を、『百花園』『文芸倶楽部』などの雑誌に速記者が正確に写したのを集めて編成してある。初版がぞろりと揃《そろ》っている。待ちかねたように買ったらしく、じいさんの落語好きもかなりのものだったと思う。今は古本屋で探さないと手に入らないので実に貴重な本である。

俺は師匠に弟子入りしてから、初めて目を通し、その後、必要を感じると取り出して見ているが、今回はじっくりと腰を据えて読み込んでいた。明治、大正の名人と、昭和、平成の大御所の噺は、どう違うんだろう。もちろん、名人も噺も数は多く、そう簡単に比べられるものではないが、好きなものだけでもいくつかしぼって、変化、バリエーションを追いかけてみようと考えた。

手持ちの資料、図書館、古本屋、と当ってみたが、気の長い作業だし、いささか持て余したので、思いきって、落語研究家で九十歳になる、長老とあだなのついた岡田氏を訪ねてみた。小三文師匠と懇意なので、俺も初対面ではない。今はもう仕事と名のつくことはやっていず、気が向くとよぼよぼと寄席《よせ》に現れて最前列で居眠りをこいている。そのままぽっくり逝《い》っちまうんじゃないかと気になってトチッちゃったというのは、楽屋の洒落《しゃれ》だが、まんざら冗談でもない。ぼけているという人もある。でも、俺はこの人の書いた文章がとても好きだった。まさに半生を寄席で暮らしていて、並の噺家以上に噺に熱中し、率直で頑固な批評眼を持っていた。

岡田老は、目白の息子の家で一緒に暮らしている。気安く会ってくれた。十畳くらいの部屋にただ雑然と積み上げただけのゴミの山のような蔵書を拝ませてくれ、長い長い長い話を聞かせてくれた。俺の知りたいことはちゃんと知っているが、要領よくしゃべってはくれない。一を聞くのに十のおまけがつき、三から四の繰り返しがあった。噺そのものより噺家の話題を好み、芸談より雑談を好み、やがて自分の昔話に落ちついてゆく。

俺は辛抱強く聞いていた。年寄りの話し方には慣れていた。ウチのばあさんは、なまじな若者よりしゃっきりしてるが、じいさんは死ぬ間際《まぎわ》には、だいぶ、くどくどした年寄りになっていた。同じことをしぶとく繰り返すのも、思い入れが激しくて感傷的になるのも、妙に懐《なつ》かしいような気がした。

帰り際、また来ていいですかと聞くと、いつでもどうぞと喜んでくれた。それなら、せいぜい通おうと思った。聞きたいことも、特に聞きたくないことも、しっかり耳に入れて俺のへたくそな字でメモでもつけておこうかなどと神妙に考えた。

11

中央図書館の三階で、中腰になってカード目録を調べていると、横からひょいと顔をのぞきこんだ人がいる。羽二重餅《もち》のような白い顔に重そうなオカッパの髪が揺れている。

郁子さん！

あまりの不意討ちに赤面しそうになって、えらくあせった。挨拶《あいさつ》の声がうわずる。

意外なところで会うわねえ、と顔いっぱいでニコニコされて、人なつこい性格なのだと思いつつ、ひょっとして俺に会って喜んでいるのではないかと馬鹿な期待をして、また頬が熱くなった。

郁子さんは、夏休みの課題のレポートをやりにきたと言った。夏休みというのは八月の三十一日をもって終了すると信じていたが、大学はさすがに気のきいたところで、残暑のある九月のうちはあまり講義をやらないらしい。

「三つ葉さんは？ 何の調べ物？」

無邪気に質問されて、答えるのが、どうも恥ずかしくて、

「いや、その、仕事の助けになるかならないか、わからないですけど、江戸時代の小説みたいなものを、ぼちぼちね」

「あら、時代小説？」

「いや、違う。黄表紙とか青表紙とか何とかそんな古い本ですよ」

「あら、私、好きよ。ゼミ取ってるの」

「好きなんですか？ 専門ですか？ 読めるんですか？ いいですね！」

思わず身を乗り出すと、顔がやけに近くなって、やがて郁子さんがにらめっこに負けたようにぷっと吹き出した。

「笑っちゃァいやですよ。俺ァ郁子さんと違って頭悪いんだから。面白いんだけどね、ほら、こうスッと読めないでしょう？ カッたるくて。わかんないとこ、あるしね」

「ごめんなさい」

一瞬、真面目《まじめ》になってから、またくすくす笑われてしまった。郁子さんは、どうも俺としゃべるとやたらと笑う人だ。笑わそうとして笑われるなら大喜びだが、その気のない時に妙にウケるのは気に入らない。

しかし、その会話のおかげで、郁子さんの隣の席に座ることができた。わからないところを教えてくれるという。おまけに、これからしばらくは通うので、運が良ければ何度も隣に座ることができる。嬉しい。こんなことで喜んでいては、小学生にも笑われそうだがやはり嬉しいのだから仕方がない。

図書館で歴史と古文の勉強をして、好きな師匠の噺を聞き歩き、岡田老を訪問し、今昔亭一門の暇そうな先輩をつかまえて新しい噺を習い、家で速記本と録音テープに没頭し、あまりの時間で壁に向かって稽古《けいこ》をした。

これ以下はないというほど地味な生活だ。図書館で郁子さんに会えるという楽しみがなければ、脳味噌《のうみそ》が腐って耳から月夜茸《つきよたけ》でも生えたに違いない。

俺のように気の短いのは、先の見えない努力が苦手である。実際、何をしている時でもこんなことをやっていていいのかという疑いがジワジワわいて出るから、情けないったらありゃしない。

白馬師匠に、おまえのような若いもんが逆戻りしてどうすると言われたのに、いよいよ古い方角へ突進している。めくらめっぽうという感じである。目隠しをされて、厚手の布の上から、手探りで何かを見つけようとしているみたいだ。その何かもはっきりとはわかっていない。わかっていないものを少しずつ少しずつ自分の内側に蓄積しようとしていて、どのくらい溜《たま》っただろうと知りたくても、古井戸の底をのぞくように、ただただ暗くどろんと深いのだった。

俺がこうして、ひたすら地味にほこり臭くカビ臭く年寄り臭くなっている間に、柏家ちまきや冬風亭みぞれはさっそうとあちこちの高座で若い人々を笑わせているのだろうと思う。力とセンスのある人は、「あいうえお」と言っても、客が笑うのである。その想像の笑い声が耳にうるさくこだまする。すると、俺はもう、本やらテープやらノートやらを放り出して、どこか、大勢、人のいる場所に出ていって、うわあと叫び声をあげたくなる。俺を見てくれ、俺の声を聞いてくれ、と。

あせっても仕方がないのはわかっていた。

でも、苦しかった。

そんなあせりの発作が起こる時、隣に郁子さんのおっとりと柔らかな姿があると、不思議なくらい心が静まった。悩みを打ち明けたわけでも、励ましてもらったわけでもない。ただ、郁子さんという人は、その存在自体が素直で前向きで明るく、まるで春の陽光のようなのである。そばにいると自然に暖かい。いつしか肩の力が抜けて、ほのぼのとして、なんとなく自分に運が開けるように思えてくる。得難い人柄である。

一緒に図書館を出る時、何度か喫茶店に寄って雑談をした。彼女の大学の話、友人の話、ひいきだという吉右衛門《きちえもん》の話。BFの話でもひょっこり飛び出さないかとひやひやしているが、まだ尻尾《しっぽ》は出さない。

私ばっかりしゃべっちゃって、こんな話、つまらないでしょう、と言われて、面白いからどんどんやるように頼むと、嘘《うそ》ばっかりとむくれてしまった。

「落語家さんが、私の話なんか面白いわけないわ」

「そりゃア偏見だ。噺家は冗談や駄洒落がつまんないんです。商売道具で」

「そう？　でも、私は平凡だから……」

「とんでもない。めったにいる人じゃないですよ。自分の良さをわかってない。郁子さんは、すごく、すごく……」

誉《ほ》め言葉を口にしようとして、何を言っても足りない気がしてつまってしまった。好意的にも否定的にもとれる、その沈黙を郁子さんはなんだか落ちつかない眼差しで受け止めた。奇妙な雰囲気が流れた。

俺はとっさに、好きだと口走りそうになった。しゃべるのが商売の噺家が誉める言葉に困るほどつまらない女性と郁子さんが感じてしまったら、土下座してもすまない。

「歌舞伎《かぶき》に行きましょうか？」

さらりと障子を開けるように、沈黙を破って郁子さんは言った。

「三つ葉さん、詳しいのよね。今、吉右衛門が歌舞伎座で実盛《さねもり》をやってるのよ。初役なんだけど、すごく評判がいいの。私、ツテがあるから、チケット取れると思うわ」

「ああ、嬉しいな！」

こちらから誘おうと思っていた、長い間、ぐずぐずと手をこまねいていた歌舞伎鑑賞だった。ありがたい。念願がかなった。

でも、ここで突然、歌舞伎が出てきたのは好意的なのか否定的なのか、今度は俺が迷ってしまった。吉右衛門に邪魔されなければ、うっかり告白していたのかもしれない。気をそらされた感じがした。でも、嫌いな相手を誘いはしないだろうと思い直して、ふわふわと浮かれた気分になった。

金がなかった。

もともと稼ぎが悪いのだから貯金などはあるわけがなく、今月のように仕事がないと、あっけなくオケラになってしまう。冗談じゃない。歌舞伎のチケット代を払えない。郁子さんの分も持ちたいし、食事をおごりたいし、いったい何万円ほどいるんだろう？

ばあさんに借金を申し込んで、即答、拒否された。身内に貸すと返ってこないからね。良に泣きつこうとすると、クラブの遠征試合とやらで当分帰ってこない。同業の友人はたいてい金欠である。千円でも二千円でもいいから貸せとあちこちに電話をかけまくると、みんな何事かと思ったらしく、金は貸せないけど仕事なら貸してやろうというのが何人か現れた。

新人の演歌歌手のキャンペーンの手伝い、キャバレーのショータイムの司会、居酒屋でつぶれている酔っぱらいを叩《たた》き起こして終電の時間を言わせるというラジオ番組のレポーター。ありがたい。この際だ。何でもやる。

こういう、落語とは関係ないが、舌の回転と関係のあるアルバイト的な仕事を、俺はあんまり積極的にやらなかった。気取っているわけじゃない。ただ面倒臭い。実家に安住して、じいさんの着物を着まわして、女もいなくて、パチンコや競馬はやるがケチケチやるという唐変木に必要なのは、酒代くらいのものだ。

関東五県の主要都市を三日で駆けめぐる、演歌キャンペーンでは、毛虫のような眉毛《まゆげ》の女の子が、その眉をのたくらせて、必死で小節をまわす。歌はまずまずだが、眉がいけない。まだ十九歳だという。どういういきさつで演歌歌手になったのか知らないが、眉以外はいたって普通の女の子である。背が高くて肩が四角いから着物が似合わない。きっと売れないだろうと思いながら宣伝していると、情熱が足りないとマネージャーに怒られた。ギャラをねぎられた。

江古田のキャバレーでは、きらきらした青いスパンコールの一面についた背広を着ろと言われる。自分の姿を鏡で見ると、あまりのすごさにしゃっくりが止まらなくなった。桃色のライトぎらぎらのステージで、青色のスパンコールぴかぴかの背広が、しゃっくりをしながら、裸の女の子を紹介する。ギャラをとことんねぎられた。

有楽町の焼き鳥屋をまわるレポーターでは酔っぱらいに、一度ぶんなぐられ、一度ゲロをかけられ、一度ビールを顔面に浴びせられた。ビールの時はたいがい頭にきていたので一番手近にあった七味唐辛子を整髪料で固めた髪にバラバラふりこんでやった。左アッパーを食らいそうになった。ギャラを払わないと言われた。半分だけなんとか頂戴《ちょうだい》した。

図書館からの帰り道だった。曇り空のせいで時刻よりずっと暗い有栖川《ありすがわ》公園の林の中をだらだらと下っていくと、郁子さんが急に思い出したように謝った。歌舞伎だめだったの、やっぱり吉右衛門は大人気だから、急には無理ね、としょげている。

俺もがっかりした。しゃっくりをしながらビール漬けになりながら頑張ったのに。でもまあ、稼いだ金は消えてなくなるわけじゃなし、歌舞伎も今月で終わりというわけじゃなし、なるべく景気のいい声を出して、またの機会にしようと言った。

しばらく黙って、池の釣り人の背中を眺めながら歩いた。歌舞伎はだめでも、そのあとおごるつもりだった食事はどうだろう？　何もセットでなきゃいかんということもあるまい。公園を出て、信号を渡り、花屋の前で、何か食っていきましょうかと誘ってみた。色々教えてもらったから、お礼です、と。

郁子さんは悪いわと繰り返したが、そんなにいやそうでもなかったので、強引に押し切った。歌舞伎のチケット代がないのだから、フランス料理くらいはいけると思ったのだが郁子さんは地下鉄駅のそばのタイ料理屋にしようと言う。

「私、好きなの。おいしいのよ。ココナッツのカレーが食べたいな」

「そうですか」

俺の懐《ふところ》を気遣ってくれてるのか、本当にタイ料理が好きなのか、きっと両方だろう。

俺はエスニックが苦手だった。どうも、香辛料が臭くて、やたらとピリピリ辛いし、第一見た目があまり粋《いき》じゃない。まあ、ココナッツのカレーとやらは、ヒマワリが御辞儀して逃げていくくらい真黄色で鮮やかだが、味のほうは変に甘ったるくて、強い匂《にお》いがして飲み込むのに一苦労した。

食べている間、郁子さんはいつに似ず、口数が少なかった。きっと、そういう上等の躾《しつけ》を受けたんだろうと思って、香辛料と格闘しメニューの最後のカレーに目を白黒させていると、ちょっと相談があるの、とおずおずと切り出してきた。

緊張した。

「私、結婚の話があって……」

いきなり、爆弾だ。

「お見合いというのとは違うんだけど、よく知っている人だから。幼馴染《おさななじ》みなの。やっぱり踊りをする人で、うちにお婿《むこ》に来てもいいと言うの。とにかく母が気にいっていてね、息子みたいに思っていたら、本当の息子になってくれるというので、もう舞い上がっていて。なんだかね、なんだかね……」

なんだかね、と下を向いた。オカッパの髪がするりと下がって丸い頬を隠した。

「だって、まだ、郁子さんは学生で……」

俺は口の中のココナッツ・カレーをようやく飲み下して、へどもどと言った。

「もちろん、先の話なの。ケイちゃんは……その相手の人は、私が勤めをしたかったら、そのあとでもいいって言ってるの。二十五でも三十でもいいって。同い年なのよ」

ケイちゃんという呼び方がとても優しかった。甘いといってもいいくらいの優しさで、俺は胸がぐっと苦しくなった。

「じゃあ、何も、今決めることはないでしょう」

「約束をしてほしい、と」

「彼が？」

「私を好きだと言うんです」

郁子さんは顔をあげて俺をまじまじと見つめた。俺は一瞬、自分がそのケイちゃんとやらになったような気がした。

「兄妹みたいに友達みたいに育ったのに、子供の頃から私を好きだったと言うの」

「それは……ごちそうさま、です」

「茶化さないで」

「だって、郁子さん、嬉《うれ》しいんでしょう？」

思わず声を張り上げてしまう。郁子さんはびくりと肩を縮めた。それから、そわそわと視線がさまよって、食べかけのココナッツ・カレーの黄色い皿の上に止まって髪で隠れて見えにくいが、薄紅に染まった頬になった。

「私、初めてなんです。そんなふうに正面切って好きだ、なんて言ってもらうのが。おかしいでしょう？　この年になって」

郁子さんは小さな声で言った。

「なんだかドキドキしてしまって。ケイちゃんのこと、そんなふうに思っていなかったのに、好きだと言われたら、私もずっと好きだったような気がしてしまって……。それが、いやなんです。嘘のような気がするんです」

「じゃあ、嘘なんでしょう」

意地悪を言うと、驚くほど真剣に見つめ返してくる。

「なんで俺にそんな話をするんです？」

「ごめんなさいね」

つぶやくように謝った。

「三つ葉さんはとても話しやすくて、正直で頼れて、私、大好きなんです。お兄さんみたいに。私、一人っ子だから」

「俺も一人っ子だ」

誉め言葉が、悪口よりはるかに鋭い牙《きば》となって突き刺さってくる。

「でも、郁子さんのことを妹みたいには思えない。女性として好きです。俺だって、ずっと好きだったんだ」

郁子さんは金魚のようにぽかんと口を開いた。その、ぽかん、で、すべてがわかった。

「ほら」

と俺は言った。

「そら」

とからかうようにもう一度言った。

「困ったでしょう。ぜんぜん、ドキドキしないで、ただ困ったでしょう」

「いやだ。悪い冗談言わないで。びっくりした。ドキドキしたわよ」

「そりゃね、お化け屋敷のドキドキ」

「そんな、そんな」

オカッパを揺すってかぶりを振った。

「そんなことない。でも、からかわないで」

俺は笑顔を作った。芝居でも営業用でもいい、とにかく曇りのない笑顔を見せて、せめてもの格好をつけたかった。

一生、ココナッツ・カレーは食うまいと誓った。タイの人には悪いが、あの甘い辛い味は、猛毒の失恋の味だ。やけ酒を飲む気力もないほど、骨の髄から脱力してしまった。告白を悪い冗談にして笑ってすませて自己嫌悪《けんお》に陥った。勝ち目がないと踏んでさっさと逃げたのがいやだった。同じ踊りの世界の人間で、入り婿を希望し、親にも当人にも喜ばれている幼馴染みを相手に、稼ぎの少ない、将来の定まらない、親しみやすいだけの兄貴分が、どう勝負する？ 郁子さんが三十歳になる十年後、俺は三十六で、やっと真打ちになるかならないかの頃。真打ち昇進しても、大手を振って落語界を歩けるわけじゃなく、生活の保証が出来るわけでもない。

でも、やはり、意気地がないのだ。今にきっと売れてみせます、大きくなります、本気だから俺のことも見ていて下さいと、大見栄《おおみえ》を張って宣言してもいい。

それをさせなかったのは、あの、ぽかんとかわいらしく開いた金魚の口だった。初めて郁子さんに好きだと言う男が俺なら、やはりぽかんとされても、こうまで間抜けなぽかんにはならなかったかもしれない。弱気にぐずぐずためらっていて、ケイちゃんに先を越された。結果は同じかもしれない。でも、せめて、先に好きだと言っておきたかった。心をこめて打ち明けておきたかった。

もう遅い。不粋なだけだ。

何もする気がおきず、毎日、部屋でごろごろと芋虫のように転がっていた。あらゆることがどうでも良かった。

郁子さんは俺の夢の女性で、理想の未来世界の半分を占めていた。半分が空っぽになると、残りの半分も意味がなくなった。すっからかんの中に、身体《からだ》と心を持て余して、息をするのも面倒臭い気がした。

万年床のぬくもりも、天井の木目も、畳に散らばった漫画雑誌も、いいかげんにうんざりして、のっそり起き上がって外に出た。

井の頭公園をぶらつく。のどかな秋の午後ということで、池はカップルの乗ったボートで満員だ。うらやましい。でも、明日はわからない。この池で恋人同士がボートに乗ると弁天様が焼き餅《もち》をやいて、きっと別れさせるというジンクスがある。馬鹿《ばか》にならないジンクスだ。俺はガールフレンドをここでボートに乗せてあっさり逃げられた苦い過去がある。最初は高校の剣道部の後輩、次は行きつけの居酒屋でバイトしていた女子学生。

好きな女の子に逃げられるのは三度目だ。郁子さんは、一番、俺から遠いところにいてそのくせ、一番、強く切なくあこがれた人だった。

中央線に乗っかって、新宿で降りるつもりが、ぼんやりしていて乗り過ごし、あてもなく四ツ谷で降りた。

新宿通りを歩くうちに、高校時代によく入ったジャズ喫茶の看板が目についた。クラスで仲のよかった和田島という男がジャズに熱中していて家も近くの須賀町だったので、しょっちゅう引っ張っていかれた。コーヒー一杯で一言もしゃべらずに何時間もボーッとしていた。俺は特にジャズに興味はなかったが、地下の薄暗いしんとした空間に響くサックスやドラムの音と振動は、肉体的にひどく気持ちがいいと思った。ジャズのお返しに、彼をあちこちの寄席《よせ》に連れていった。

和田島は、年の割に、妙に悟ったような、ひねたような、むずかしい口をきく奴《やつ》で、ある時、この喫茶でブラックコーヒーをすすりながら、ジャズも落語も一緒だなと、えらそうにつぶやいたことがあった。昔の名人を聞けばそれでいい、それだけでいい、もう終わった時代のものだから、過去の特有の時代にのみ輝いていた文化なのだ、もう決して真のビッグ・アーチストは出ないだろう。その言葉と投げやりな口調は、今でもよく覚えている。俺は何と答えたのか、たぶん反論したはずだが記憶にない。

和田島は一浪して音大に入り、やがてアメリカへ留学した。作曲をやると言っていたがまだピアノも弾いていた。一九二〇年代のニューヨークのストライド・スタイルというのを聴かせてもらったことがある。すごくうまく聞こえたが、ダメだよと当人はニコりともしなかった。

和田島はまだアメリカにいる。思い出したように二年に一度くらい葉書を寄越すが、何をしているものやらよくわからない。生きていることがわかるだけだ。真のアーチストは出ないだろうと冷めていた男が、それでも、ひそかな情熱を燃やして、誰より、真のアーチストになりたがったのを俺は知っている。決して口にはしなかったが知っている。

レコードが変わって、知っている曲になった。ここで和田島が何度もリクエストした曲、自分でも弾いてみせた曲。ウィリー・ザ・ライオン・スミスとかいったな。そう、この明るい音色だ。自然に身体が揺れるような、心が舞い上がるような、楽しい、のどかな、生き生きとしたタッチ。そういう時代だったんだな、と和田島は言っていた。もうそういう時代ではないのだと神経質な細い顔が暗に語っていた。

目を閉じて聴いていた。良かった。ゆったりとした時の流れを感じた。美しく感じた。人の好みがどこから生まれるのかわからないが、胸の奥で、昔へ昔へと示す巨大な矢印が見える。俺の矢印。和田島の矢印。同じ方向を差していたのだろうか。

ふと、郁子さんの顔が浮かんでくる。私は平凡だからと言った寂しげな顔、初めて好きと言われたとはにかんだ顔。永田郁子嬢も、あるいは、前時代の遺物のような女性なのかもしれない。そのことを自分で意識していて少し弱っているようなところがあった。

のどかなピアノの音がつらくなってきた。

和田島に会いたいと思った。

やっぱり、もう志ん生は出ないやね、と疲れた声で言いたくなった。

店を出て、新宿に向かってだらだらと歩き三丁目でデパートに迷いこんで、秋の服を試着した。若い女の店員が俺の着物をじろじろと眺めて、これを脱ぐのだろうか、本当にそれに着替えるのだろうか、そしてまたこれを着るのだろうかという疑いの顔つきをした。

芋虫色の縞《しま》のシャツに蓑虫色《みのむしいろ》のパンツで、どうってこたァないが、えらい値札がついていた。これ下さいと言って、特大の紙袋をもらい、試着室で着物や帯を丁寧に畳んでつめこんだ。安いスニーカーも買って、また紙袋をもらい、下駄をつめこんだ。大荷物になった。

よたよたと人込みを歩く。いつのまにか、末広を目指しているのに気づいて、急に足を止めた。後ろから来る人とぶつかった。すいませんとつぶやきながら、昼席のトリが師匠だったなと思い出した。

楽屋ではなく、木戸銭を払って、客席に入った。普通、芸人はそういうことはしないので、末広の人たちはとても困っていたが、今日はどうしても客として聞きたいのだと言い張った。

色物の奇術をやっていた。俺は後ろのほうの椅子《いす》席にすわって、妙にくつろいだ気持ちになった。不思議なものだ。家にでも帰ったみたいだ。いや、家よりもずっと落ちつく。客席で噺《はなし》を聞くのは、久しぶりだった。ただボーッと聞いていたかったのだが、演者をたいてい個人的に知っているので、なかなかボーッとしているのがむずかしい。やはり、俺は向う側の人間で、こちら側に潜むことは出来ても、もう戻ることはできないのだとわかった。

師匠の噺もずいぶん久しぶりだった。マクラを聞いて『火焔《かえん》太鼓』をやるなとわかってゾクゾクきた。『火焔太鼓』といえば志ん生だが、師匠も十八番にしている。

客は気持ち良さそうに聞いていた。クッと内からこみあげてくる自然な楽しそうな笑い声がいい。耳に快い。いつのまにか、俺はボーッとしていた。ほろ酔いで湯船につかっているような安らかな呑気《のんき》な何とも見事に良い気持ちになってしまった。

のんびりしている場合じゃないだろう。しっかりと細かく聞いて、どうやっているのかどこが良いのか、うまいのか、盗まなければいけないだろう。

でも、俺は、ウィリー・ザ・ライオン・スミスのピアノを聴くように師匠の声を聞いていた。

なぜ、小三文師匠に弟子入りしたのかを思い出した。好きなのだ。好きなものは、どうしても好きなのだ。似ても良いのだ。師匠の落語が俺の原点だ。原型だ。そこからすべてが始まっていく。芸の伝承とはおそらくそういうことだ。ただ真似《まね》るのではない。しっかりと、そっくりと受け継いで守り、大切に自分の中で熟成させる。

まず、笑いがある。あいつ馬鹿だね、間抜けだね、とんでもないね、と笑われて、人をほっとさせるような、そんな落語の登場人物たちがいる。彼らは昔に生きている。それを現在に再生させるのも、噺家の仕事だろう。でも、俺は、古い時代の持っている、人を芯《しん》からくつろがせるようなほのぼのとした雰囲気ごと彼らを守りたいのだ。一つの物語として語りたい。それも、また、噺家の仕事だろうと信じている。

五代目志ん生には絶対になれない。八代目小三文にも届かないかもしれない。それでも今昔亭三つ葉はしゃべるだろう。

ハネ太鼓が響いても、俺はまだ客席にすわっていた。デテケ、デテケ、デテケ、誰が叩《たた》いているんだろう。今日の鳴り物係は誰だろう。テンテンバラバラ、テンテンバラバラ。

「何してんだよ」

いきなり横から声をかけられて、跳び上がりそうになった。師匠が高座着のまま、のっそり突っ立っていた。

「は、師匠の噺、聞きにきました」

こっちもあわてて立ち上がって答えた。

「なんで楽屋、来ねんだよ」

「ここで聞きたかったんで」

「変な奴だな」

師匠はそれだけ言ってくるりと後ろを向いて歩き出すので、

「あの」

と思わず声をかけた。振り向いた。見返り美人ならいいが、見返りおじさんだ。

「良かったです。すごく、良かったです」

「そら、どうも」

見返りおじさんが、真顔で礼を言うのでえらくおかしい。

「あのぅ、俺、わかりました？」

この見慣れない洋服姿を、高座から、あるいは楽屋の袖《そで》から見つけてくれたのかと、それでわざわざしゃべりにきてくれたのかと嬉しくて聞いた。

「何、寝ぼけてんだ」

「いや、その」

「そいつァ変装か？　バレたらまずいのか？」

「いえ、違います」

「似合わねえなあ。笑っちゃうなあ」

師匠は本当にクックツ笑って引き上げていった。以前、綾丸良にも似たようなことを言われたっけ。達チャン、Gパンが似合わないねえ。ありがたい悪口というのがあるものだと、しみじみ思った。

12

茶簞笥《ちゃだんす》の上の古い黒電話は、ダイヤルが元に戻るのに、油蟬《あぶらぜみ》のようにジーと鳴いて、えらくのんびりしている。湯河原の番号の中には九が三つもある。気負いこんで電話の前に座ったのに、ジー、ジー、ジーとやるうちに気が抜けてきて困った。

「はい」

下駄はのっそりと出てくる。姿は見えなくても、声だけでも、のっそりしている。

「三つ葉ですけど。久しぶりです」

「ああ」

月曜の夜八時だが、まるで丑三《うしみ》つ時にたたき起こされたかのようなもうろうとした声を出す。寝ていたのかと尋ねると、いや、と答える。

「その後、どうです？ 元気ですか？」

「ま、ね」

どうしても二文字より多くの言葉を発しない。やはり怒っているのかなと思った。

「元気ならいいです。顔出さないから、みんな心配してます。さびしがってる」

良や村林の顔を思い浮かべながら、連中を代表するように言うと、

「ンなこたないだろ」

急に声がしゃんとした。

「余計なのがいなくて、ありがたいだろ」

「村林がね、噺を全部覚えて、湯河原さんに聞いてほしいと言ってた。聞くだけでもいいから、また来て下さいよ」

「あのガキがそんな殊勝なこと言うかよ」

「見せつけてやりたいのに、いなくて残念だと言ってました」

受話器の向こうの空気が、心なしか震えた気がした。笑ったのかもしれない。それきり沈黙が落ちてしまった。

「忙しいですか？」

うっかり悪い質問をした。売れないフリーの人間には皮肉になる。ところが、湯河原はあっさりと答えた。

「ああ、忙しいよ。大変なもんだ」

冗談とは思えない口調だった。

「そりゃ、良かった、ですね」

少しとまどいながら言うと、

「別に良かァない。女房の実家の店の手伝いしてたんだ」

意外なことを言う。

「店？」

「うん。焼き鳥屋だよ。川越の小さな店さ」

面倒くさそうに答えた。何かをあきらめたような乾いた響きがあり、湯河原のそんな声は聞いたことがなくて、うすら寒い気持ちになった。解説のほうはと、思いきって聞いてみると、あまりやってないと答える。あまりとつくところが湯河原らしくて少し安心するが、どのみち食えっこないし、とボソリと続くと、こちらも他人事《ひとごと》じゃなくて本当に寒くなった。

「やってみましたか？　毒舌の辛口の悪口の解説」

寒い気分を振り払うように、もう一歩踏み込んでみる。

「やらねえよ」

うるさそうにしかめた顔が目に浮かぶ。

「一度、試して下さい。絶対にウケる。保証する。賭《か》けてもいい。一万円賭けましょう」

「ほっとけよ。どうせ、俺のことなんか嫌いなんだろう？」

「湯河原さんのほうからウチへ来たんだ。俺は見込み違いだったかもしれないけれど、半端《はんぱ》なことは嫌いなんだ」

「俺に落語は役に立たないと言ったのは、あんただぜ」

「誰が落語の話をしてる？」

間髪を入れずに続けた。

「なんでイイ子ぶるんです？ あんたのことだ。どの選手もみんな馬鹿《ばか》野郎だと思ってるだろう。正直になればいい。言いたい放題言ってみろよ。責任は俺が取る」

「どうやって取るんだ？」

「わからないけれど、きっと取る」

俺が断言すると、湯河原はフヒンと不機嫌なロバがいななくように笑った。

「無茶苦茶言うな」

「何が恐《こわ》いんです？ 天下御免の嫌われ者のくせに、恐いものなんてないでしょう？」

俺の言葉は急所をついたようだった。彼は完全に黙ってしまい、このぶんでは夜明けまで受話器を握っていても、息づかいすら聞こえてきそうもなかった。

その時、俺は唐突に気づいた。湯河原という男は、傲慢《ごうまん》で嫌味な態度と裏腹に異常なほど他人に嫌われるのを恐れているのだった。

「俺は面と向かってなら、誰にでも、どんな悪口でも言える。ピストルを持ったヤクザにでも、偉い政治家にでも言える。フロントにでも監督にでもスター選手にでも言える。でも、知ったかぶりを決めこんで、顔の見えない大勢の聞き手に向かって、選手の陰口をきくような真似はできない」

湯河原は突然、雄弁になった。

「いいか。落語家。よく聞けよ。俺は本当にできないんだ」

彼の言葉は真《ま》っ直《すぐ》に胸に通った。なんと、わかりにくい奇妙な頑固な正義感だろう。なんと不細工な美学だろう。でも、俺はひどく感動した。共感すら覚えた。

「あんた、意外といい男なんだな、湯河原さん」

俺は感じたとおりに言った。

「ほざけ!」

電話の相手は憤慨した。

「ますます、おせっかいが焼きたくなった」

五分前より、数段、本気になった。

「好きなことをあきらめないで……」

「やめてくれ」

湯河原はつっけんどんにさえぎった。

「解説なんて好きでも何でもないぜ。俺が好きなのはバットを振ることだ。それしか知らん。知りたくもない。ただ、まるで違う仕事につくくらいなら、少しでも野球のそばにいたほうがいい。それだけだ」

大きくせきばらいした。

「あんたに何がわかる？　あんた若いのに。これからじゃないか。いや、落語家なんてジジイになってもやれるじゃねえか」

「解説者だってジジイになってもやれる」

相手は黙った。そして、しばらくして乱暴に受話器が置かれた。ガチャリという音が、耳の中で鋭く響き、何か大切なものを落として壊したような、取り返しのつかない気分になった。

子供の喧嘩《けんか》に大人が口出しするのは、よくよくの非常事態に限る。村林優が東京の小学校で関西弁をしゃべりつづけるのが非常事態なのかどうか、俺は知る必要があった。

当人に聞いてもどうせ否定するだけなので母親に当ることにした。電話をかけると、会って話したいといって、その日のうちに家へやってきた。

茶の間に通し、いつも村林が座っているあたりに座布団《ざぶとん》を敷いて夫人を座らせた。俺はお茶をいれに台所へ下がった。ばあさんは留守だった。

抹茶《まっちゃ》入りの玄米茶をいれて、かたくなった人形焼を少し迷ってから皿にのせた。茶の間に戻ると、夫人はガラス戸越しに庭を眺めている。横顔は息子に少しだけ似ている。丁寧な化粧に隠れていたが、目と頬のあたりが少しやつれたように見えた。

「あの子、先生に何か言いましたか？」

俺が座るのを待ちかねたように夫人は尋ねてきた。先生というのが俺だとわかるのに七秒くらいかかった。

「どうして、ああ強情なんでしょうかね……」

返事のないのを否定と受けとったのか、夫人は大きな溜《た》め息をついた。

「学校のことはぜんぜん話してくれません。でも、友達もいないみたいで、遊び相手は塾かスイミング・クラブの子ばかりです。クラスで何があったのかは知らないんです。でも、大阪にいた時はまったく普通の子で、成績は中の上くらい、仲良しがいつもクラスに三、四人いて母親同士も親しくしていました」

夫人は茶碗《ちゃわん》を手に取り、湯気を唇に当てただけで飲まずにまた置いた。

「なんだか生意気になりましたね。こっちに来てから。もっと普通の子だったんですけどね。あんな突っかかってくるようなところはなかったんです。今は、いつも、何か言い返してやろうと待ち構えてますよ。学校でもあんな調子なんでしょう。おまけにあの言葉でしょう？」

また溜め息をついた。癖のように見えた。

「私も主人も東京の生まれで、家ではずっと標準語を聞いて育ってるのに。なんで、あんなコッテコテの関西弁……」

「笑われるか何かしたんじゃないですかね。そのコッテコテを」

夫人の言葉にひそかにこもる侮蔑《ぶべつ》感がいやで、俺はさえぎるように言った。

「彼は否定されると、やたらムキになるところがある。敏感です。ものすごくプライドが高い。行動力がある。個性的です」

「そうでしょうか……」

「兄弟は？」

「姉が一人おります。中学生です」

「普通のお子さんですか？」

「ええ。まあ」

「嘘《うそ》でしょう。普通の子なんていやしませんよ。みんな独特です。大人が勝手に普通なんて枠をはめて安心するだけです」

俺の言葉に村林夫人は曖昧《あいまい》な微笑を浮かべた。この青二才が、という上品な笑い方だった。

「彼があの長い噺《はなし》を覚えたのをすごいと思いませんか？　あれ、聞いていて面白くないですか？」

「そんな、たいそうなことじゃないですよ」

夫人はうっとうしげに眉《まゆ》をひそめた。

「子供って何か変なものに夢中になると、とんでもない力を出すんですよね。つまり、その、勉強とかじゃなくてね」

変なものと俺の商売をけなして、あわてて言い直した。

「変なものでもいいじゃないですか」

気にせずに明るく受けた。

「何かをやりとげたら誉《ほ》めてやって下さい。少々悪いことでも最後までやりとげたら誉めてやるってのが、ウチの祖父の口癖でね、えらい誉め上手な人でした。陽気でした。私は両親を早くに亡《な》くしましたが、おかげでいじけずになんとか育ったんです」

「時代が違いますから」

夫人は突然怒ったような早口になった。

「あなたには、わかりません」

おとなしげな人が大きく声を張り上げる。昨日、湯河原にも同じ台詞《せりふ》を言われた。

「今の子供のことなんて知らないでしょう？　ゴーイング・マイ・ウェイが通用するほど甘くないんですよ。どんなちょっとしたことでも攻撃の材料があったら、イジメられるんです。あの子なんか歩く標的です。せめて登校拒否でもしてくれれば、愚痴の一つもこぼしてくれれば……。あの子、あんなにきりきりに意地を張ってて、もしプツンと切れて自殺でもしたら！　それからじゃ遅いんです。あなた、他人だから、そんなのんびりしたことが言えるんですよ」

村林はプツンと切れても、自殺なんかするタイプには見えなかった。でも、母親の心配はよくわかった。

「江戸前の、落語を教えてみますか？」

俺は言ってみた。子供だから、遅かれ早かれ、住むところの言葉には馴染《なじ》むだろうが、早いにこしたことはないかもしれない。

「そうですね」

夫人は驚くほどきつい目で俺を見た。

「あれは、やめさせていただけますか？」

「あれ」とは、ずいぶんな言いようだ。まるで目の敵だ。東京の言葉は刃物のようだなと、江戸落語を専門とする俺が思わずひやりとした。こんな優しそうな母親が刺すようにしゃべる。誰を刺しているのだろう。俺か。村林か。

否定されると反発したくなるのは、何も村林一人じゃない。「あれ」のどこが悪い。抱腹絶倒の枝雀落語だ。めちゃめちゃ面白いじゃないか。いいじゃねえか。それより、何より、村林そのものじゃないか。長い上方落語を覚えた、彼の情熱とこだわり、そして意地が俺にはとても尊いものに思える。時代遅れの感覚なのだろうか。危険なものなのだろうか。俺の永遠のテーマだ。どこへ行ってもついてきやがる。

「普通の落語を教えて下さい。どうか、あの子がクラスに溶けこめるような方向に指導して下さい。先生お願いします」

深々と頭を下げられて俺は滅《め》入《い》った。

また普通が出てきやがった。

そもそもの問題の根っこは、母親にあるのではないかと思った。普通好きの、東京を普通と決めて疑いもしない、この母親の。

「噺家はどんなに偉くてもセンセイとは呼ばれないんです。シドウというのもできないです。教師じゃないんで」

以前、同じことを村林にも言った。母親は顔をしかめたが、息子はケロリと笑い飛ばしたと思いだして、少し心強くなった。

松濤《しょうとう》というのは有名な高級住宅地だが、どうも交通の便が悪い。一人一台の車を持たないような貧乏家族は住むなということかもしれない。綾丸の家は、父母姉弟と四人構成だがベンツがたった一台だけだ。さぞ不自由だろうと思いながら、免許も持たない俺は神泉の駅からとぼとぼと歩く。

良の住むマンションは築二十年を越えるらしい。黄粉色《きなこいろ》のタイル壁に古色蒼然《そうぜん》たる趣がある。蘭《らん》の花やシャガールの複製などが飾られた小洒落《こじゃれ》たエレベーター・ホールから、三階へ上っていく。

俺は綾丸の家が苦手である。叔父は大学病院の脳外科医で、叔母は食物助言家という肩書きを持ち、従姉《いとこ》は都市銀行に勤めている。家には余計な色がない。白と焦《こ》げ茶と灰色と黒ですべて出来上がっていて、無駄な家具もほこりもゴミも小虫もいない。

良の部屋は広い洋間だ。これまた、男の部屋とは思えないほど、おそろしくきちんと片づいている。オーディオセットは黒くつやつや光り、重厚な木の机は置き物がなく、書棚の本は背の順にすきもなく整列している。

部屋の主は、銀灰色のカバーがぴっちりと伸びてしわ一つないベッドに長い足を組んで腰掛け、俺はハート型のふかふかする鼠色《ねずみいろ》の巨大なクッションにあぐらをかいて一ミリずつずり落ちようとしていた。

叔母さんがローズティーというのを出してくれた。化粧品のような匂《にお》いがする。ワゴンに乗せて、ホテルのルームサービスのように運ばれてきて、そのままテーブル代わりに置かれている。紅茶茶碗も砂糖入れもミルク入れも、浮き彫りのある真っ白のそろいの陶器だ。俺はなんだか重要な客人になったような気がした。

「ねえ、達チャン、良は落語の素質がある？」

とばあさんに似ているがなぜか美人の叔母に尋ねられて、

「ぜひ一度聞きにおいで下さい」

神妙に答えると、叔母はおかしそうにケラケラ笑った。男まさりで陽気な人なのだ。良は顔だけでなく、性格も叔母に似ると良かったのにと残念になる。

あの叔母の態度では、息子の悩みはあまり知らないなと思った。仲は悪くないが、互いに距離を置いた家族である。物差しではかって三十センチと正確に決め、毎日狂いがないかとはかり直して確かめているような距離である。このあたりが、清潔、豪華以上に、綾丸の家の居心地の悪さかもしれない。

妙な匂いの紅茶を飲み、薄っぺらい甘くないクッキーをつまみ、久保田利伸のＣＤを特注特大のスピーカーで聴いた。平和だった。このまま、どうでもいいような話だけして帰ってしまおうかという気になった。

「で、どうしたの？」

良のほうから尋ねてきた。

「何が」

はぐらかしたが、

「達チャンがウチに来るなんて、よくよくの用事じゃないの？」

よくよくの、というわけじゃない。でも、愉快な話題にはなりそうもなかった。

湯河原との電話、村林夫人の訪問を話すと良はおかしそうに聞いていた。達チャンらしいねえと笑う。

「そうでもないよ。絶対、人のことほっとけないんだから。ただ、俺が、俺自身が、迷いがあって、それでもなんとか突き進もうとしている時に、脱落する奴《やつ》を、あきらめる奴を見たくないんだよ」

「達チャンに迷いなんてあるの？」

「俺をなんだと思ってるんだ」

良は組んだ足をほどいて、膝《ひざ》に両方のひじをつき、俺の顔をのぞきこむようにした。

「それで来てくれたの？」

からかうように言う。

「でも、僕はもう脱落者なんだよね」

やけに明るい声を出すので冗談かと思った。

コーチをやめた、どもるのがいやで基本的な指示以外は口をきかずにいたら、恐く見えたのか子供が嫌うようになって、と淋《さび》しい顔をした。

「自分からやめるって言っちゃった。今のヘッドコーチがジュニアの頃からずっとお世話になってる人でさ、僕は性格的に選手向きじゃないって、早くからコーチングを教えてくれてたのね。なんか裏切ったみたいでね。クラブも行きづらくなった」

「大学のほうで頑張ればいいさ」

「お遊びのサークルだから」

良はテニスに本気なのだなと、その言葉でわかった。いくら誉めても嫌味なくらい謙《けん》遜《そん》する男だが、プライドも思い入れも人一倍持っているのだ。

脱落者か。

さりげない白のポロシャツとジーンズがまぶしく見えるほど端麗な青年だった。誰が脱落者などと思うだろう。ただ、綾丸良の茶色がかった瞳《ひとみ》を正面からのぞきこむと、その光が弱く、薄曇りであるのに気づく。うろうろと動く落ちつきのない瞳だった。

良の瞳にかかったもやは、すべて彼の吃音《きつおん》が原因なのだろうか。俺のところになど来ないで、専門の医者にかかって治したらいいのに。吃音は病気と呼ぶほど重くはないらしく、過度の緊張の副産物なのだ。十数年間、押さえてきたのだ。また治せる。きっと治せる。そうして自信を持てば……。

自信という言葉に、一瞬、胸の奥がひっかかれるような鋭い痛みを覚えた。

俺は良に自信を持てと言った。何度も何度も言った。無責任に繰り返してきた。俺は生まれて以来、じいさんのひいきのひきたおし教育のせいか、まったく自分に不当な自信を抱いてきた。自信のない人間なんて理解できなかった。手足や目鼻がついているのと同じに、自信はすべての人に当り前にそなわっていると思っていた。いや、改めて考えたことすらなかった。二十六にして、初めて、仕事と恋につまずいて、根拠のない鉄壁の自信がぐらついた。

自信って、一体何なんだろうな。

自分の能力が評価される、自分の人柄が愛される、自分の立場が誇れる――そういうことだが、それより、何より、肝心なのは、自分で自分を〝良し〟と納得することかもしれない。〝良し〟の度が過ぎると、ナルシシズムに陥り、〝良し〟が足りないとコンプレックスにさいなまれる。だが、そんなに適量に配合された人間がいるわけがなく、たいていはうぬぼれたり、いじけたり、ぎくしゃくとみっともなく日々を生きている。

綾丸良は〝良し〟が圧倒的に足りない。十河五月も〝良し〟がもっと必要だ。村林優は無理をした〝良し〟が多い。湯河原太一は一部で極度に多く、一部で極度に少ない。外山達也は満タンから激減して何がなにやらわからなくなっている。

「何、考えてるの?」

良がいつのまにやら、俺の目の前の床にすべり落ちて、間近に顔を眺めていた。良し、と言ってやろうかと思った。何度も繰り返し言ってきかせたら、暗示にかかるかもしれない。本当にやろうとして気がついた。この従弟《いとこ》を〝良し〟と思っていない。ぜんぜん良くないから頑張れと思っている。自信を持てという言葉が空回りしている。腹の底から出た言葉じゃない。口先でなだめている。耳を貸さないわけだ。

「テニスから逃げるなよ」

相手ではなく自分を戒めるように言った。しかし、良は針でつつかれたようにビクリと顔を歪《ゆが》めた。

「自分が大事だと思っているものから逃げると、絶対に後悔する」

同じことを湯河原に言って嘲笑《ちようしよう》された。あきらめるな、逃げるな、という励ましは、どれだけ心をこめて言っても、時には上っ面《つら》をすべって滑稽《こつけい》に響き、時には残酷に傷口に食い込む。

「達チャンは強い人だから」

良はそう言って防御の態勢に入る。俺を別の世界の住人とみなし、俺の法律では自分を裁けないと宣言する。

「強くないよ」

同じだよ。同じ世界にいるよ。ろくでなしの地面を踏み、いくじなしの空気を吸っている。それをわかってもらうために、ここしばらくの仕事での悩みについてぽつぽつと語り出した。失恋のことも含めて正直に詳しく話した。どれほど重大に悩んでいることでも、いざ口にすると、軽く情けなく聞こえる。馬鹿《ば》馬鹿《か》しく響く。恥ずかしくなった。

するど、察したように良が言った。

「そんなに照れなくてもいいのに」

頭に血がのぼるのがわかった。

「馬鹿にしやがって！」

怒鳴ったついでに立ち上がると、良は足を投げ出して座ったまま、妙に人なつこい、くつろいだ目で見あげている。

「達チャン、ありがとう」

蹴飛《けと》ばしてやろうかと思った爪先《つまさき》が止まった。ふくらはぎがつりそうになった。

「前にも言ったけど、僕は達チャンみたいになりたいと思ってた。無理だけど」

「ああ、無理だ。無理だ。俺になりたかったら、一度ぐらいガアッと怒ってみろ！」

怒るどころか、相変わらず優しい顔でニコニコ笑っている。どうしたらいいかわからなくなった。悔しまぎれに、シコを踏んでやった。袴《はかま》をつけていないので、着物の前が割れてずるずる崩れる。ひどい格好だ。

「ヨイショ、ヨイショ」

わけのわからない気合いを入れた。

「おまえもやれ」

無理やり良にもシコを踏ませて、大の男が二人、どしん、どしんとやっていたら、叔母さんがあわてて顔を出して、下の人に悪いからやめてくれと怒った。

ワゴンの上で、白い陶器がコトコトと揺れていた。ローズティーが受け皿に少しこぼれて、薄紅の花びらのように見えた。


他人の人生のおせっかいを焼こうとして、みんな無様に空振りしている。

湯河原。村林。良。

そして、もう一人、十河という女が残っている。手負いの猫である。俺を嫌っている。半端《はんぱ》に近寄ると、容赦なく鼻面をかきむしられそうだ。それでも、ぜひ一度ひっかかれてやろうと決心した。

飲みにでも誘ってみるか。バミューダパンツがどんなろくでなしだったのか、とっくりと聞いてやろう。俺には聞く権利がある。野郎の身代わりにされたんだ。いったいどんな男が、十河のようなややこしい女をいまだにがんじがらめにしているのか知りたい気もした。

13

十一月の末に一門会がある。

今昔亭小三文初の一門会だが、実態はほとんど独演会に等しい。おまけのように、六文兄《あに》さんと俺がチョンとついている。

落語界の大看板の一人である今昔亭小三文は、弟子というのが三人しかいない。真打ちの六文兄さん、二ツ目の俺、前座の三角。稽古をつけるのが嫌いで、人使いが荒く、気難しいと三拍子そろっているので、弟子はなかなか寄りつかない。うっかり迷いこんでも続かない。俺ンとこ来ても芽が出ねえぞ、と師匠自ら入門希望者を脅しているのだから、それも本気で脅しているのだから、始末に負えない。六文兄さんも俺もまだ土の中の種のままだということらしく、困ったものである。

そんな師匠が、どういう気まぐれを起こしたのか、一門会をやるぞと言いだした。今年の一月一日の午前八時だ。

噺家《はなしか》の習わしで、元旦《がんたん》の朝は自分の師匠、一門の師匠、世話になっている師匠など次々と挨拶《あいさつ》にまわるのだが、月島の家で、師匠一家四人と弟子三人で、里芋と大根が山のように入ったケンチン雑煮を食っている時に、突然、寝言のようにむにゃむにゃ言い出したのだ。俺は餅《もち》がのどにつかえたし、六文兄さんは里芋がつるりと口から飛び出した。

気張ったことは大嫌いな師匠である。そもそも一門などという意識があるとは意外だった。弟子を弟子だとあまり思っていない。仕事の場を作ってやろうなど夢にも思っていない。突然、親切になってそれを形見にぽっくり死んじまうんじゃないかと恐《こわ》くなった。

三角が人前に出せるようになったし、三つ葉もそろそろ一人前に扱うか、四十分やる、好きなものをしゃべれと言われた。師匠の死に顔を想像しながら、本当に好きなのをやってもいいんですか？　とおそるおそる問い返すと、面倒臭そうにうなずいている。『茶の湯』を、と口に出かかって、自分でびっくりした。チャで何とか食い止めてモグモグと飲み込んだ。

『茶の湯』は小三文師匠の十八番である。十八番中の十八番である。弟子は師匠の十八番というのをあまり高座にかけない。遠慮する。〝売り物〟を粗末に扱ってはいけないというような感覚である。師匠から教えてやると言われた時は別で、それはもう見込まれたと喜んで、ありがたく頂戴《ちょうだい》するが俺のほうから『茶の湯』をやりたいと申し出るのは、かなり失礼なことなのである。

一門会、四十分、好きなもの、に釣られてついつい口がすべりかけた。勇み足ならぬ勇み口だ。おそろしい。チャチャチャと舌鼓《したつづみ》でごまかして冷や汗をかいていると、

「なんだい？　『茶の湯』？　はっきり言えよ。ええと、まだ教えてなかったっけ？」

師匠は眠そうにそう言った。鋭いんだか鈍いんだかわからない。チャでわかるのはさすがに凄《すご》い。とっておきの十八番を弟子に教えたか教えてないか覚えていないのはもっと凄い。

「ふん。三つ葉は『茶の湯』ね」

師匠は、上唇が鼻にくっつきそうな大きなあくびをした。

チャと舌がすべっただけで、小三文師匠の十八番を、初の一門会でネタおろしするという、とんでもない事態を招いてしまった。

しかし、気楽な師匠である。気楽もここまでくるとただの無責任である。十八番だろうが十五番だろうがおかまいなし。弟子の実力も調子の善し悪《あ》しもおかまいなし。ありがたみも何もないが、それでも『茶の湯』を習えるのは、棚ボタのような幸運だった。六文兄さんがおいおいという目で見ていた。大丈夫かよと心配し、うまいことやったなとうらやましがっている目であった。

『茶の湯』は、暇を持て余したご隠居が、何も知らない茶の湯をあてずっぽうに趣味で始め、青黄粉《きなこ》と椋《むく》の皮で煮立てた、腹下しのお茶をたて、てんやわんやの騒ぎを起こす滑稽噺だ。全編ひたすら馬鹿《ばか》馬鹿しく楽しい。茶の湯が代表する上品と風流を、シュールなお茶とお菓子で徹底的にコケにしながら、知ったかぶりで喜ぶご隠居、知らないと恥だとあせる長屋の住人たちの気持ちをリアルに描く。サゲがまた実に洒落《しゃれ》ている。

二月に、師匠は例の三遍稽古でもって『茶の湯』をさっと教えてくれた。その翌月に、おまえは工夫がない、新しい噺はしばらく教えないから少しじっくり考えろと叱《しか》られ、以来、まともに稽古をつけてもらっていない。俺はなんだかあれこれ考えすぎて調子を崩し、そのことでまたあれこれ試行錯誤して、一人勝手に日々を過ごしていた。師匠は自分のほうから弟子にかまうことはない。

二ツ目というのは、だいたい自由で孤独でぽかんと宙に浮いたような身分だ。何でもできる。何もしないでもいられる。ぼんやりしていたら、いつのまにか、一門会の日がやってきて、俺はできそこないの『茶の湯』をぼそぼそしゃべって、師匠にセコだな、と、簡単に笑われるのかもしれない。

恐い話だ。だが、現実だ。

いいかげんに仕上げに入らなければいけなかった。十月の末の早朝寄席《よせ》で、少し端折《はしょ》ってネタおろしをしてみよう。その前に、なんとか一度、師匠に聞いてもらおう。噺はかなりしゃべりこんである。問題は〝工夫〟だ。マクラにもうひとひねり欲しい。あとは余計なクスグリを入れることより、それぞれの人物を俺なりに把握してしっかり表現することだ。ご隠居、定吉、鳶頭《とびがしら》、豆腐屋、手習いの師匠。

この噺の持っている笑いの力を、俺がまず十二分に吸収すること、もともと大好きな噺だが、骨の髄まで惚《ほ》れこむ。そして、素直に存分に、お客さんに味わってもらえれば……。

しかし、やってくる客は、おそらく、小三文のひいきで、落語通で、『茶の湯』を知っているだけでなく、師匠のクスグリや間の取り方にいたるまでわかっていて、狼《おおかみ》のように鋭い耳をピンとおったてて聞くだろう。あるいは休憩を決めこんで寝てしまうだろう。

正直なところ、今、一門会で『茶の湯』をしゃべるのは恐い。ひどく恐い。

内弟子修業を終え、吉祥寺に帰ってきたばかりの頃、これも勉強だと思って、ばあさんにお茶を習おうとしたことがある。ふくさという布切れをコテコテたたむのにてこずっていると、孫だと思ってやたら偉そうに指導するので、大喧嘩《おおげんか》してやめてしまった。だから俺はお茶の作法を知らない。『茶の湯』のご隠居といい勝負である。

木曜の朝食の時、ふと思いついて、ばあさんに、お茶の稽古を見学させてくれと頼んでみた。仕事の参考にしたいと謙虚に申し出ても、なかなかウンとは言わない。過去の因縁がある。気が散るからいやだよ。あんたは黙ってたって身体《からだ》中から邪気と雑念がにじみ出てるからね。どうせ郁子さんの着物姿でも拝みたいんだろう？　ひでえ婆《ばば》ァだ。傷口に塩をすりこんでくれる。誰でもいい、一番顔のまずい婆《ばあ》さんが来たら呼んでくれと頼んで部屋に引きこもった。

邪気と雑念を払うように、一心に稽古《けいこ》していたが、落語というのは座禅とも茶道とも違ってもともとが邪気と雑念の固まりである。悟らない人間が、世間臭をぷんぷんにじませるところが体温のようにほどよく暖かい。

あくびをして、のびをした。

お茶の庭である露地は、夏の日差しにくたびれた、しけた緑色をしている。その中を、紅葉や芙蓉《ふよう》のような彩《いろど》りの着物姿が時折、静々と通り過ぎる。一人の柔らかな鴇色《ときいろ》が郁子さんのように見えて、思わずハッと身を乗り出したが、わからないままに、また家の中に消えてしまった。胸が痛んだ。あの、麻布のタイ料理屋以来、踊りの稽古にも行かず、一度も郁子さんの顔を見ていなかった。変に思ってやしないだろうか。ただ忙しいと考えているのだろうか。俺のことなど思い出しもしないだろうか。

米酢でも一升飲み干したように、胃やのどや口の中がきゅうきゅうとすっぱくなった。

身体中が耳になる。ばあさんが呼んでくれやしないかとつい期待する。今更会ってどうする？　それでも、郁子さんが、今、二階にいるかもしれないと思うと、節だらけの天井から淡い光がもれてくるような尊い気分がするのだ。ああ、会いたいなあ。こっそり上っていってしまおうか。でも、ばあさんのことだ。許可も得ずに、まぬけ面をさらしたら、階段へ引きずっていってぽいと蹴落とすかもしれない。茶の湯の師匠がそんな乱暴を働いたら、生徒がたまげて寄りつかなくなる。ましてや、生徒が郁子さんだったら……。

昼食に好物の鰺《あじ》の混ぜ御飯を作ってやったが、ばあさんは、ただ、もくもくと平らげている。見学させるのか、させないのかと問いつめると、どうしようかねえ、ととぼけやがる。郁子さんが来たかとつい尋ねると、どうだったかね、といよいよとぼける。家出するぞと脅してやった。どうぞどうぞと笑っている。

時計が四時半をまわった。夕飯を何にしようか、それとも本当にすっぽかして出かけてやろうかと迷っていると、庭に面した長い廊下をほとほとと足音が近づいてくる。開け放した障子の陰で止まった。やけに小さな声があの、と呼んだ。

畳に転がったまま、ぬっと首を伸ばして声の主を見ると、赤えんじの地に一色染めの小紋があでやかである。白い襦袢《じゅばん》の襟から伸びた細い首の上に、きりりとした浅黒い顔。飛び起きた。

「先生があなたを呼んでこいって」

命令にいやいや従ったというふうに、眉《まゆ》をきっとひそめてみせた。

「なんで昼から出るんだ？」

「お化けみたいに言わないでよ。もう夕方じゃないの」

「仕事はどうしたんだ？」

「今日は半休」

それがどうしたというように、じろりとにらみつける。

「その着物、買ったのか？」

「お母さんのよ。くれると言うから」

「自分で着たのか？」

「そうよ」

挑戦的な声色だが、照れたように視線が揺らいだ。下手な着付けだった。襟は抜きすぎてがくんとゆるく、裾《すそ》は短すぎ、帯あげが妙にかさばって見える。間違いなく、十河が自分一人で着たものだった。

「頑張ってんだな」

ほめると、返事の代わりに唇を一文字にひきしめた。

無駄口をきかない間柄だったことを急に思い出した。

十河は俺を庭へ連れ出した。

露地の飛び石づたいに歩き、つくばいで手や口を清め、家の裏側の階段から二階へあがっていく。俺の先を行く十河の足袋が一段のぼるごとに白くひるがえる。まぶしい。団子に結い上げた髪のおくれ毛や、いつもは隠れている形のいい耳を、ついうっとりと見あげて、よくよく着物姿に弱いのかな、和装の女なら誰でも美しく見えるのかな、と我ながらあきれた。

ばあさんが眼を光らせている広間の茶室は虎《とら》の檻《おり》のようにはなはだ物騒だった。俺はただボーッと見ているだけで良かったのに、十河さんがお茶をたてるから、いただきなさいと、いやなことを言われた。いただきなさいと言われて、ほいほいいただけるようなら、俺もそう簡単にやめはしない。

まず、お席入りから忘れている。半開きの障子をカラリと開けて、すたすた乗り込もうとしたら、やり直しと一喝された。そうだ。膝《ひざ》をついて敷居をにじって越えなければいけないのだった。

床の間の正面に座って一礼しろ、掛物を見ろ、花と花入れを見ろ、またお辞儀して、炉のほうへ膝をまわして立ち、反対側の隅に移動しろ、いやそこじゃない、その畳と畳の寄り合ったところを越えなければいけない……。

こやかましいったら、ありゃしねえ。俺は表千家じゃない、青黄粉家の椋の皮流だ、と大声で宣言したくなったが、無理に呼ばれたわけじゃない、志願した以上、仕方がない。

ようやく席につかせてもらう。

十河が入口の正面にある襖《ふすま》を開けて顔を出し、正座した姿勢からすっと頭を下げた。ほう、と思った。初めて見る人のような気がした。表情、身のこなし、全身からただよう気配も何もかもが変わっている。ひどく緊張している。もともときつい顔だちが、さらにノミで削りこんだように陰影が深くなり、痛々しい感じすらする。

お菓子を運んでくる。網目模様の丸い漆塗りの入れ物の蓋《ふた》はしまっている。十河が俺の前に置いて一礼する。ぽかんとしていると、ばあさんにお辞儀をしろと命じられる。何も続けて鎌倉彫《かまくらぼ》りの四角い盆に紅葉や松葉や銀杏《いちょう》を模した細かい干菓子が出てくる。言われないうちにさっさとお辞儀をすると、今度はしなくてもいいとまた怒られた。複雑だ。丸い入れ物の蓋を開けて、うまそうな餅《もち》が入っていたので手でつかんでかじると、達也！　と大雷が落ちた。まるで、つまみ食いの現場を押さえられたガキだ。十何年ぶりだろう。うまい菓子だなあと、そのままむしゃむしゃ食っていると、ばあさんはあきれて溜《た》め息をつき、十河がこらえきれずに鼻から笑いをもらしたのがわかった。

薄茶点前《てまえ》というのが始まる。

十河が、色々な道具を運び、取り出し、並べ、お辞儀をし、また置き換え、問題のふくさばきを綺麗《きれい》にやりおえて茶器を拭《ふ》く。こちらは、その一連の動作をのんびりと眺めている。

間違えないようにと神経を張りつめている十河の呼吸は早く短く時計のように規則正しい。まだ始めてから数カ月だったな。ぎごちないが美しい所作だと思った。良い目をしていた。落語の時もそうなのだが、十河の集中力はすごい。まわりに人のいるのを忘れてしまうかのように徹底的に没頭する。

ふと、冬の川の風景を想像した。

表面が凍りつき、その薄氷の下を冷たい水が音もなく流れていく。緊張は白い氷となって鋭く輝き、静寂が流れる水となって澄んでいる。

嫌われていても、どれだけすげなくあしらわれても、俺はこの十河という女の存在をどこかで綺麗に感じていた。

横を向いてお点前をしていた十河が、斜めに向き直って茶碗《ちゃわん》を差し出した。俺から、かなり離れたところに置かれた、その茶碗を、さて、立って取りにいったものか、座ったまま膝でじりじり寄っていったものか迷った。ばあさんに尋ねればよいのだが、なんだか悔しくなって、えいと立ち上がった。歩いていって茶碗の前に座って両手ですくうように持って、頭の上に差し上げるように一礼して、そのまま下げて、一気にごくごく飲んでしまった。

「うまい」

と言った。本当にうまかった。

十河はただ間違えないように一生懸命にやったのだろうが、何かそれ以上のものが、彼女の気持ちのようなものが、苦くてうすら甘い真緑の泡立った液体にこめられている気がした。十河が口に出しては決して言わない気持ちだった。悪いものではなかった。俺を嫌っているにしても、心をこめてたててくれたお茶だった。

「だから、いやだと言ったんだよ」

ばあさんが苦虫を嚙《か》みつぶしたような顔でぶつぶつ言った。

「いいかい、達也、絶対におまえは弟子にしないよ。金輪際、まっぴら御免だよ」

そういえば、飲む前に茶碗をくるりとまわすんだったなと、そこで思い出した。


夕飯の買物に出かけると、門の前の細い通りに十河の後ろ姿が小さく見えた。草履のせいか、着物のせいか、デンデン虫よりのろいので、俺はすぐに追いついてしまった。

「歩きにくそうだな。着替えて帰ればいいのに」

とつい、おせっかいを言うと、

「どうぞ、お先に」

むっとしている。

「別に急ぎゃしないし。ばあさんが腹をすかせりゃ、いい気味だし」

頭の上で腕を組んで空を見あげた。よく晴れていて、綺麗な藍色《あいいろ》に暮れている。ひやっこい風がかすかに甘い匂《にお》いをのせてすうと鼻先を通り過ぎる。

「金木犀《きんもくせい》」

と十河がつぶやいた。

「うん。あそこの庭だ」

そろって、垣根越しの、小粒な蜜柑色《みかんいろ》の花を一面につけた樹木を眺めた。香りの強い木というのは不思議なもので、近くに寄って、ふんふん匂いを嗅《か》ぐようにすると、匂わなくて、あきらめて離れると、ふわりと追いかけてきたりする。そんなことを話して、女みたいだなとうそぶいてみると、十河はうさんくさそうにフンと鼻嵐《はなあらし》を吹いた。

それから、なんとなく一緒に歩く格好になった。十河は例によってだんまりだった。

これから駅までだんまりというのも嫌なので、先に行ってしまおうか、それとも、何か話題を探して会話を試みようかと迷った。

迷っていると、相手がふっとつぶやいた。

「私、匂いのいい木が好き」

「うん？」

救われたような気がして、うながすようにうなずくと、

「花の綺麗なのよりいいな。桜や薔薇《ばら》より、沈丁花《じんちょうげ》や金木犀がいい」

十河は独特の低い声で静かに言った。詩を朗読しているように聞こえた。

「十河らしいな」

「なんでよ？」

「うん？」

どう表現したものか少し考えた。

「あんたはたいそうな美人らしいが、綾丸良が太鼓判を押していたが、それでも、色や形より香りの人のような気がする」

十河は黙っていた。

また、つまらないことを言ったなと、こちらはがくんと首を垂れた。

「なんだ。やっぱり口がうまいんだ」

ずいぶんたってから、妙なことを言う。

「別にお世辞じゃない。誉《ほ》めたのかどうかもわからない」

薄闇《うすやみ》の中で、赤えんじの着物は黒く沈み、十河は影絵の人物のように現実感を失って、ひっそりと隣を歩いていた。

「なんでお茶を始めたんだ？」

俺は聞いてみた。

「さあ、なんでかな。型のあることをやりたかったのかもしれない。形のね。匂いなんてあやふやなものじゃなくて」

「その、あやふやが好きなんだろ？」

「だから、余計に」

十河はきっぱりと言い切った。

「あやふやで簡単に自己満足しちゃうのよ。そういう人間ばかり見てきたの。いやになったのよ」

「バミューダパンツか？」

一瞬、ためらってから口にした。

「変なこと覚えてるのね。そうよ。彼よ。彼を筆頭に劇団の人はみんなそうだったわ」

十河は俺のほうを向いた。自然に足が止まった。

「前に、芝居をやってたのかって聞いたわよね？　やってたのよ」

住宅街の細道で、ともったばかりの街灯の光を斜めから受けて、十河は舞台の上で長い独白に入る主演女優のように見えた。

「高校の演劇部の先輩が入ってた劇団に三年いたの。そこであの男が、台本を書いて、主役をやっていたのよ。演劇は詳しい？」

「あまり詳しくない」

「そう。それじゃ、絶対に知らないな。マイナーな小劇団なの。ファンタジーとかSFとかを風刺劇にしてね、ヘンテコリンな衣装、突飛な動作、わざとらしい台詞《せりふ》……。それでもマニアックなファンってのが少しはいたの」

「あんたは主演女優？」

「すごい偉そうに聞こえるわね。まあ、ヒロインはよくやったわね。オーロラ姫とか、ドラキュラの孫娘とか、白拍子の幽霊とか」

十河が、黒マントをひるがえして、ドラキュラ伯爵《はくしゃく》の孫娘に化けるのを想像すると、思わず笑えてくる。

「面白そうだな」

「面白いとくだらないの瀬戸際《せとぎわ》で、だいたいどうしようもなく、くだらなかったな。あとから、そう思ったんだけど」

「やめたのか？」

「やめたわよ」

文句があるなら言ってみろというふうに、ぐっとにらんできた。

「才能、ありそうじゃないか」

挑戦に応じて、文句をつけた。

「ダイコンよ。そう言われたのよ」

まるで、俺がののしったように非難の目を注いでくる。

「いつもボロクソに言われてたけどね、最後にみんなの前で、これでもかってほどツブされたわね。公私混同の罵詈《ばり》雑言《ぞうごん》。ダイコンってのはまあいいけどさ、おまえといてもぜんぜん楽しくないって、それ言うかな？　通し稽古《げいこ》の最中だよ。気のきいた会話一つできない、いつもブスッと黙ってばっかりで、こっちまで暗くなるって。みんなの前で言うかなあ。そりゃバレバレだったけど。一緒に暮らしてたのも、ダメになりかけてたのも」

一気に吐き出して、急に力が抜けたようにぼんやりした。

「いやな男だったのよ」

ぽつんと言う。しばらくして、今度はゆっくりとしゃべりだした。

「口を開くと人の悪口ばかり言ってたな。でも、私と似てたの。人の喜ぶことが絶対に言えなくて、逆のこと言って嫌われて、ますます過激になってね。わかってあげられると思ってた。お互いに同じ欠点を持つから、わかりあえるって。でも、違ったんだ。あの人は誉め言葉が必要な人だったの。嘘《うそ》でもお世辞でもいいの。まるで底なしバケツよ。いつも渇いていて、いつも誉め言葉を求めていたのに、私は一度もあの人の芝居もホンも誉めなかった。すごくいいと思ってたのによ」

「わかっていたんじゃないかな」

俺は言った。

「自分の書いた台詞を恋人がしゃべるんだ。あんたの芝居を見れば、あんたがどう思っているかは絶対にわかるはずだ」

十河は皮肉に笑った。

「ダイコンの芝居を？」

「本当にダイコンだと思ってたら、ヒロインなんてやらせるわけがない」

「気持ちだけじゃだめなの。以心伝心じゃだめな時があるの。言葉が必要なの。どうしても言わなければいけない言葉というのがあるの。でも、言えないのよ！」

最後は悲鳴のように叫んだ。

はじめて会った時から十河は叫び続けていた。言えない！　言えない！　その悲鳴の奔流をせきとめてやりたいとずっと思っていた。

「まだ言いたいのか。彼に。バミューダパンツに」

俺は尋ねた。

「きっちり口で言えれば、少しは気が済むのか。少しは後悔しなくなるのか」

十河はかぶりをふった。

「言いたくない。いやな男だもの。くだらない芝居だもの。本気でそう思ったから、もう遅いのよ」

「じゃあ、今、何か言いたいことがあるか？ 言わなければいけないのに、どうしても言えないことってあるのか？」

十河はうつむいていて、どうやら小刻みに身震いしているようだった。

「おい、おい」

俺はあわてた。また泣かしてしまったんじゃないだろうな。

「責めてるんじゃないよ。聞いただけだ。何か手伝えないかって思っただけだ」

「どうやって手伝ってくれるの？ あなたが代わりに言ってくれるの？ それとも、キメの台詞を考えてくれるの？」

黒猫が顔をあげて爪《つめ》をむきだしてきた。

「湯河原さんに、大きなお世話だって怒られたよ。良は笑って相手にしてくれなかった。そこらで懲《こ》りればよかった」

「あの二人にも何か言ったの？」

「村林のお母さんにも言った」

「馬鹿《ばか》が上につくお人好《ひとよ》しね」

猫は頰をひっかいて、

「馬鹿が上につく鈍感ね」

鼻に嚙みついた。

「悪かったな」

喧嘩《けんか》を売られると単純に腹が立つ。

「悪いわよ。私、ずっとひどい態度をとってきたのに、なんでまだ優しくするのよ。神経がないんじゃないの？　信じられないわよ」

「どうしてほしいんだ？　ぶんなぐってほしいのか？」

「そのほうがいい」

着物姿の男女が真っ向からにらみあった。田舎芝居の愁嘆場だ。いまいましい。男だったら二、三発ぶちこんで、蛙《かえる》の死骸《しがい》のように道路に伸ばしてやるんだが。

夜風に乗って、また金木犀の匂いがかすかに流れてきた。芳香を大きく吸いこんで、溜《た》め息のように吐き出した。

「あんたは俺を嫌いらしいが、俺はあんたが嫌いじゃない。なぜだと聞くなよ。自分でもわからない」

十河は悪夢からさめたばかりのような顔つきになった。何かを言いかけた。唇が空振りした。それから、風雨にさらされて顔のなくなった二つの石仏のように、堅く、向かい合ってしばらくじっとしていたが、

「馬鹿の上に馬鹿がつくわね」

ようやく十河のほうがつぶやいた。腰が抜けたような声だった。

「上等だ」

また、並んで歩き出した。

「私、あなた、嫌いじゃないわ」

十河の言葉は、十月の澄んだ夜気の中に、頼りなく細く吸い込まれる。

東南の空に、硝子《ガラス》の破片のような上弦の月が見えた。白よりも薄い色の月だった。

14

嫌いじゃない、と打ち明けて、同じ言葉を返してもらった。その時の十河の細い声が、金木犀の香りとともに、いつまでも身体《からだ》の中にゆるゆると漂っていた。

つかみどころのない気分だった。長く降り続いた雨がやみ、外気は新鮮だが、まだ湿気を含んで重く、足元の地面は濡《ぬ》れている。ありがたいような、さっぱりしないような。

十河の気持ちがよくわからないのだ。俺を嫌いでないなら、なんでわざわざ露骨に嫌いなふりをするんだろう。バミューダパンツを嫌な男だと吐き捨てたが、どこか淋《さび》しい声だった。未練をふっきったようでもあり、宝物を無くしたようでもある……。

俺は十河のことを知っているようで知らない。どんな職場にいて、どんな友人がいて、休日はどんなふうに遊んで過ごすのか。平凡なことを何も知らなくて、友人や親でも知らないような心の奥深くの感情の揺らめきだけに触れている。

そのことを考えると、もどかしい落ちつかない気持ちになって、とても困るのだった。

社員旅行と重なるので次の落語教室を休むと十河から連絡があった。事務的な無表情な声でそれだけ言うと、さっさと電話を切ってしまった。受話器で横面《つら》を張られたような気がした。なぜ不愉快になるのかわからなかった。社員旅行は嘘じゃないだろうし、もっと他に挨拶《あいさつ》が必要だとも思えない。

一緒に茶の湯をやって、吉祥寺の駅まで夜道を歩いた日のことが、何もかも夢のような気がした。十河はやはり猫の凍死体のように冷たく、俺をよく思っていない。

連絡があったのは十河だけだが、欠席は一人じゃなかった。七時を過ぎたが誰もやってこない。考えてみれば、それも、あたりまえのことだった。湯河原は来るわけない。良もコーチをやめてしまったのだから来る理由がない。村林はお母さんに監禁されたのかもしれない。

一人でぽつんと茶の間に座っていると、そんなに冷える夜でもないのに、こたつが欲しいと思うほど寒々しい気分になった。みんな人生がうまいことといかなくて、かなり不幸せで、それぞれ孤独に勝手に生きていくのだなと思うといやになった。そんなものさ、と自分に無理やり言い聞かせる。茶番劇は終わった。ドン・キホーテが無理やり引っ張り出された舞台に、最後は一人で取り残されてまごまごしている。さあ、退場するとしよう。

二階の雨戸でも閉めてこよう。

蚤《のみ》の足音が聞こえてきそうなほど静かだった。ばあさんまでいない。京都のお茶会と知人の訪問で一週間留守にしている。

たてつけの悪いやつを蹴《け》飛《と》ばしたり、力まかせに引っ張ったり、がらがらと閉めてまわる。真っ暗な茶室でしばらく大の字になってふて寝していると、赤えんじの着物で緊張してお茶をたてていた十河を思い出して、いよいよ不愉快になって飛び起きた。

お茶受けに買っておいた栗羊《くりよう》かんを一本全部食ってやろうと台所に入る。茶の間で何やら音がする。おいおい。いくら一人で寂しいからって泥棒を呼んだ覚えはない。ただの空き巣ならうさばらしにぶんなぐってやろう、武器を持った強盗なら逃げ出そうと、そっと首をつきだした。

湯河原と良と村林がいた。ちゃぶだいを囲んで、座布団《ざぶとん》は敷かずに、いつもの落語教室の定位置にそれぞれ座っていた。

俺が連中を妙に恋しく思っているから、神様があわれんで、そっくりの実物大の人形でも置いてくれたのかと思った。

「遅くなってごめんね」

綾丸良の人形が口をきいた。

「湯河原さんと駅でばったり会ったんだよ。優君は門の前にいてね。達チャン、二階みたいだったから、裏から勝手に入ったよ」

裏木戸と風呂場《ふろば》の横手の裏口は、寝る前までいつも開けてあるのを従弟《いとこ》は知っている。

人形ではなかった。本物だ。

腹の底から深呼吸した。

「よく来たなあ」

変な挨拶をしてしまった。


しかし、三人とも、およそ、よく来た、という顔じゃなかった。晩秋の曇天の夕暮れ時の取り込むのを忘れた洗濯物のような、冷たく湿っぽい顔つきをしていた。落語を習いに来たのではなく、そろって俺にうらみごとを言いにきたのではないかと思った。

入口を背負った、いつもの席に正座した。何が始まるのかと待っていたが、いつまでたっても何も始まらなかった。仕方がないので誰からやるんだと尋ねた。本当は、みんな、まだ落語をやるつもりかと聞きたかったのだが、それはやめておいた。

誰も立候補しない。こんな始め方をしたことはないので無理もない。いつもは俺がひとしきり無駄口をきいて座をほぐしてから、誰が何をどういうふうにしゃべるか、きちんと決めてやらせる。

「村林君だ」

湯河原がもったりと口を開いて指名した。

村林は、どうしたものか病気の白ネズミみたいにしょぼくれていたが、湯河原の声で、びくりと眉《まゆ》を上げた。

「みんな忘れた」

不景気な声で、ちゃぶだいにむかって喧嘩を売った。湯河原でも俺でもなく、ちゃぶだいにしゃべるところが、いつもの村林ではなかった。

嫌な気がした。母親と俺が会ったのを知っているなと思った。

「なんだよ。俺がいるとやらないのか？」

湯河原が気を悪くした。すぐにひがむ。

「俺に聞かせるというから、わざわざ出てきたんだ。このおめでたい坊っちゃんが嘘をついたのか？」

坊っちゃん、というのは俺のあだ名だった。湯河原が知るはずもないが、上におめでたいという枕詞《まくらことば》までつくと、やはり、俺はそういう人間なのかなと思えてしまう。

「そや。嘘ついたんや」

村林はきっぱりと言い切った。

「俺、もうあの噺《はなし》を禁止されとるねん。うちのお母さんと三つ葉さんが勝手に決めよってん。嘘やないなら、ボケたんやな。俺にはやるなゆうて、オッちゃんには聞かすゆうのはおかしい。若いのにボケよったか」

まったく、口のへらない坊主《ぼうず》だ。あとの三人に爪の垢《あか》でも煎《せん》じて飲ませてやりたい。

俺はあわてて弁解した。お母さんには江戸前の落語を教えるように頼まれたけど、何も約束してないと言うと、

「そやかて、俺、関西弁の落語を続けるなら、もう行ったらあかん、ゆわれてんで」

村林は、梅干しを二十個まとめて頬張ったように唇をきゅっと吸いこんだ。

あかんと言われたら、おとなしくやめるのかと聞くと、三つ葉さん、どっちの味方や？　とじれた。病気の白ネズミというのはとんだ見当違いで、燃えそこなってくすぶっているネズミ花火だ。きなくさい。今にもバチバチと火の粉を散らして、渦を巻いて走りだしそうだ。

「何の話をしてるんだ？」

湯河原がいらだって尋ねた。彼はいきさつを知らないのだ。俺は村林に話すぞと断ってから、説明をはじめた。村林は学校でいじめにあっているが、それは関西弁に原因があるらしく、江戸言葉の落語を覚えることで、標準語を身につけさせたいと母親が強く望んでいると簡潔に話した。

「誰がいじめに、おうてるねん？」

さっそく、村林からケチがついた。

「ああ。悪かった。喧嘩だったな。一対七か八の」

「言葉が原因て誰がゆうた？」

「自分で言ったじゃないか。ああ、違うな。お母さんか」

「むちゃむちゃ見当違いや」

「違うのか？」

「あたりまえや。そんな阿呆《あほ》なことで喧嘩するか」

「じゃあ、なんなら喧嘩するんだ？」

「野球や」

村林は、かん高い声を、めいっぱい張り上げた。俺は一瞬頭が空白になった。まず返事がくるとは思わなかったし、そんな返事がくるとは夢にも思わなかった。

「野球？」

湯河原が繰り返した。酔っぱらった犬の喧嘩に巻き込まれたように面喰らっていた。

村林は湯河原をじろりと見つめた。あんたのせいだとでも言いたげに、非難をこめて威張ってにらみつけた。

「野球や」

「五年三組にボスがおってな、そいつ、巨人ファンやねん」

野球の一言に驚かされただけに、続いた言葉に俺はうっかり吹きだしそうになった。危ないところで、顔の筋肉の痙攣《けいれん》に留めた。湯河原の下駄は見上げたことに鼻緒の糸一本震えなかった。

「ほんまに、たまらん奴《やつ》ちゃねん。三組全部を巨人ファンにせんと、気がすめへんのや」

「村林は阪神ファンだったな」

俺が確認すると、

「ホンモンや」

と目が据わった。

「宮田は、そのボス、宮田ゆうねんけど、ホンモンやないで。ほんまはサッカー少年で、ヴェルディ川崎が好きなんや。同じ読売やからジャイアンツをひいきしとるだけで、一番打者が誰ゆうことも知らんのとちゃうかな。試合なんてろくに見いへんくせに、勝った負けたゆうのだけ詳しいねん。好きな選手もいてへん。東京ドームも行けへん。それでもファンやゆうのは自分の勝手やけど、なんで人に押しつけなあかんねん。俺はホンモンの阪神ファンやけど、人に無理に応援せいゆうたことないで。あたりまえや」

村林はやっと聞き取れるくらいの早口で一気にまくしたてた。

「宮田がほんまにマジにジャイアンツ応援してるんやったら、優勝してほしい思て七月はアイスクリーム食べんとこと誓うくらいやったら、俺、認めたるで。巨人ファンにはなれへんけど、喧嘩はせえへん」

「村林はアイスクリーム断ちをしたのか？」

「まあね。ちょっとは食べてもうた。塾の帰りにコンビニでみんなアイスを食べるんや。いつも一人だけ食わへんのも、まずいやろ。でも、やっぱり食わんほうが良かったな。タイガースあかんかってん。悪いことした」

村林は湯河原をちろりと見た。

「なんや。オッちゃん、つっこまへんのか？　そんな阿呆なことあるかいなって」

「ファンはだいたい阿呆なもんだ。特に阪神ファンは利口なのは一人もいない」

「それ、いっぺん放送でゆうたらんかい」

湯河原は苦笑いした。

「オッちゃん元気ないな」

「おまえはけっこう元気だな」

「元気やないで。もう、あかんかもしれんと思てるで」

さばさばした口調だったが、その言葉はやけに深刻だった。俺はわけを尋ねた。

「運動会が終わるとな、体育の授業で野球をやるねん。それが問題なんや」

村林は首を左にひねって溜《た》め息をついた。

「宮田は野球のことあまり知らんのやけど、運動神経、むっちゃ、ええからな。飛び箱も鉄棒もドッジも五十メートル走も、宮田にかなう奴クラスにおらへんのや」

水泳も、と付け加えて、スイミング・クラブもいかないで千メートル泳げるんやで、とまた溜め息をついた。

「宮田は野球で俺をシメたろ思てるねん。もう、みんなの前で宣言しよったわ。村林は口ばかりや、タイガースといっしょでバカ弱いて俺が証明してやるぜ。そら、俺、負けへんでてゆうしかないやろ？　タイガースまで馬鹿《ばか》にされたんや。負けたら首くったるわって、勢いでゆうてもうたけど、ほんま、宮田にはかなわんのや。俺、あかん。そろそろ、ロープ買いに行かなあかん」

「馬鹿言うな」

俺が思わず怒鳴ると、

つまらなそうに言い捨てる。

「三つ葉さん、冗談の商売しとるわりに、冗談のわからん人やな」

痛いところをつかれて二の句がつげないでいると、

「それで、村林君は投手をやるのか、打者をやるのか？」

湯河原が冷静に質問した。

「そら、その場でセンセが決めることや。そやけど、宮田は絶対にピッチャーやりよるな。あいつ、目立つの好きやねん。センセは宮田ひいきしよるし」

「じゃあ、宮田君の投げる球を村林君がヒットすればいいんだな？」

「まあ、そうやな」

「別にリトルリーグで百キロの速球を投げてるわけじゃないんだろ？」

「宮田はサッカーのクラブに入ってて、エース・ストライカーやてエバッとる」

「そうか。それなら、ちゃんとボールを見て正しいバットスイングをすれば、打てないこともないかな」

「そら、オッちゃんは簡単に思うやろけど」

「馬鹿言え。ヒット一本がどんなにむずかしいか、俺が知らないとでも思うか？」

二人は十秒くらい黙って顔を見合わせていた。村林が何度かためらって息を吸ってからようやく困ったように口を開いた。

「もしかして、教えてくれるん?」

「さあ。どうしようかな?」

そう言ってにんまりした下駄は、紅白の段だら縞《じま》の紐《ひも》で鼻緒をすげかえたように、やたらとめでたい顔になっていた。


その夜は結局、誰も落語はやらなかった。村林と湯河原で漫才のような応酬をもう一合戦やってから、明後日の日曜日に、野球教室が開かれることになった。場所は八王子の湯河原の家だ。あんたも来るかと湯河原が誘うので、二人きりにして大喧嘩《おおげんか》でもされると困ると思い、ウンと答えた。すると、良も行きたいと言いだす。何だか、ピクニックの予定でもたてているような気分になった。

玄関まで見送りに出たところで、村林を呼びとめた。

「君の落語のことだけどな、まだダメだ。仕上がってない。もっと、うまくなる。ここまで頑張ったんだ。もう少しねばって、人前で芸としてしゃべれるようになれよ。俺が教えてるんだぜ。この落語は三つ葉に習ったって威張って言えるようになってくれよ」

「十河のネエちゃんはどうや。あれは出来上がりか?」

村林はライバル意識をのぞかせて尋ねてきた。十河もまだだと答えると、喜んでヒッと笑った。

「村林にやる気があれば、江戸落語はそのあとで教える。お母さんにそう伝えてくれ。俺も電話しておくから」

「いらん、いらん」

軽い調子で手を振られた。

「お母さんは話がわからん。黙っといたほうがええ」

「聞かれるぞ。何を習ったか」

「適当にゆうとく」

「嘘《うそ》つくのか？」

「また、カタいこと、ゆう……」

「だって、そうだろ。村林は俺とお母さんにつんぼ桟敷《さじき》に置かれて頭きたろ？」

「ツンボサジキって何や？」

「村林のいないところで、勝手にあれこれ話をしたことだ。勝手に何かを決められたと思ったんだろ？　怒っただろ？　同じことを、お母さんにするんだぞ。俺と村林で勝手に決めて、お母さんに内緒にするのか？」

「そんなん、かめへん。おあいこや」

村林はケロリと言ってのけた。

「野球で宮田やっつけたら、もう問題ない。もうあいつが威張らなくなって、学校がうまくいくようになったら、お母さんも言葉のことなんか忘れてまうで。それまでの我慢や」

意外とおめでたい奴だ。もう宮田を打てるつもりでいやがる。それだけ、湯河原との約束が嬉《うれ》しかったのだろうが、いくら元大選手でも魔法使いではないのだ。不安になった。

「村林……」

もう一度声をかけた。

「あんまり、浮かれるなよ」

坊主は首を斜めにクラクラと揺すって俺を眺めた。薬局の前のカエルの人形の頭を小突いた時のようだが、カエルのほうがだいぶかわいかった。

「そやな」

首をまっすぐに戻して一応納得した。

「三つ葉さん」

ちょっと真面目《まじめ》な目つきになった。

「もし、宮田をここへ連れてきたら、三つ葉さん、奴、ノバしてくれるか?」

人を試すようなことを聞く。

「そういうことは自分でやれ。見ててやる」

「冷たいなあ」

「どうせ村林がノバされるだろう。拾い上げて家まで運んでやる」

「気障《きざ》やなあ。そうゆうの男らしい思てるんやろ？」

「そうだ」

「もてんやろな」

「その通りだ」

いつものように村林を自転車の荷台にのせて夜道を走り出すと、うしろからピイピイと六甲おろしの口笛がごきげんに響いてきた。

寝ようとすると、良から電話がかかってきた。良の電話は、たいてい、だらだらと長くなるので嫌だなと思い、あくびをした。ついさっきまで顔を突き合わせていたのに、何の用だろう。別に用じゃないんだけどさ、と切り出されて、あくびをしたあごがはずれそうになった。

「優君のことなんだけど、大丈夫かな？」

「うん？」

少し目がさめた。

「なんか変に盛り上がっちゃったじゃない」

「そうだな」

「ねえ？ そんなさ、ちょっとやそっと教えたくらいじゃ、打てるようにならないよね」

俺もそう感じていたが、改めて、良に言われてみると、子供にスポーツを教えていた男の言葉だけに重みがあった。

「あの子、あんなに意気込んでて、ダメだとガックリくるよね。湯河原さんもね」

やはり良は優しいなと思った。俺は湯河原の気持ちまでは考えなかった。

「浮かれるなとは言っておいたけど、だいぶ浮かれてたなあ」

俺は村林の口笛を思い出して、鳴らない口笛のような溜《た》め息をついた。

「まあね、湯河原太一のバッティング指導を受けられるってのは、野球少年なら盛り上がるよな」

「でもね、僕、思ったんだけどね、打てないほうがいいかもしれない。さっきの話ね、ボスの宮田って子ね、なんか結構、普通の子じゃないの」

「普通？」

俺は村林の母親の影響で、だいぶ普通が嫌いになっていた。

「両方カッカして喧嘩してるんじゃないと思うな。優君がすぐカッカくるから、面白がってるだけじゃないかな。というか、不愉快なんだよね。努力しなくても何でも出来る子ってさ、ダーッて一直線に頑張る子が目障《めざわ》りなんだよね。宮田って子にはさ、野球のことは喧嘩のただの口実だよね。優君がおとなしくしていれば、いじめなくなると思うな。優君がこだわってる野球でコテンパにしてやってぐうの音も出なくなれば、もうあれこれ構わないと思うよ」

「それで、村林はどうなるんだ?」

「平和になるよ」

「一番大切にしているものを踏みにじられて、自分はダメな奴だといじけて、エネルギーのなくなった状態が平和なのか?」

「達チャンはいじめられたこと、ないだろ? 毎日はつらいよ」

「おまえ、なんで電話してきたんだ? どうせ打てないだろうと踏んで、そのほうがいいと思ってるんだったら、成り行きにまかせておけばいいじゃないか」

「そう。だから、何もしないでいるのが一番いいと……」

「じゃ、おまえ、なんで、いっしょに湯河原さんチへ行くって言ったんだ?」

「気になって」

「そういう時はやめろと言えよ。何も努力しないほうが平和だと意見してくれよ」

「あとから考えたんだ。なんかヤバいかもって思って、電話したんだ」

「俺に何をしろと言うんだ？」

「何かできるかもしれないって……」

「人に期待するな。自分でやってみろ」

「僕は……」

腹が立ってそこで電話を切ってしまった。

良の言っていることは正しいような気がした。たしかに、宮田というのは、良のいうような〝普通〟の少年のように思えた。だからといって、村林に、おとなしい負け犬の人生を生きろとは言いたくなかった。

おとなしい負け犬の人生、それは綾丸良の人生のようにも思えた。彼の問題の根っこはいじめられっ子だった昔から長々と生えている気がして、なんだか背筋が震えた。

一つ、深呼吸して気分を落ちつけた。

もう少し、柔軟な物の見方があるかもしれない。なにしろ、俺は頭がカタくて冗談がわからず、女にモテない。噺家《はなしか》の風上にも置けない男だ。

おとなしい負け犬の人生というのを、普通の子の平和な人生と言い換えても、おかしくはなかった。ただ、俺がそう思えないだけのことだった。そして、村林優も、おそらく、そうは考えないだろうと推測するのだった。

15

空の底が抜けたような、見事な秋晴れの日曜日だった。昼過ぎに、八王子の駅で待ち合わせすると、湯河原が、塗装がところどころはげた、ほこりだらけの金茶色の車で迎えにきた。ベンツではなかった。

湯河原の家は、よく広告の写真に出てきそうな、赤い三角屋根に張り出し窓のある西洋風の二階屋だった。女房の趣味なんだ、と嫌そうに湯河原は言う。奥さんは、その家によく似合っていた。リカちゃんハウスに入れたリカちゃんのようにかわいらしい人で、頭のてっぺんから響くソプラノで、よくおいでくださいましたネと挨拶《あいさつ》するので、客はみんな腰が抜けそうになった。どういう筋書きで湯河原といっしょになったんだか、一晩かけてじっくり語って聞かせてほしいと思った。

履き物を持って、玄関からリビング、そしてガラス戸の向こうの庭へと直行した。芝生の庭だった。決して広くはないが、植木の一つもなく、ただ、バッティング用のケージと思われる緑色の大きなネットとアルミの物置がぽつんと置かれているだけである。

家は奥さんのものだが、庭は湯河原のものだった。どの出窓にも鉢植えのゼラニウムやサボテンや蘭《らん》の花が置かれているのに、庭には色も飾りもない。雑草まですっかり抜かれている。夏が過ぎて、芝はもう茶色に枯れかけていた。そのさっぱりした地面を下駄で踏んでいると、気分までさっぱりとしてきてバットの一つも振りたくなった。

さらさらと風が吹いてきた。今日は天地の間がいつもの倍は広いような気がする。

やがて、湯河原がバット三本を脇《わき》にかかえ真っ白のボールを数個、巨大な手の中に積み上げるようにして、のっそりと現れた。ケージの手前にボールをおろし、三本のバットの中で唯一《ゆいいつ》銀色のを村林に渡す。小柄な村林が持っても、ぴたりとくるサイズだ。

「あれ？　これ？　あれ？」

村林がごちゃごちゃ言うと、

「俺の木製バットは、おまえにゃ重いよ」

湯河原はぶっきらぼうに言う。

「すいません。俺、気ィつかんと……」

村林は恐縮する。

「なんぼした？　それ、買わしてもらうわ」

「いいよ。息子のだ。ボールだけだ」

湯河原は省略の多い説明をした。買ったのは軟式のボールで、バットは元々息子が持っていたということらしい。

「息子さん、いくつですか？」

俺は尋ねた。家族構成も知らなかったなと恥ずかしくなった。

「高校生だ。十五か十六だろ。ろくに口もきかねえで飯だけ三人前は食いやがる」

「一人？」

「一人で十分だ」

「野球はやるんですか？」

「見もしないよ」

それでも、バットがあるのだから、子供の頃は少しは遊んだのだろう。

夫としての湯河原。父親としての湯河原。なぜか容易に想像がつく。苦虫をかみつぶしたような恐い顔をしながら、足取りはいそいそとスポーツ用具店にボールを買いに行く中年男の姿が見える気がした。

村林のバットのグリップを直す。肩を支えバットの先端の位置を変え、足を軽く蹴《け》るようにしてスタンスを広げる。

「腰をもっと落とせ」

湯河原の人一倍でかい身体《からだ》が、村林の人一倍ちっこい身体をすっぽり包み込んでいるように見える。

「よし、それで振ってみろ」

湯河原は後ろに下がった。

村林はひょろーんとバットを動かした。

「振るんだよ。空気をなでるんじゃないよ。おまえ、ほんとに力なさそうだな」

村林はきゅっと口もとをひきしめて、少し速いスイングでバットを振った。

「まだまだ。もっと元気出せ」

二十回ほど振らせてから、今度は湯河原が大きな木製のバットを握った。素手だった。バットを握ると、大きな手がますます大きく見える。関節の色が白く変わっている。やや背中を丸めかげんに、短い両足を地面にめりこませるようにぐっと踏ん張り、一、二回、バットを軽く揺すってから、構えに入った。しばらく動かなかった。まるで、投手の心理を読んで、集中力を高めているかのように。本物の打席に入っているかのように。ビシッと鋭い音がした。バットが一閃《いっせん》した。もう一度。もう一度。まったく同じ軌跡を描いてバットはまわった。激しくまわった。空気との摩擦で木のバットが燃え出しそうな熱いスイングだった。

「ひゃあ」

村林が首を縮めた。

「すごい！」

良が叫んだ。電話で心配の何のぐずぐず言っておいて嬉しがってやがる。

「やってみろよ」

湯河原は村林をうながした。

「そんなん、でけへん」

村林は銀色のバットを大事そうに胸にかかえこんで、肩を丸めた。

「あたりまえだ。でけてたまるか。でも、これがスイングの基本だ。よく見てろ」

湯河原は、今度はゆっくりとバットを振った。なめらかなきれいな動きだった。

村林はバットを抱きしめながら、吸いつくような目で眺めていた。そしてまた素振りをやらされ、前より少し形の良くなったスイングを繰り返した。

湯河原は村林の身体中をこづくようにしてフォームを作っていった。かつて見たことがないような熱心な目をしていた。

綾丸良の目つきも変わっていた。これは、良にもこんな眼差《まなざ》しがあるのかとたまげたくらい鋭いものだった。湯河原の一挙一動を追い、村林のスイングの変化を見つめる。

俺は声をかけることができなかった。

ふと、思いも寄らない嫉妬《しっと》心のようなものが、むくむくとわきあがってきた。良と村林に、俺が教えてやれなかった何かを、湯河原が伝えているのだ。一つの仕事を十二分にやり遂げた、タフな男にだけ、できることのような気がした。

「どうですか？　村林は？」

板張りのリビングで、アイスティーを飲みながら休憩をとっている時、俺は尋ねた。

「見込みはありますか？」

「まだ、わからんよ」

湯河原は答えた。

「素振りだけじゃな。今度はバッティング・センターに連れて行くさ」

「ありがとう。ほんまにありがとうな」

村林がこんなに素直なしゃべり方をするのを初めて聞いた。

「俺、頑張るから」

俺と良は目を見合わせた。

この先、悪い結果を招くかもしれないが、今の村林と湯河原は本当に良い感じだった。

「湯河原さん、コーチになればいいのに」

とコーチをやめた青年がぽつりと言った。

「それ、ゆうたら、あかん」

村林が眉《まゆ》をひそめた。

「自分でなりたいゆうても、なれへんのや。監督とかフロントとかが、コーチになって下さいて頼みにこなあかんのや」

「そうだ。顔がいいだけで、教えられるテニスとは違うんだ」

湯河原の矛先は良に向いた。

「顔だけじゃ、やれませんよ」

珍しく良が言い返した。

「あら。でも、こんなハンサムな人が教えてくれたら、私、きっとテニス習うわ」

奥さんがオルゴールを思わせるキラキラした声でかわいらしく取りなすと、それは火に油を注ぎ、湯河原はアンを奪われたキングコングのように獰猛《どうもう》な様子になった。

「綾丸君、君はどれほどの選手かね？」

丁寧な口調が不気味だった。

「全国レベルか？　県レベルか？　どれほどの実績があるんだ？」

「インカレのダブルスでベスト十六が最高です」

「パートナーに恵まれたんじゃないの？」

「パートナーはいい選手でした。で、でも、テニスのダブルスは一人じゃ勝てません」

良は頑張ったが、一度どもってしまった。湯河原は冷やかすように、からから笑った。

良は真っ赤になった。残酷だった。さっきまでの湯河原は仏だったのに、簡単に鬼に早変わりする。

「君には殺気がないよ。綾丸君。スポーツで勝つには殺気が必要なんだ。へなへなスイングの村林君のほうが、まだマシだ」

「そ、それは昔から言われていて……」

だから、早くからコーチを目指したのだ、そして、それにも挫折《ざせつ》したのだ、と続く部分を湯河原はもちろん知らなかった。

「自分の技に自信のない者が何を教えても無駄だ。俺は自分のバッティング技術には絶対の自信がある」

「で、でも、それをしゃべることは、解説でしゃべることは、ぜ、ぜんぜんダメなんですよね」

良が誰かに嫌味を言うのを初めて見た。どもりながら、瀕死《ひんし》のウサギがライオンの前足に食いつくように向かっていった。

「解説とコーチは別だ」

思わぬ抵抗を受けて、湯河原は怒った。

「直接、指導するなら平気だ。差しでなら、何でもしゃべれる」

「き、今日、達チャンを呼んだくせに。優君と差しになるのが嫌だったくせに」

「君は呼んどらん！」

「技術だけじゃ、コーチは出来ませんよ」

「さっき、向いてると言ったじゃないか」

「教えている時の顔が良かったんです。すごく良かったんです。僕はそういういい顔ができなくなってコーチをやめたから、つい、うらやましくなったんです」

「何が顔だと？」

湯河原は、若草色の布張りの肘《ひじ》かけ椅子《いす》を、干してある布団《ふとん》のようにバンバンたたいた。

「甘っちょろいこと抜かすんじゃねえ。顔なんか鬼でも岩でもゴリラでもいいんだ。コーチはどうせ憎まれ役だ。どれだけ嫌われてもうらまれても、選手に必要な技術をたたきこんでそいつが活躍しさえすればいいんだ。裏方なんだ。実用品なんだ。好かれようなんて思ったら、ストレッチ一つ仕込めないぜ」

「だから、あなたに向いてるって言うのよ。あなた、顔が鬼で岩でゴリラだもの」

奥さんがやんわりと言った。絶妙の間合いだった。良い夫婦だなと感動した。煮えたぎっていた湯河原は差し水をされて、たまげてしゅんと冷めてしまった。

「僕、帰ります」

綾丸良はきっぱりと言って立ち上がった。

「どうも、お邪魔しました」

湯河原の言ったことは的を射ていた。ひどい言葉だが正しかった。あの良が、ついにへらへら笑うのをやめた。

「あいつ、コーチやめたのか？」

良がいなくなると、湯河原は声をひそめるようにして聞いてきた。

「やめました」

俺が答えると、不安な顔になった。

「どもり、でか？」

「いや」

俺はかぶりをふった。

「湯河原さんが指摘した通りだと思うな。良は生徒のことを気にしすぎるんだ。あんたがマイクの前に座って視聴者にビクビクするのと同じだ。俺が高座で客の顔色をうかがうのと同じだ。誰だって好かれたいよな。いいこと言ってくれましたね」

俺の言葉を、湯河原は額に玉の汗を浮かべて聞いていた。ガラス戸を開けはなった十月のリビングは寒いくらいに涼しくて、いくら身体を動かしたあとでも、ひどい暑がりでも汗など出てくるとは思えなかった。

この気の弱さがなかったら、湯河原はもっと、とてつもなく成功した勝者になっただろうと思った。そして、野球界一の鼻つまみ者になっていたに違いない。

俺も退散することに決めた。秋の日は短いし、今日は村林の野球教室であって、いつもの喧嘩《けんか》教室ではかわいそうだ。

もう、サイは投げられた。綾丸良がいくらぐずぐず言おうが、俺が出しゃばろうが、なるようにしかならないだろうと観念した。

公立小学校のグラウンドが、スポ根と心理ドラマの舞台になる。五年生の体育の授業がプロ野球の日本シリーズの第七戦のように重要な意味を持ってくる。俺は村林と宮田の対決の日を知らなかった。当人同士も知らないかもしれない。ある日、授業が野球に変わり、ある日、試合形式の練習になる。

六文兄《あに》さんに誘われて、北海道の興行に出かけて一週間留守にした。帰ってくると、日本シリーズをやっていた。阪神も巨人も出ていない日本シリーズだった。湯河原太一にも用のない晴れの舞台だった。

次の落語教室の日取りは決まっておらず、誰からも連絡がなかった。俺は村林に電話したくてうずうずしていたが、母親が出るといやなので湯河原にかけると、まだ何も聞いていないと言う。村林は少しは上達したかと尋ねると、ま、ねと得意の返事をした。一年かけて大丈夫かなと色々な意味をこめて、また尋ねると、やることはやったけど、一年かけて指導したわけじゃないとぶつぶつ文句を言った。一年かけて指導できないのはわかってたはずだ、期待させておいて無責任だ、と腹を立てて怒鳴る。下駄は黙ってしまった。反論してほしかったのに黙ってしまった。

仕方がないから商売に専念していた。

小三文師匠に『茶の湯』を聞いてもらう約束の前の晩のことだった。村林優が行方不明になった。


村林夫人から家に電話がかかってきたのは夜の七時過ぎだった。

俺は根岸の里で、青黄粉《きなこ》と椋《むく》の皮のお茶をブクブクたてて、小僧の定吉に飲ましているところだった。根岸から吉祥寺に帰ってくるのに少し時間がかかった。ばあさんが、恐い目つきでにらんでいた。

「何回、言わすんだい？　電話だよ」

「なんだ。帰ってたのか」

「今、帰ってきたところさ」

十月はお茶会の盛んな月で、ばあさんは今日も正装で出かけていた。

誰からとも聞かずに、もしもしと出ると、

「あのっ、先生ですか？」

緊迫した声だった。俺を先生と呼ぶのはこの世に一人しかいないので、嫌だなあと怯《おび》えながら、三つ葉ですとつぶやいた。

村林がうちに来ていないかと尋ねる。今日は落語教室の日じゃないと答えると、電話がなかったか、俺はずっと家にいたか、夕飯の買物に出たと言うと、それは何時から何時までだ、自分は六時から五回も電話したが誰も出なかったと、何かのアリバイ証明のようにやいやい質問攻めにした。

どうかしたのかとあきれて尋ねると、村林が帰ってこないのだと言う。今日は塾も水泳教室もない日で、いつもなら、どんなに遅くても四時までには帰ってくるはずだ。友達はみんな当ってみたが、一緒じゃない。学校関係者も何も知らない。家のまわり、遊び場、よく行く店なども捜して歩いたが見つからない。

俺は鼓動が早くなった。

「やっぱり誘拐かしら」

夫人はつぶやいた。

「それとも事故かしら」

誘拐でも事故でもないとしたら、他に原因が一つ思い当った。冷静に考えれば、変質者にさらわれるか、四トントラックにはねられるよりは、ずいぶんマシだろうが、その時はそうは思えなかった。

「野球のことを、何か言っていませんでしたか?」

いつも言ってると夫人は上の空で答えた。

「プロ野球じゃなくて、体育です」

村林の母親は宮田のことを知らなかった。かいつまんで話すと、なぜ早く教えてくれなかったのかとひどく恨まれた。

「きっと、それだわ。あの子、負けたんですよ。どこかですねてるんですよ。ああ、いやだ。今日は冷えるからセーターを持ちなさいって、あれほど言ったのに」

「一晩、外で寝ても死にやしませんよ。せいぜい風邪をひくだけです」

意地の悪い言い方になったのは、セーターという言葉が、ひどく、のんきに響いたからだ。村林が意地を張るだけ張って、もしぷつんと切れたらとおどかしたのは、他ならぬ彼女自身だ。しかし、まだ、彼女の知らないことがあった。負けたら首をくるという村林の冗談だ。もちろん、冗談だ。自分でそう言った。俺を冗談のわからない男だと馬鹿《ばか》にした。

何かわかったら連絡しますと約束して電話を切った。背後に人の気配を感じた。ばあさんが壁に寄りかかったまま、今の話をすっかり聞いていた。俺はするつもりのなかった質問をした。

「もし、俺が寒い夜に行方不明になったら、ばあさんは何をまず心配する？」

「毛糸の腹巻きをしてるかどうかだね」

ガキの頃、俺は、ばあさんの手製の毛糸の腹巻きをして寝かされていた。とうの昔に汚れて縮んでどっかへいってしまった。ばあさんは、今でも、俺に腹巻きをさせたいのだ。毛糸の腹巻き。白と水色の太い横縞《よこじま》の。

急に、それほど、たいしたことは起こっていないという気になった。村林はどこかの児童公園で一人寂しくブランコをこいでいるのだ。よくドラマにそういうシーンがある。なぜか必ずブランコだ。すべり台では陽気すぎるし、砂場では陰気すぎる。

湯河原は家にいなかった。オルゴールのような声の奥さんが、この間はどうもとおしゃべりをしたがるのを、ようやくさえぎって川越の焼き鳥屋の連絡先を教えてもらった。

「笑っちゃうわね。あの人、つくねの串《くし》を焦《こ》がして、みんなボロッと折っちゃうのよ」

湯河原のがらがら声が酔客のざわめきと共に聞こえてくると、俺は、村林の安否ではなく、つくねの安否をうっかり尋ねそうになった。湯河原も何も知らなかった。

「で、何なんだ？　まさか、おい、その、あれと関係あるんじゃなかろうな？」

「わからない。とにかく、帰ってこないらしい。湯河原さんのところに行くかもしれないから、奥さんに話しておいて下さい」

「あ、ああ。わかった」

湯河原はまだ何かしゃべりたそうだったが俺は他を当るからと断って、良のところと十河のところへ電話した。二人ともまだ帰っていなかった。叔母さんと十河の母親らしき人に、もし村林という関西弁をしゃべる十歳の子供が、訪ねてきたり、電話を寄越したりしたら、うちに連絡をくれと頼んだ。やってきたなら引き留めておいてくれ、電話なら居場所を聞き出してみてくれと重ねて頼んだ。

受話器を置くと、二キロの遠泳をしたあとのように息切れがしていた。

「ひき逃げだね。じゃなきゃ、人違いの誘拐かな」

ばあさんが縁起でもないことを、ぼそぼそつぶやいた。

「なんだよ。人違いって？」

「あの子に背格好の似た、百万長者の息子が同級生にいるんだよ」

「そいつと知り合いなのか？」

「いや、見たこともない」

よく、こんな時に掛け合いのようなことをやらすなと、にらみつけると、

「自分からいなくなっちゃうような子じゃないよ」

と決めつける。だから心配なんじゃないかと怒鳴って、家を飛び出した。

まったく、いやな婆《ばば》ァだ。安心させたり、おどかしたり……。

井の頭公園であてのない捜索を始めた。薄暗い公園の特に暗いあたりをほじくるように捜していると、むやみにカップルに出くわして困った。まったく、いまいましい連中

だ。のんきに恋愛してるんじゃない。子供が一人行方をくらましてるんだ。そいつは馬鹿げた勝負に十歳の人生をそっくり賭《か》けていて、どうやら身ぐるみ剝《は》がれたらしいのだ。

枝ぶりのいい桜の木を見ると、村林が東急ハンズあたりで買ったロープでぶらさがっていそうで、ぞっとした。俺は冗談のわからない男だ。思ったより想像力に長《た》けた男だ。公園を半分も捜さないうちに、いやになって、電話ボックスに飛び込んだ。村林の家の番号がわからない。一度家にかけた。

村林はまだ家に帰っていなかった。俺は警察に連絡するように勧めた。井の頭公園の暗がりを捜すのは、いや東京中の暗がりを捜すのは、関係者一同より、警察のほうが要領がいいに決まっている。

「そうですね。警察に電話します」

夫人はきびきびと言った。

「それと、学校のいじめっ子の名前、なんて言いましたっけ?」

宮田だと告げると、そこにもかけてみると言う。勝負があったにせよ、なかったにせよこれだけ大騒ぎされて、宮田にまで知られては、たとえ、今日、村林がどこかで昼寝をしていただけだとしても、明日にはロープを買いに走るかもしれないと思った。

家の茶の間には、湯河原と良がいた。半月ほど前、喧嘩したばかりだが、そんなことは忘れたかのように、陰気な顔でぼそぼそと村林のことを話しあっていた。叔父と甥《おい》のように親しい間柄に見えた。

十五分ほどして十河も駆けつけてきた。これで村林さえいれば落語教室を始められるのにと思い、実に妙な気分になった。

「つくねを焼かなくていいのか？」

俺が尋ねると、湯河原は一日くらいどうってことないと答えた。良が、つくねって何さと聞くので、湯河原の新しい仕事の話題で少し時間がつぶれた。

なぜ、皆、ここに集まるのだろうか。自分の家で待機して、村林からの連絡を待つべきじゃないだろうか。良と十河はともかく、湯河原の家には行く可能性が高いのだ。そう言うと、

「女房がうまくやるさ」

湯河原は、ぼうっとした顔で答えた。

「機転がきくんだ」

まあ、たしかに、あの奥さんは、この下駄男より役に立ちそうに思われる。

ばあさんが煮詰めたような、どす黒い煎茶《せんちゃ》をいれてきた。苦さもわからないほど苦い。舌がしびれた。頭がはっきりするよ、気合いが入るよと、ばあさんは自信たっぷりだが青黄粉と椋の皮のほうが上等な気がした。しかし、誰も文句をつけなかった。皆で、黙

ってその黒渋茶をすすっていると、身近な人の供養《くよう》をしているような気分になってきて、陰鬱《いんうつ》なことこの上なかった。

やがて、ジリリンと電話が鳴りだした。

村林夫人からだ。話を聞いて、受話器を置くと、俺はなるべく短い言葉を選んだ。

「警察に連絡したそうだ。宮田は、今日、村林を空振りの三振にとったそうだ」

湯河原が、ふうと大きな溜《た》め息をつき、俺は、ばあさんと十河に、三振の説明をしなければならなくなった。

「ここの家を捜した？」

話を聞き終わると、十河が尋ねた。

「なんだって？」

「あの子、絶対、ここに来てると思うわ」

「占いの勉強でも始めたのか？」

「私があの子なら、ここに来るわ」

十河は頑固だった。

「よく鍵《かぎ》を開けたままでいるじゃないの」

占いじゃなくて泥棒の勉強でも始めたんだろうか。あまり十河がしつこいので、家の捜索をすることになった。ばあさんと十河が二階、俺と湯河原が一階、良が庭と車庫、三組に分かれて捜しはじめた。

村林は一階には潜んでいないようだった。台所、トイレ、風呂場《ふろば》、小間の茶室、ばあさんの部屋、次々と見ていく。そして、俺の部屋……。

俺の部屋は捜すまでもない。俺がずっといたわけだし。ああ、そうだ。買物に出た三十分はいなかったな。でも、あの時は鍵は閉まっていた、玄関は。そうだ。玄関だけだ。裏口は開けっ放しだ。でも、人の留守中に裏口からあがりこむのは本当に泥棒だな。最近、そういうことがあったな。そうだ。良の奴《やつ》が俺が二階にいる時に入りやがったんだ。湯河原と村林もいっしょだった。村林もいっしょだったな……。

俺は一人で廊下を引き返して、部屋に首を突っ込んだ。真っ暗だった。電灯をつけた。誰もいない。いるわけない。だって、村林夫人から最初の電話があった時、俺はここで落語の稽古《けいこ》をしていたじゃないか。

なんとなく本棚が妙だなと思った。寂しい感じがするのだ。漫画の段に隙間《すきま》がある。誰かに貸したっけな？　覚えがないな。何がない？『あしたのジョー』かな？

この部屋で『あしたのジョー』を読みふけっていた村林の後ろ姿を唐突に思い出した。あれは、落語教室を始めたばかりの頃だ。村林はまだやる気がなくて、かわいそうだからここで漫画を読ませていたのだ。

押し入れをからりと開けた。本来、布団《ふとん》が入るべきところに、万年床なので日頃から空きになっている下の段に、村林は両膝《ひざ》を軽く曲げ、腕枕《まくら》をして、楽々と収まっていた。眠っているのではなかった。まぶしそうに目を細めて、そのまま、ちろりとこちらを見た。

「見つかってもうた」

かくれんぼの相手はそう言ったが、俺はその瞬間まで自分の参加している遊びの種類を知らなかった。

「そこで、何してるんだ？」

でかい声には定評がある。きっと家中に響き渡って、屋根瓦《がわら》にこだまして、柱というう柱がみしみしと鳴ったことだろう。

押し入れの住人は、いっこうに恐がらなかった。

「さっきまで眠っとってん。その前は、変な落語を聞かされたな。お茶飲んで下痢ピーになって便所から出られへんゆう噺《はなし》や。その前は、漫画を読んでた」

村林は『あしたのジョー』を五冊、小さな手にいっぱいに持って、のそのそと這《は》い出してきた。やはり、留守中に忍び込んだのだ。俺が帰ってきたので、押し入れに漫画ごと転げこんだのだ。

ぶんなぐった。

拳《こぶし》は村林の頬に斜めに入って、鼻をこすって血が噴き出した。その血がぽたぽたと布団の上に垂れるのを、ぼんやりと眺めていた。血はまず俺の頭に上ったのだ。そして、村林の鼻からこぼれている。問題は、その血が別人の物だということだ。なんてこった。カッときて、つい、手が動いた。本気でなぐっちまった。こんなチビスケを。傷ついて、俺のところに逃げ込んできたチビスケじゃないか。

村林は俺の夜具の上で仰向けになって倒れていた。両手で鼻と頰を押さえていた。俺は棒立ちだ。まるで金縛りだ。早くチリ紙を丸めて鼻血を止めて、タオルをしぼって頰を冷やして、と思うが身体《からだ》が動かない。声も出てこない。大丈夫か、悪かった、と言えない。

湯河原が駆けつけてきた時には、村林は泣いていた。金切り声をあげ、駄々っ子のように手足をバタつかせ、顔の半面を血で赤く染めて、涙をポロポロこぼしていた。

16

意識を失っている間に、どこかのまぬけな医者が、頭と胃にスズメバチの巣を一つずつ移植したに違いなかった。巣の中はハチどもがぎっしりつまって、この世の終わりのように暴れていた。

ゆうべ、湯河原といっしょに、村林を家まで送り届けたあと、新宿に出て、居酒屋を三軒はしごして日本酒やら焼酎《しょうちゅう》やら飲み続けたのだ。そう。三軒目までは記憶がある。スズメバチといっしょに目を覚ましたのは二十四時間営業の喫茶店だった。湯河原は向かいの席で、テーブルのTVゲームに熱中していた。俺が起きたせいで、ゲームオーバーになってしまったらしい画面を残念そうに見やってから、こちらを向いた。

「どうだ?」

俺は言葉にならないうめき声をもらした。すると、のどに三匹、舌の上に五匹ほど散歩に出てきやがった。これじゃ、しゃべる気もおきない。……と思ったとたん、今日は最低でも三十分以上しゃべりつづけなければならないことを思い出した。

「今、何時だ?」

「もうじき九時、だな」

湯河原は、胸元の金鎖と同じ輝きを持つ巨大な腕時計を眺めた。

「朝の……?」

返事をするのが面倒臭いという目つきをされた。

師匠との約束は十時だった。ここからなら地下鉄を乗りついで三十分で行けるが、家に着替えに帰る時間がない。

よれよれの普段着の紬《つむぎ》、だらしのない兵児帯《へこおび》、ひげもそらず、十メートル先でもそれとわかりそうな酒の匂《にお》いを振りまいて、これじゃ、新選組から一晩中逃げまわったあげく一斗樽《だる》に墜落した勤皇派の浪人だ。

事情を聞くと、湯河原は行きつけのサウナに連れていってくれた。サウナ室には入らず身体だけ流して、ひげをそって、スポーツドリンクを飲んで一度吐いて、震える指先で、じいさんの形見のボロ着物を、なるべくきちんと見えるように気をつけて着た。

ゆうべは動転していて考えなかったが、村林の勝負が、よりによって俺が師匠の家へ行く前日に行われたのは、神様の念の入った意地悪としか思えなかった。

送っていこうかという湯河原に、世話になった礼を言って、駅で別れた。彼は素面《しらふ》のように見えた。よほどの酒豪か、酔っぱらうのが遅れて俺の世話役になったのか……。

乗った地下鉄が走り出したとたんに、窓から飛び降りることを考えた。新宿から新宿三丁目までは、ふだんはとても近いのだが、この電車に限って、どこか別の線路を間違えて走ったに違いなかった。無事に便所にたどりつけたのは奇跡だった。

洗面所の鏡で、別人のような青ざめた顔を眺めていると、湯河原の声が海鳴りのように遠くからじわじわと響いてきた。ゆうべ、あの男はやたらとよくしゃべった。

――あれで良かったんだ。泣かして良かったよ。泣いて、毒をみんな流しちまうんだ。腫《は》れた顔の村林を連れて帰った時の母親の目を俺はきっと一生忘れない。俺が殴ったと説明すると、少し安心した顔になった。謝ると、いいえと丁寧に笑った。ご迷惑をかけましたともっと丁寧に言った。その丁寧さがひどく腹に応《こた》えた。

村林は下を向いたきりだった。ばあさんに手当をしてもらっている間も、夜道を歩いている間も、一言もしゃべらず、誰とも目を合わせようとしなかった。

——俺は、たぶん殴れないな。いざとなるとダメなんだ。あいつはプライドのかたまりのようなガキだから、めったなことじゃ泣かない。ああいう時は慰めるのはダメだ。プライドの高い奴は慰められると傷つくんだ。

——カッとして手が出ただけさ。

——それが、いいんだ。変な計算をして殴ってみろよ。あいつは勘づくよ。わかったら、顔が倍にふくれても泣かないぜ。

——そんなに泣くのがいいのかな？

あんた、泣く夢を見たことはないか？ と湯河原は尋ねた。俺は覚えがなかった。時々見ると湯河原は言った。泣く理由はわからない。ただ、なんだか、おいおいと際限なく泣く。それが無性に気持ちがいい。恥ずかしくない。悔しいとか悲しいという感情もない。ただ、何かがこみあげてきて、それをひたすら吐き出して、さっぱりしているんだ。その夢を見て起きると、夢だか現実だかしばらくわからなくて、ようやく夢だと気づくと、愕然《がくぜん》とする。そんなに自分は泣きたいのか、そんなに泣きたいわけがあるのか、泣きたいのに泣けないのかと思う。空《むな》しくなる。

——湯河原さんは、四十年以上生きている。厳しい世界で戦ってきた。四十年分の、それ以上の屈折があるよ。

——十歳の子が、みんな、泣きたい時に泣けると思うのか？

俺には、わからなかった。泣く夢を見ないわけだった。俺は三流のメロドラマを見ても泣いてしまう。人につられて、うっかり、もらい泣きする。自分の単純さがほとほと嫌になった。そう言うと、湯河原は伸びた鼻毛でも揺らすようにフッと苦笑いをした。

——あんたが単純じゃなくなったら困るさ。

——誰が困るんだ？

——さあ。俺かな。村林君も。たぶん、ほかのみんなも。

永田町でまた電車を飛び降りて、銀座一丁目でまたまた降りた。永久に月島にはたどりつけそうもなかった。ばあさんに頼んで師匠に電話させ、俺がベニテングタケの雑炊を食って泡を吹いて寝ているとでも言わせるか。

湯河原が大きな身体を真っ二つに折って、村林夫人に頭を下げている光景が、ふと脳裏に甦《よみがえ》った。彼は何も言わなかった。言い訳も謝罪もしなかった。短期間だが彼がコーチした。張り切って教えた。村林の負けは湯河原の負けでもあった。愚痴の多い男に見えるが肝心な時には口を閉じていた。言いたくても言えないのかもしれない。泣きたくても泣けないのと同じように。愚痴をこぼす代わりに俺を慰めて多弁になった。彼を酔わせてやれば良かったと後悔した。簡単に泣ける男が、やはり簡単に酔っぱらって、その簡単さのツケを朝の便所で払っていた。最後まで払うしかないだろう。

「おめえは三つ葉か？ それとも、三つ葉は急死して、おめえが化けて出たのか？」

師匠は、俺の顔を見るなり、そう聞いた。本物ですと言うのも芸がないので、化けましたと洒落《しゃれ》で答えた。セコな噺家が急にウマくなることを、〝化ける〟という。別に芸が上達したなどと大見栄《おおみえ》を切ったわけじゃなくて化けたいなあという、ほんの冗談だった。

師匠は面白くなさそうに顔をしかめた。

「帰れよ。朝っぱらから、幽霊の落語なんざ聞きたかねえや」

「すいません！」

深々と頭を下げた。

「ただいま、生き返りますので」

そこへ、三角がアロエジュースを持って入ってこなかったら、襟首をつまんで放り出されていただろう。

師匠は、鉢植えのアロエをひとかけ、おろし金ですりおろしたのを水で薄めた液体を、健康のためと称して、午前中に一度飲む習慣がある。胃だか心臓だかに良いらしい。内弟子にいた頃は毎日作らされていて、一度、どんな味がするのかなめてみたら、ただ苦くて青くさくて参った。

薬屋の福引で当ててきた赤い金魚の模様のガラスのコップから、緑色のやつが師匠ののどへ吸い込まれていくのを見ていたら、口の中がすっぱくなってきた。おまえも飲むかコレ効くぞと言われて、返事も出来なくて、ただひたすら唾《つば》を飲んでいると、

「おい、三角、賭《か》けようぜ」

師匠は急に嬉《うれ》しそうにニタリとした。

「三つ葉が、最後まで『茶の湯』しゃべれるかどうか。一万でどうだ? 俺ァ、途中で便所へ走るほうへ張る」

「あたしも、兄さんがダメなほうです」

三角は与太郎のような口調で、生意気を言った。

「賭けになんねえや。おまえは、しまいまでいくほうに張れ」

「それは強請《ゆすり》ですね」

師匠も師匠なら、弟子も弟子だ。俺は六文兄さんに、いまだかつて、そんな失礼な口をきいたことはない。

「俺が張りましょう」

悔しくなって声をしぼりだした。

「一対二の一万円で、どうです？」

「よかろう」

話がまとまった。

真剣に稽古をするはずの前夜に酔いどれて、真剣に見てもらうはずの当日は噺に一万の賭けの値がつく。真剣な一門会の、真剣な師匠の十八番の伝授はどこへ行った？ あまりの馬鹿《ばか》らしさに、胸やけが天井裏まで吹っ飛んだ。もうヤケクソだった。

村林も湯河原も野球も喧嘩《けんか》も鼻血も師匠もアロエも一万円も忘れた。マクラは現在の吉祥寺のばあさんのお茶室で、そこから、すんなりと昔の根岸の里へと流れこんだ。舌はまわるな、大丈夫だな、と一度思った。

サゲを言って、しばらくすると、損したなあと、師匠がつぶやいた。ちゃんと聞いていたのか？ 胸倉をとっつかまえて揺さぶってでも、真面目《まじめ》な感想を叩《たた》き出してやるぞと力むと、

「一門会の前に二升ほどあけるといいね」

師匠はゆっくりうなずいた。

「おめえ、酒入ってたほうが出来がいいよ」

一万円札を細長く八ツ折りにして、一枚ずつ耳の後ろにはさんで、月島の路地をふらふら歩いた。冗談にせよ、師匠に噺の出来を誉《ほ》められたのは、初めてのことだった。

自信というのは本当に不思議なもので、師匠との賭けに勝って、よし、とうなずいてもらってから、急に何でもこいという気持ちになった。早朝寄席《よせ》でも、『茶の湯』をしゃべって、四人の中で一番ウケた。本当だ。冬風亭みぞれが、変に悔しそうな顔で俺をちろんと眺めたから間違いない。

客の笑い声はありがたかった。どれほど、それがありがたいかは、ウケない噺家《はなしか》にしか決してわからないことだった。

まったく、俺は力んでいた。そして、霊安室の死体のようにこわばっていた。落語教室の面々を見ていて、よくわかったが、自意識過剰というのはなかなか打つ手のないやっかいな病で、力を抜けと言って簡単に抜けるものではなかった。長い時間をかけた地道な努力が必要だ。あるいは、ちょっとしたきっかけが、思いも寄らない変化をもたらすこともあるが。俺の場合は、まさに、宿酔《ふつかよ》いと賭けによるヤケクソの効用だった。

皆も何かヤケクソのきっかけをつかめればいいと半ば真面目に考えていると、村林の野球の勝負は、そのようなものではなかったかとふと気がついた。村林は勝負に勝って、喧嘩から手を引くつもりでいた。宮田が、そうおとなしく引き下がったかどうかわからないが、綾丸良の意見だと逆効果らしいが、おそらく、当人はヒットを一本打って涼しい顔を作って「もう、ええわ」と言うつもりだったのだろう。疲れていたのだ。

いじめが毎日続いたら、どんなにキツいかと良はしみじみと言っていた。具体的に、どんな仕打ちをされているのか、俺はこれまで想像してみたことがなかった。ただ、漠然と村林がクラスメート数人と喧嘩状態にあると考えていただけだった。

お金や物を取られたり、暴力をふるわれたりはしていないと思う。それなら、あの神経質な母親が何か気づくはずだ。クラスに友達がいない、ということは、村八分にされているのか。きっと、無視されて、言葉や態度でいたぶられているんだろう。それを、村林は平気なフリをして、いちいち挑戦的な受け答えをしているのだろう。

例の野球の勝負で、何か状況は変わっただろうか。良が言うように、宮田のほうが「もう、ええわ」となって、村林に平和が訪れただろうか。頰の腫れはもう引いただろうか。あの顔で学校に行ったのか。それもまた、イビリの原因になるのではないかと思うと、俺の考えの足りない右手をすっぱり切り落として、お詫《わ》びとして村林に郵送してやりたくなった。

俺が村林をぶんなぐってから、ちょうど一週間目に、湯河原から電話がかかってきた。

今日、村林から手紙が届いたという。

「せっかく、湯河原さんに教えてもらったのに、俺、あかんかったわ。三振や。恥ずかしい生徒でごめんなさい。色々ありがとうございました」

湯河原は手紙の短い文面を、カタカナの電報のように読みあげた。そして、折り返し村林に電話をしてみたが、彼はあまりしゃべりたがらなくて、その後どうしているのかも聞けなかったと言った。

俺も二度ばかり電話してみたが、母親が出て、一度は外出中で、一度は睡眠中だと断られていた。それは事実かもしれない。居留守かもしれない。居留守にしても、母親の独断か、当人の意志かはわからなかった。

「どうも、すっきりせんよ」

湯河原は口の中に、チリ紙を三枚丸めこんであるように、もぐもぐとしゃべった。

「おかしなもんだな。もし、俺がちょっかいだしてコーチの真似《まね》なんぞしなかったら、あのガキがいじめられてるかどうかなんて、たいして気にしやしなかったよ」

湯河原のその言葉を聞いて、俺はハッとした。良が言ったように何もかも余計なことで、やらないほうがよかったと後悔していたはずが、心の片隅のごくごく一部では、俺が殴ったことまで含めて全《すべ》てを肯定していることに気づいたのだ。なぜだろう？

夕方、仕事に出かけて、九時過ぎに帰ってくると、門のところで十河と鉢合わせした。例の赤えんじの小紋を着ていた。今日はだいぶまともに着られているように見えた。

「お帰りなさい」

と言われて、なんだか照れた。十河が先に挨拶《あいさつ》するのは、すごく奇妙なことに思われた。

「ずいぶん、遅いじゃないか」

と言うと、最後の生徒だったから、ばあさんとしゃべっていたと話した。

「駅まで送ろうか」

「だって、今、帰ってきたとこでしょう?」

いい気候だから、もう一往復してもいいと俺は言って、二人で門から繰り出した。まるで、あの夜の再現だった。十河の着物まで同じだった。ただ、時刻が遅く、もう金木犀《きんもくせい》の香りはなく、月は雲に隠れていた。

鼻血を流すほどに子供を殴る男を、十河はどう考えているんだろうと思うと、なんだか並んで歩くのが恥ずかしくなった。

「村林君、湯河原さんに手紙書いたんだってね」

十河のほうから話題をふってきた。ばあさんに聞いたという。そうか。そんな話をして遅くなったのかと思っていると、

「それで、これから、どうするの？」

と十河は尋ねた。

「どうって？」

質問の意味がわからなくて聞き返すと、

「あなたって人は、このまま、ぼうっとしてる人じゃないでしょう？」

いつもの切り口上で、ずばりと言ってのけた。

「なんだかんだ余計なおせっかいを焼いてまわる人なんだから。絶対にそうなんだから」

「悪かったな。もう本当に懲《こ》りたから、せいぜいおとなしくしてるよ」

「そうなの？　服を脱がせてから逃げていくような男なわけ？　トーストを焼いてからバターが切れてるって言う男なわけ？」

「それ、何かの芝居の台詞《せりふ》か？」

「え？　よく、わかったわね」

「君のふだんの言葉じゃないよ」

「あら、そう？　残念だな。でも、ともかく言いたいことはわかった？」

半端《はんぱ》なことをやるなと言いたいらしいが、これ以上、俺に何が出来ると思って、

「電話にも出てくれないんだぜ」

と愚痴のように言うと、

「村林君は北氷洋で遭難しているわけじゃないのよ。ネブラスカ州の刑務所に入っているわけでもないのよ」

十河は辛辣《しんらつ》な口調で言い切った。

「これは芝居の台詞じゃないわよ」

村林は、うちから自転車で十分かからない近所に、元気、不元気を別として、とりあえず無事に生活していた。いつでも会いに行くことができた。たとえ、母親に門前払いを食わされようが、当人に冷たくそっぽを向かれようが。

「君はまだ俺に、馬鹿が上につくおせっかいを焼けというのか?」

以前、十河に罵《ののし》られた言葉で聞いてみると、さあね、とにべもなく答えた。いつも以上に無愛想な黒猫になって、むっつりと視線を下げた。十河自身が思わぬおせっかいを焼いてそのことにとまどっている様子だった。

二度目の帰り道は、だいぶ風が冷えこんできた。下駄が舗道を打つ音がカツンと冴《さ》えて聞こえ、その音にあおられるように、いよいよ急ぎ足になった。

十河は俺を買いかぶっているんだろうか。何か出来ると本気で考えているんだろうか。とにかく、人でなしだとは思っていないらしいと少し安心した。

翌日の三時過ぎ、俺は村林の学校の正門の前で待ち伏せをかけた。少なくとも、ここなら母親の邪魔ははいらない。

えらく緊張していた。昔、弟子入り志願する時、小三文師匠を寄席の出入口で張り込んでいたのを思い出した。あの時も、こんなふうに心臓が早打ちしていた。いつ、出てくるか、機嫌はいいだろうか、俺の話を聞いてくれるだろうか、本当によく似ている。

校門からは小学生が、ぼろぼろとこぼれてくる。四年生だか五年生だか六年生だか、さっぱり判別がつかない。男か女かわからないのもいる。皆、俺を珍しそうに眺めた。しまったと思った。洋服を着てくるべきだった。和服の五分刈りの奇妙な男が村林を門のところで待っていたとあっては、また、余計な騒動の種になるかもしれない。出直すか。いやGパンで村林を待つくらいなら、最初から何もしないほうがいいと開き直った。

十歳くらいの男の子はどんどん出てくるが誰も村林に似ていなかった。

村林優は特に個性的な風貌《ふうぼう》ではない。チビでヤセで、眉《まゆ》の濃いはっきりした顔立ちは二枚目でも三枚目でもない。そういう男の子は時々通るが、村林とはまるで違う。どこが違うのかわからないのだが、はっきりと違う。

村林が校門を出てきた時に、俺はその違いがようやくわかった。彼には何か目に見えない強い力のようなものがひそんでいた。強いというより、しぶといと言ったほうがいいかもしれない。

今、彼は、たった一人で、いくぶん肩を落としてとぼとぼと歩いていて、まるっきり不元気なのだが、それでも、完全に参ってしまってはいなかった。不元気な状態を静かに継続していく力が見えるのだ。長距離走者の持久力だ。彼の中には、何か動かしがたいものがあって、それを守るためにはいくらでも不元気を続けていくという粘りが感じられた。

姿を見られて良かったと思った。

声が届く距離まで来ると、

「村林」

いつものように、あっさりと呼びかけた。

もう、顔の腫《は》れはひいていた。

憂鬱《ゆううつ》な物思いからさめたように、ふっと、こちらを向いた。

意外そうに濃い眉がはねあがって、一瞬ぎくりと瞳《ひとみ》が揺れて、次に何とも形容しがたい顔つきに変わった。大人なら微笑と呼んでもいいが子供の顔に浮かぶと、あまりにかすかで頼りなくて、相手を不安にさせるような表情だった。

「三つ葉さん」

声は、けろりとして響いた。

「そこで何しとるん?」

「電話に出てくれないから、会いにきた」

「電話くれはったのか？」

村林に敬語を使われたのは初めてだった。距離を置いて、防壁を作られたようで、嫌な気分になった。

「二度、かけた」

壁に体当りするように、つい乱暴な口調になった。

「俺、知らん」

怒ったようにつぶやいた。誰に怒っているのかわからなくて、じれったい。俺か？母親か？　それとも宮田か？

殴ったことを改めて詫びようとして、なんだか、それが女々しい態度に思えてきて、

「で、どうなんだ？　その後、どうなんだ？　宮田とはどうなった？　少しはましになったか？　ますますダメか？　おまえはどうだ？　元気なのか？　大丈夫か？」

もう一気に何もかも聞いてしまった。

村林はあっけにとられた顔で、目を見開いた。そして、その驚いた瞳が、やがて油断のない鋭い光を放ち、校庭をふりかえって、あれや、とささやいた。

「あれが宮田や。雲梯《うんてい》のとこ。緑の半袖《はんそで》のポロ着て、すかして立ってる奴《やつ》おるやろ」

校庭の隅の、鉄棒、雲梯などの運動用具がまとめて置かれている場所は、門から十メ

ートルと離れていなかった。

緑のポロシャツは、雲梯のはしに、背中をもたせ、足を交差させて斜めに立っていた。アメリカ映画の準主役のイカす不良少年役といった雰囲気で、今にもGパンのポケットからつぶれたケントでも出して、気取って口にくわえそうだった。まわりには子分がいた。四人ほど、雲梯にぶるさがったり、宮田のそばに座りこんだりしていた。みんな、猿を思わせる仕草をしていた。

俺は視力が良いので、宮田の顔がはっきりと見えた。自分で思っているほどハンサムではないのだが、誰にもまだ指摘されていないというような顔をしていた。それほど意地悪にも残酷にも見えなかった。背は高く、筋肉質で、いかにも敏捷《びんしょう》そうだった。

じろじろ眺めているうちに、目があってしまった。俺はドキリとしたが、隣の村林は根性を据えて視線をそらさない。向こうが先に肩をすくめるようにして、目を離し、取り巻きに何事かささやくと、みんなで感じの悪いくすくす笑いを始めた。

「ま、こういう感じや」

村林は、湯河原より年上のオヤジのように疲れた口調で渋くつぶやいた。

村林の家に向かっていっしょに歩きながら彼はぽつぽつと話をしてくれた。それまではなんだかんだと嫌がらせや、悪口や、悪戯《いたずら》をしかけてきたのが、野球の勝負以来、ぱったりやんだという。完全に無視されているという。綾丸良の予言したとおりで、さすが、元いじめられっ子で、元子供相手のコーチの眼力は鋭いと敬服した。

「で、今のほうが楽か？」

俺が尋ねると、村林はしばらく返事をしなかった。

「なんか、気ィ抜けてしもたなあ」

溜《た》め息と共に吐き出すように彼は言った。

「もう、どうでもええ、ゆう感じや」

俺が言うべきことを考えつかないでいるうちに、

「そやけど」

と強い口調で切り出した。

「悔しい」

口をきっとひき結んだ横顔がいつもより、ひとまわり小さく見えた。

「あの晩、お母さんが宮田の家に電話したやろ。俺が色々言いつけた思たらしくて、それからシカトしよるねん」

「違うとはっきり言ってやれ」

「ゆえへんわ」

村林は、重そうな黒い革のランドセルに引っ張られるように首をそらした。

「勝負に負けて、家に帰らんと、すねとったなんて、言いつけたより恥ずかしいわ」

空に向かって説明した。

「えらい騒ぎになってたんやな。ぜんぜん知らんかったわ。ふつう、警察呼ぶか？　誰が言い出したんやろな」

「俺だ」

村林は首を元の位置に戻して、こちらを見た。笑いをこらえるように唇が歪《ゆが》んだ。

「三つ葉さんに、何かゆうたら、あかんな。危険やな。勘違いが激しくて、行動が早い。一番、あぶないタイプや。そやけど、俺、ようけしゃべるな。宮田のことも、野球の勝負のことも、ほんまはしゃべらんとこ、思てるんやで。なんか、こう、話してしまうな。三つ葉さん、商売、間違ごうたんとちがうか？　刑事になって、犯人の取り調べやったらええのんとちゃう？」

「怒ってないのか？」

村林が普通に、あるいは普通以上に親しく話してくれるのに驚きながら、俺は尋ねた。

「なんのことや？」

村林に対する罪状を胸の中で数えあげてみた。なぐったこと。宮田の話をお母さんにバラしたこと。警察を呼べと騒いだこと。口に出そうとすると、村林は馬鹿《ばか》メという目つきをしていて、わかっていて、しらんぷりをしていることにあやうく気づいた。

「落語教室は？　次は、いつ、やるんや？」

聞かれて、俺はかぶりをふった。村林失踪《しっそう》事件以来、なしくずしに消滅してしまっていることを告げると、

「そしたら、俺の噺《はなし》、あれでええんか？」

村林は言った。

「教えたほうが恥ずかしいゆうたやろが」

良くなかった。もう少し稽古《けいこ》させたい。

しかし、村林夫人が同じように考えているとはとても思えないし、無理をさせて、この上、母子《おやこ》の仲までこじらせるのは恐かった。

「あれは、おもろかったなあ」

俺が沈黙していると、村林が独り言のようにつぶやいた。

「色々、変な噺があるんやなあ。俺な、隠れとるのに、笑ってしまいそうになって困ったで。最後に、便所から、お菓子ほるとこがええな」

『茶の湯』のことを言っているのだった。押し入れでなりをひそめていて、俺が稽古するのを聞いていたのだ。何も知らない俺がぱあぱあとしゃべり、すぐそばの暗い狭いところで丸まった村林が笑いをこらえている——その情景を想像すると、おかしいような、哀《かな》しいような、腹の底からこみあげるものがあって、湯船に屁《へ》のあぶくが浮くようにぷ

かりと吹き出すと、村林は気味悪そうに横目で見つめた。

「じゃあ、今度、笑ってくれないか？　ぜひ声を出して笑ってほしいんだよ。サクラのアルバイトでも雇いたいところなんだ」

一門会のことを話した。

〝普通〟の落語を聞くだけなら、母親も文句を言わないかもしれないと思った。

村林は行くと言った。みんなで行くと、湯河原も良も十河も誘って行くと、約束してくれた。

17

武蔵野のケヤキが、だいぶ落葉した。手を伸ばして指をいっぱいに開いたような樹《き》の形があらわになり、それを縁取るようにわずかに残った黄褐色の葉が、淡い霜月の日差しに透けてきらきら光る。天にそびえる黄金の手だ。

俺はこの季節、ケヤキの梢《こずえ》を見上げたままぽかんと空に眺めいってしまうことがある。

夏とはまた違う、強い色の青が目にしみる。今年は色々と思うことがあり、樹木の形も空の色も、いつもより、くっきりと心に映えるような気がする。

一門会の日が近づいていた。

そのことを考えまいとしても無駄なので、せいぜい考えて、緊張して、稽古して、日々を数えて待っていた。

客観的に見ると、そうたいした会ではなかった。場所は中野の小さな劇場を借り、木戸銭も安い。同じような内容でも、小三文独演会と銘打って鈴本あたりでやるのとは、印象がまるで違う。つまり、主役は六文兄《あに》さんと俺なのだ。師匠ではないのだ。それでも、小三文を聞きに客は来るだろう。評論家やマスコミも来るだろう。もっと肝心なことがあった。他ならぬ俺のために、村林たちが来るかもしれないということだ。

どうしても、いい噺がしたかった。その夜そこへ足を運んで、今昔亭三つ葉を聞けて良かったなあ、と心から思ってほしかった。

俺がそんなことを話して、たまには、孫の晴れ姿を見に来るかと尋ねた時、

「一期《いちご》一会《いちえ》というんだよ」

ばあさんは静かにそう言った。

「お茶の心だよ。同じお茶会というのは決してない、どの会も生涯にただ一度限りだという心得さ。その年、季節、天候、顔ぶれ、それぞれの心模様、何もかもが違うんだよ。

だからこそ、毎度毎度面倒な手順を踏んで同じことを繰り返し稽古するんだよ。ただ一度きりの、その場に臨むためにね」

珍しくしんみりと話すかと思うと、『茶の湯』という落語は失敬で嫌いだから、絶対に行かないと断ってきた。マクラでばあさんの話をするぞと脅すと、それなら、なおさら、霊柩車《れいきゅうしゃ》が軍艦マーチを鳴らして迎えに来ても行かないと肩をそびやかした。

一期一会という言葉は奇妙に耳に残った。

失敗するかもしれない、間違えるかもしれない、絶句するかもしれない、誰一人として笑わず赤恥をかくかもしれない、慢性の不安が忍び寄ってくる時、その言葉は不思議な鎮静効果をもたらした。

最低にセコな高座ですら一期一会、ただ、ひたすら心をこめてしゃべるのみ、そう思うと気分がさっぱりと潔《いさぎよ》くなるのだった。

薄曇りで風がなく、穏やかな天気だった。

中野に落語を聞きにいくには、うってつけの晩秋の宵《よい》だ。

新しい浅葱《あさぎ》色《いろ》の紋付きに同色の羽織を重ねる。これは、後援会長の人形町の呉服屋の旦那《だんな》が揃《そろ》えてくれたもので、俺が日頃めったに着ない派手な色彩だった。羽織だけにして、額に鉢巻きをしめて、土方歳三《ひじかたとしぞう》なりと名乗ってみたくなる。

俺にも一応、後援会というものがあって、ほとんど個人的な知り合いだけで構成されている。皆、俺を達チャンと呼ぶ。会長はじいさんの古い友人だ。この呉服屋の大将はなかなか統率力があって、総員十名の後援会の面子《メンツ》をそろえて、よく噺を聞きに来てくれる。七月の二人会も差し入れしてくれたし、今度の一門会は必ず全員で行くからと堅く約束してくれた。ありがたいことだ。

小三文師匠は事務所を持つタイプではないので、マネージメントはおかみさんの仕事になっている。今度の一門会は、おかみさんと六文兄さんと兄さんの後援会の人達が中心になって世話役をやった。

俺も、もちろん細かいことを色々と手伝った。会は七時からだが四時には劇場へ行って楽屋、音響、照明、受付とあちこちに首を突っ込んで、手を貸したり、文句をつけたり、謝ったりしていた。寄席《よせ》や大きなホールだと演者がそういう雑用をやることはまずないが、地方のなんたら会館や、小さな催しで飲食店、寺、施設を借りる時などは、気を配らなければならないことが山ほどある。

今日は、大太鼓のバチが一つ行方不明になり、当日券の数がまるで足りず、マイクの調子が悪くて音が割れてこもり、兄さんの後援会長が脱いで椅子《いす》の背にかけておいた背広に三角がコーヒーをぶちまけてしまった。

開演一時間前になって、ようやく、大太鼓のバチが掃除用具入れのバケツの中から発見されたが、なぜ、そんなところにまぎれこんだのかはわからなかった。見つけてくれたのは、下座《げざ》のお春さんだった。下座というのは寄席で三味線を弾く女性のことで、今はなかなかなり手がなくて、平均年齢は上がる一方だ。お春さんは、本名、吉村春代、年は六十ナンボで、三味線の腕にも、噺を聞く耳にも若手噺家への小言にも定評のある女傑で、師匠と大変に仲がよかった。実はおかみさんに言えないような仲の好《よ》さであった時期もあった。普通、こういう会では下座さんを頼まずテープで代用してしまうのだが、師匠は妙なところにうるさく、必ず、太鼓、笛、三味線は生の音でないと気が済まなかった。

雑用で身体《からだ》を動かしていると、余計なことを考えないですんで助かる。六文兄さんもかなり早くから来てうろうろしていたが、なんだか、ちょっと勝手が違うねえと言って、落ちつかなげに笑った。

「なんせ、一門会、だもんなあ」

「柄じゃないですよね」

「三人で一門ってのもね。荷が重いよね。どうせ俺らのあとに師匠がしゃべるんだし、結局、露払いじゃないの」

まず、三角が開口一番、次に師匠が挨拶《あいさつ》に出て、兄さんが一席、そのあとで師匠が小《こ》咄《ばなし》をつないだような漫談をやって中入り、後半は俺が一席、続けて師匠がトリでしめる。

「兄さんはいいじゃないスか。師匠、落語やらないんだから。俺のあとは『笠碁《かさご》』なんですよ」

今、『笠碁』を聞くなら、小三文、と言われるほどに、脂《あぶら》の乗った芸なのだった。

「『笠碁』やるかどうか、わかんねえよ」

兄さんは痩《や》せた頰をすぼめるようにしてホホと陰気に笑った。師匠は気のむいた時に気のむいた噺をするだけで、プログラムに刷ってある演目を変更することなど、屁でもない気まぐれ屋だった。

「まあ、君はまだ気楽な身分だし、気楽にやりなさい。頑張ってるなあって言われればいいんだから。前半は俺にかかってるんだからな。もう、やんなっちゃうなあ」

一番弟子で真打ちで、気の小さいところのある兄さんは、本当に嫌そうに溜め息をついた。その緊張は俺にも伝染して、お互い、堅くなった面《つら》を突き合わせて、無言でうなずいた。同じ高座にあがる者は、キャリアに係わりなく皆ライバルだが、今日に限っては、兄さんと俺は一蓮托生《いちれんたくしょう》の同志なのだった。

開場と同時に、音響室に持ち込んだ大太鼓を三角が長バチで打った。二本のうちのどちらかが掃除バケツの中で眠っていて、やれ、どこそこから借りてこいの、買ってこいの、大騒ぎしたのだが、今はもう、誰もそんなことは忘れてしまったようだった。

ドンドンドントコイ、どんどん、どんと来い、ドンドンドントコイ。

俺はこの一番太鼓の腹に響く太い音が好きだ。気分が豪快になる。打ち上げる最後のところで、三角は、型通り、バチを〝入〟の字の形にして大太鼓の皮を押さえる。

どんと来い、どんと来い、の一番が誘うように、客はどんどん入ってきた。

開演十五分前に、師匠が、おめえらタダ券を中野駅前アーケードでバラまいたんじゃねえかと、妙なことを言うので、楽屋でまだバタバタしていた俺と兄さんは顔を見合わせて扉一枚でつながっている音響、照明室から、客席の模様を眺めにいった。

ほとんど満席だった。

ヒューと兄さんが口笛を吹いた。

「源田さん、渡辺さん、俵屋さん、杉さん」

そして、のぞき窓に張りつくようにして、落語評論家、放送局のディレクター、新聞の芸能記者の顔を見つけ出した。

「おやまあ、岡田のじいさんまで来てるぜ」

俺も兄さんにくっついて目線を並べた。

九十歳の岡田氏は、俺がこの間まで、昔話を聞きにせっせと通っていた落語研究家の長老である。一瞬、俺を聞きにきてくれたのかと舞い上がったが、師匠と懇意であることを思い出した。

俺の後援会の面々は早くも出揃っていた。あと、友人が二名、ばあさんの友達が一人、取材で知り合ったタウン誌の編集者が一人、そして、綾丸良、十河五月の姿が見えた。良と十河が二人並んで座っていると、かなり人目をひいた。年頃も背格好もぴったりの美男美女のカップルに見えた。えらく楽しそうに語らっていて、以前はあんな風じゃなかったのになと変な気持ちになる。早く湯河原や村林が来ればいいのにと思う。

いつまでも、見ているわけにはいかなかった。開演五分前には、二番太鼓を打たなければならない。楽屋の符丁で到着をひっくりかえしてチャクトウと呼んでいるが、〆《しめ》太鼓と大太鼓で打ち、能管という笛を入れる。〆太鼓と大太鼓は三角と二人で打つ。鳴物はわりと得意だ。俺が〆太鼓、三角は大太鼓。ステツクテンテン。ステツクテンテン、ステツクテンテン。兄さんの笛が間に入る。いよいよ始まりますよという合図である。

やがて、幕が上がり、三角が、ひょこひょこと高座へ向かって歩いていった。まだ、羽織を着られない前座で、着物もまるで借り着のように身体に合っていなかった。日頃は生意気な、人をおちょくった口をきく二十歳になりたての若造だが、冷凍のニシンのようにコチコチになっていた。噺はゆですぎたタラよりボロボロだった。あれが、つい、この間までの俺の姿だ。場数を踏まないうちの前座なんて、たいがい、あんなもんだ。いや、これから一時間過ぎに、俺が三角より少しでもマシだという保証はどこにもない。

楽屋に引っ込む前に客席を最後にちろりとのぞくと、良の隣に湯河原の巨体が見えたが村林はまだ来ていないようだった。やはり、来られないのかもしれなかった。

小三文師匠は、仙台平《ひら》の茶の袴《はかま》に黒の五つ紋付きと羽織をゆったりと着て、さすがに押しも押されもせぬ落語界の重鎮の貫禄《かんろく》を見せていた。

本日はどうもと型通りの挨拶を始めたのがすぐさま型破りになり、先程はひでえ前座で失礼しましたね、と三角を攻撃した。

「わたしは、どうも、悪い噂《うわさ》がありまして」

その噂が目の前を煙になって流れていくかのように視線をゆっくり動かした。

「落語界で一番ひでえ師匠じゃないかって噂なんですけどね」

どんなふうに、ひでえ師匠なのか、ざっと説明して客を笑わした。客は冗談だと思って笑っているのだろうが、今の話でもまだだいぶ割引きされて生易しくなっているのだ。

「一番ひでえ師匠ってこたァ、弟子も一番ひでえだろうと……。ご覧の通りですが」

客の反応を待つように間をあけた。

「で、そんな珍しいモンを持ってるのに、独りじめしとくこたァないだろうと思いましてね。もったいないと思いましてね。ちょっと展示してみようかと思いましてね」

ざわめく笑い声の中、俺と六文兄さんは顔を見合わせた。なんで、師匠が酔興に一門会などをやる気になったか、やっとわかったのだ。落語界一番のひでえ弟子どもを自慢してみたくなったのだ。誇張でも逆説でも冗談でもない。言葉そのままの本気だ。

「えらいこっちゃ」

と兄さんは口の中でつぶやいた。

もし、小三文師匠じゃなかったら、弟子を発奮させるか、気楽にさせるための前口上とも思えるのだが。

「おい、うまくしゃべったら、怒られるぜ」

兄さんの言葉に、俺は口だけでハハハと笑った。

「破門ですかね」

お互い軽口をたたきながら、ぜんぜん軽い気持ちにはならなかった。

六文兄さんは、『猫の災難』をかつてない見事な出来でしゃべりぬいた。師匠譲りのうまさはあるが、痩せた身体に青白い細い顔が結核を患《わずら》った貧乏作家のように陰気な兄さんは、華がないと言われて、お世辞にも売れていなかった。ところが、今日の兄さんには勢いがあった。声と仕草に力がみなぎっていた。その生気は客席に存分に伝わって、笑いの波となって打ち返してきた。俺は、楽屋で聞いていて、ぞくぞくした。自分の前の演者がウケて、心の底から嬉《うれ》しいと感じたのは、正直なところ、生まれて初めてだった。

兄さんのあとで舞台に現れた師匠は、どうも困ったという顔を横に傾《かし》げて「はてな」とつぶやいた。客はおおいに喜んだ。筋書き通りの狂言に見えるが、とんでもない。兄さんの噺《はなし》には一言も触れずに漫談に入る。兄さんがセコにしゃべっていたら、心ゆくまでやっつける腹づもりだったのだ。

兄さんは楽屋の床にへたりこんで、壊れた扇風機のように、時折、カクンカクンと身震いしていた。

「やだなあ」

と俺は言った。

「やだなあ」

ともう一度言った。

「弟子は三人ぽっちしかいないのに、二人ぽっちにするつもりですか？」

「三角一人ぽっちにしてやれ」

兄さんは震えるのをやめて、俺の顔を見上げて非常に真剣にそう言った。

中入りになって、客席をしきりに気にしているのだが、まだ村林は来ない。やはり、お母さんが許してくれなかったのか。塾だか水泳教室だかがサボれなかったのか。自分でもおかしなくらい落胆していると、後援会長の人形町の呉服屋の旦那《だんな》が、楽屋に鯛焼《たいや》きと日本酒の差し入れを持ってきてくれた。

「小三文師匠は両刀だって聞いたもんで、これ、人形町で行列のできる鯛焼きなんです。酒は新潟の吟醸ですが。どうか、今後も、外山達也をよろしくお願いします」

今年で七十六になる旦那は、まだ現役の商人の貫禄で堂々と挨拶してくれた。区議選の応援演説でも頼みにきたようだった。

「ああ、こりゃ、どうも。嬉しいね」

師匠はその場で、鯛焼きの包みを破ってむしゃむしゃ食べ出した。

「おめえも腹ごしらえしとけ」

一匹差し出されて、断るわけにもいかず、冷めて堅くなっているのをかじると、のどにつかえて飲み込むのに苦労した。目を白黒させていると、三角がお茶を運んできてくれたが、酒の瓶を見て、こっちのほうがいいですか？　と聞くのには閉口した。俺の出番はもうじきだ。

「そうだ。飲んでけ。おめえの落語は素面《しらふ》じゃいけねえ」

師匠の言葉に、三角が面白がって、茶碗《ちゃわん》に酒をなみなみと注いでもってくるのを、えらいこっちゃと思って眺めていると、人形町の旦那は恐れをなして退散してしまい、兄

さんが、

「それ、あたしがもらおう」

と助け舟を出してくれた。

酒の飲めない兄さんが、茶碗酒を一気にぐっとあおるのを止める間もなく、もう次の出番の準備でいっせいにバタバタしはじめた。

俺は楽屋の鏡で、身だしなみの点検をし、手ぬぐいと扇子を確かめ、一つ大きな深呼吸をした。

やがて、お春さんの三味線が、俺の出囃子《でばやし》の『神田祭』を奏《かな》で始める。じいさんが趣味でよく歌っていた清元の曲だ。当時は、ばあさんと一緒になって、うるさい、うるさいと邪魔したものだが、二ツ目になって、自分の出囃子を決める時になると、真っ先に『神田祭』がひらめいた。

イキのいい、明るい調べだ。お春さんの達者なバチさばきにつられるようにして、背筋を伸ばし、軽い足取りで、とんとんと舞台に出ていった。

独特の気分だった。

二ツ目同士の気楽な会とも、先輩や師匠の会におまけとして呼んでもらうのとも違い、自分の役割、領分、責任というものが、重たくも快く肩にかかっている。やはり、一門会はどこまでもれっきとした一門会である。師匠の思惑は関係ない。兄弟子、今昔亭六文は見事な高座をつとめた。負けられない。

最前列の岡田老がぽっかりと目を開き、まじまじとこちらを見上げるのがわかった。とたんにカーッとあがった。あがったと思ったとたんに、以前感じた、あの冷水を浴びるようなこわばりが全身を縛りつけた。いけないと思えば思うほどこわばる。唇も開きそうもないほど身体中の細胞が凍結してしまう。

どうしよう？

これじゃ、前と一緒だ。あの日本橋の洋食屋でやった最悪中の最悪の高座と一緒だ。

どうにか高座にたどりついた。一礼して、笑顔というのはどうやって作るのか必死で思い出そうとしていると、

「待ってました！」

と男ばかりの、それも年配の男ばかりの、野太い声が、ぞろりとそろって場内に響き渡った。

「達チャーン！」

座布団《ざぶとん》から転げ落ちそうになった。

どうして本名を呼ぶのだ？　それも、ガキの頃の呼び名を呼ぶのだ？　運動会の応援と間違ってやしないか？

「三つ葉さーん！」

今度は正しい声援が飛んだ。

かん高い、男の子の声だった。

脇《わき》の入口のそばの通路に、たった今、着いたのだろうか、村林優が、待ち合わせに遅れた人がせいいっぱいの合図を送るように、両手を高くあげてひらひらと振っていた。

「がんばってやー」

村林の声援は場内に爆笑の渦を呼んだ。当人はウケるつもりはなかったらしく、驚いたようにきょとんとまわりを見渡した。誰かが俺の名前を呼ぶから、自分も呼んでみようと思っただけなのだろう。

まったくのところ、俺も笑ってしまった。

それが、挨拶《あいさつ》の笑顔になった。

あの嫌なこわばりが、身体《からだ》からすっと抜けていった。一期《いちご》一会《いちえ》、とばあさんの声が耳に響いた。

村林が来てくれた。だめかと思ったのに、ぎりぎりで間に合って来てくれた。これが、一期一会じゃなくて、どの落語会が一期一会だろう。今日の、この噺だけは、どうしても村林に聞いてほしかった。

後半の頭だったので挨拶のようなことを軽くしゃべって客を引きつけてから、あまり長びかせずに、すぐに噺のマクラに入った。

ばあさんの話をした。ウチの婆《ばば》ァは、大正生まれの筋金入りの大和婆ァで、しかも、なかなかに面白い人柄なので、いくつかの挿話《そうわ》をうまくつなげば、平成版・今輔《いますけ》風ばあさん物の落語が一つ出来上がるかもしれない。身振り、口振りを真似《まね》して、鉄火肌の茶の湯の師匠を高座に呼び出してやると、これが実によくウケた。

マクラがウケると、噺のノリもいい。八代目小三文直伝の『茶の湯』で、ほとんどイジらずに、そのまましゃべった。誰に何を言われてもいいと思った。今、自分が一番やりたいようにやろうと思った。

客はよく笑ってくれた。

俺は視線が止まらないようにと気をつけながらも、どうしても、村林、湯河原、良、十河の並んでいる五列目、やや左寄りに目がいってしまう。村林の笑い声ははっきりと聞こえた。湯河原のニタリ顔もよく見えた。十河が吹き出すのも、良が手をたたいて喜ぶのもわかった。みんな、楽しんでくれていると思った。

それが、すべてだった。

楽屋に引き上げてきて、放心したように息を吐くと、茶碗酒を手にした二人の人物が振り向いた。どちらも椅子《いす》を嫌って、灰色のじゅうたん敷きの床にあぐらをかいていた。

一人は師匠だった。これから、一席、トリをしゃべるというのに、すでに、だいぶ出来上がっていた。もう一人は、師匠の弟弟子でこちらは、完全に出来上がってへべれけになっていた。仲が悪くて有名な兄弟分が、なんで、こんなところで、こんな時に、差し向かいで酒をくみかわしているんだろう。

「おい、おめえ、もう一回しゃべってこい」

師匠はへろへろと言った。

「俺ァ飲んじまって、もう、しゃべるのヤだよう」

「冗談じゃないスよ！」

「じゃあ、六文を上げちまえ」

「冗談じゃないスよ！　早く行って下さい」

もう師匠の出囃子が鳴っているのだった。

今昔亭小三文は、よろよろと出ていった。

俺はあっけにとられて師匠の後ろ姿を見送った。そして、振り向いて、楽屋に素面《しらふ》の人間がいないことにまた愕然《がくぜん》とした。

六文兄さんが、姿見の後ろで、死体のようにべったりと伸びていた。そういえば、さっき、俺の身代わりに茶碗酒をぐいぐい飲んでたっけ。兄さんはビールをコップに半分が酒量の限界だ。それを過ごすと、人格が変わるし、意識もなくなる。

音響室からやってきた三角も、どうも足取りが怪しかった。

そして……。

なんで、この人が、ここにいるんだろう？　この突然の楽屋の酒盛りの仕掛け人と見られる男は、イタリア風のゆったりとしたスーツの下に血のように赤いシャツを着て、頭には、花飾りをつけて縁をぎざぎざに切った麦わら帽子をのっけていた。一升瓶を片手に抱いて、いつものように、

「三つ葉ァ！」

と凄《すご》い声で怒鳴った。

「は！」

思わず、背筋を伸ばして恐縮した。

誰に何を言われてもいいと思いながら気持ち良くしゃべってきたが、それは嘘《うそ》だった。この人にだけは、あまり、言われたくなかった。まったく、ぜんぜん、何も言われたくなかった。

「相変わらず、物真似がうまいな」

草原亭白馬師匠は、眠狂四郎と呼ばれている目でニッと笑った。骨から肉を剝《は》ぐような微笑だった。

「小三文がよォ、俺の目の前にいるのによォ、高座から小三文が聞こえてくるんだから、

おもしれえよな。え？ おもしれえよな？」

「ありがとうございます！」

真っ向から目を見て怒鳴ってやった。

「そんなに似てますか？」

「似てるよ」

「ありがとうございます！」

「誉《ほ》めちゃいねえよ」

「いや。誉め言葉です。嬉しいです」

「馬鹿《ばか》か？ てめえは？」

「馬鹿の上に馬鹿のつく馬鹿だそうです」

白馬師匠が一瞬言い負かされて、ギョロリと目をむいた。ザマミロと思った。

白馬師匠の隣に正座して、舞台のほうへ耳をすますと、小三文師匠はちゃんと『笠碁』をやっていて、声がほどよく酔っぱらっているのが、また微妙な味わいを出していて、あれは師匠の性格で、どんなに真似たところで、俺はああはならないだろうと、つくづく思った。

「真っ正直に惚《ほ》れやがって」

白馬師匠はつぶやいた。

「本当に古臭い野郎だな」

「はい」

素直にうなずく。そして、白馬師匠と改まって声をかけて、せっかくいらしたんですから、あとで舞台のほうへ、と言ってみた。この姿がふらりと現れて、よォと一言言えば、客はどんなに喜ぶだろうと思った。

「ヤなこったい」

西洋人のように大仰に肩をすくめた。

「小三文のあとなんて屁《へ》も出したくねえや」

何しに来たんだろう、とまた思った。単に通りかかって冷やかしに寄ったんだろうか。酒があったので、居座ったのだろうか。

「物真似男」

白馬師匠は、まだ俺にからむつもりらしかった。

「おい、物真似男！」

「はい」

仕方ないので返事をすると、急にぬっと立ち上がって、酒瓶を放りだし、

「今度、俺の真似もしてみろ」

と言った。そして、そのまま、すたすたと楽屋を出て行きそうになるのを、

「お願いします！ ありがとうございます」

すんでのところで、叫ぶようにお礼を言うのが間に合った。白馬師匠は、それには何も答えずに意外と確かな足取りで出て行ってしまい、俺は自分の反応が正しかったかどうか恐ろしくなった。

からかわれただけかもしれない。

一流の皮肉なのかもしれない。

でも、もしかすると、ひょっとすると、白馬師匠は噺を教えてやると俺に言ったのかもしれなかった。あの忙しい人が、弟子でもない俺に自ら稽古《けいこ》をつけてくれるとすると、それはよくよく目をかけてくれたということだった。見込みがあるということだった。

全身に鳥肌がたった。

小三文師匠がほろ酔い気分で、ふらふらと楽屋に戻ってきた時、俺は正座したまま石になったように固まっていた。

三角の打つハネ太鼓が、太平洋の遠雷のようにはるか彼方《かなた》に聞こえている。

やがて、楽屋に人が集まってきた。挨拶の声、賞賛の声、誰かが俺の肩をたたいた。

岡田老だ。にこにこしている。年寄りの笑顔というのは本当に良いものだなとぼんやりと思う。その後ろにでかい奴《やつ》がいた。そんなでかい客は湯河原太一くらいしか存在しない。巨体の背後に派手な花束が見えた。持っているのは十河だった。薔薇《ばら》の下に隠れるように村林がちんまりといた。

「達チャン！」

と良の声がした。

「やあ！　やあ！」

俺はようやく間抜けな声を出して、みんなを出迎えにゆっくりと立ち上がった。

18

薔薇の色は真紅と薄紫と黄色だった。

今は皆同じ枯れ色になって、茶の間の鴨居《かもい》からぶるさがっている。ばあさんがドライフラワーを作ると頑張っているが、花の干物のどこが面白いのかわからない。焼き網であぶって朝食に出してやろうかと思う。

実は、花束の干物を見ていたくない理由があった。

一門会が終わったあとの楽屋で、俺は大変に馬鹿なことを口走ったのだ。落語教室の面々に、君らの落語発表会をやらないか？ と持ちかけた。きわめて単純な発想だった。自分が色々思いがけない人達に聞いてもらって嬉《うれ》しかったので、つい、そのお裾《すそ》分《わ》けをしたくなったのだ。

――みんな、友達とかを呼んで、聞いてもらえよ。そうだ、村林、宮田も呼ぶといいや。おまえ一発しゃべって見せてやれよ。

俺は、まったく、あの時、頭がイカれていた。噺がうまくいって、何か落語というものが世界を救えるような、たいそう舞い上がった気分になっていたのだった。

そのあと、すぐに後援会の人達との打ち上げに流れたので、それ以上話をする暇がなかった。皆も誘ったのだが、村林を送っていくと言って全員帰ってしまった。

翌朝、いい気分で酔っぱらって寝ていると良から電話がかかってきて、村林夫人が鬼《き》子《し》母《も》神《じん》のように怒り狂っていると言う。話を聞いて、酔いも眠気も消しとんだ。

なんと、ゆうべ、村林は、一門会を聞きに行く許可が出なかったので、母親がトイレに入った隙《すき》にこっそり抜けてきたのだ。事情を聞いて皆で送っていって謝ったが、なまじ大人が三人そろって間抜けな面《つら》を並べたために、皆でウチの子をどんどんダメにすると、あの上品で丁寧な夫人が、血相を変えて玄関先で怒鳴りちらしたそうだ。

俺はその電話を切るなり、村林家に詫《わ》びを入れに飛んでいったが、日曜日の朝ということで、大手製菓会社の係長だという父親が、まん丸い銀縁眼鏡をかけてひょっこり出てきて、いやまあ、うちのことは、どうか、もう、おかまいなく……と穏便に門前払いを食わされた。

師走《しわす》に入って、街もあわただしいが、俺も忙しい日々が続いていた。村林のことをほうっておくわけにはいかないと思いつつ、どうしたものかと悩みつつ、手をつかねていた。

湯河原も良も十河もやはり忙しいのか、いっこう連絡を寄越さず、お祝いにもらった薔薇だけが残って枯れて、なお茶の間にしぶとくぶるさがり、日々、俺を困らせていた。

雪でも降りそうなひどく寒い夕方だった。友人の結婚披露宴の司会を終えて、黒紋付き羽織袴《はかま》のまま家路についていた。これほど冷え込むのだったら、着替えかコートを持ってくるのだった。空一面の雲は綿ぼこりの色だ。押し入れの奥を、ひいては、年末の大掃除を思い出させた。吉祥寺と月島の二軒、白馬師匠の麻布の自宅の〝文庫〟の整理もやらされそうで、いよいよ忙しくなる。

耳がじんじん痛むほど風が冷たい。指先で押さえて露地の角を曲がると、家の門の前に真っ黒のダウン・ジャケットを着こみ、冬眠に向けてまるまると肥えた子熊《こぐま》のような小さな姿があった。その防寒上着は、季節を問わずにかぶっているタイガースの野球帽によく合っていた。

「優勝したお相撲さんみたいやな」

村林は俺の正装を見て、挨拶《あいさつ》代わりにそう言った。俺はそんなにデブじゃない、噺家《はなしか》の友人に百キロを越える奴がいるがと言いながら、家の鍵《かぎ》を開けた。ばあさんは夕飯の買い出しにでも行ったのか留守だった。また裏口からでも入ってりゃいいものを、この寒い中、だいぶ門の前で待っていたとみえて、村林のもともと青白い頰にはまるで血の気がなかった。

茶の間のこたつに放り込むと、大急ぎで湯を沸かして玄米茶をいれた。熱いやつをふうふう吹きながらすすっていると少しずつ身体《からだ》が暖まってきた。

よく来てくれたなと思った。その嬉しさと同じだけ後ろめたさのようなものを感じた。また母親の目をかすめて来たのかな、俺と係わるとロクな目にあわないんじゃないかな、と少し困っていると、

「今日、終業式や」

村林は晴れやかな声を出した。

「俺な、だいぶ成績あがったで」

「そうか。えらいな」

月並みに誉めながら、本当にたいしたものだと心から感心した。

「そんでなー、俺なァ、お母さんの機嫌のええとこで、一発、取引したんやで」

ボス猿の暗殺計画を思いついた子猿のように、目が危険な光できらめいた。

その取引とやらの内容は、まったくとんでもないものだった。冬休みの間、ここに稽古に通い、『まんじゅうこわい』を仕上げて発表会をやる、その発表会が終わり次第、村林はすべての言葉を東京弁で話す努力をする。

「けど、ほんまは、しゃべれるんやで」

と言ったあとで、

「ほんとは、しゃべれるんだヨ」

と証明して見せた。発音は正確。しかし、途方もなく気色悪かった。言ったほうも聞かされたほうも、歯みがきの水でもうっかり飲み込んだように妙な顔になった。

「お父さん、しばらくはずっと東京おるらしいし、もう、しゃあないな。そやけど、転勤て、ほんまに迷惑や。次は秋田とかゆうたら、今度は、ずうずう弁、覚えなあかんやんか」

「結構！」

と俺は言った。

「五カ県語くらい操って、芸にしてみろ」

「他人事《ひとごと》やと思て」

村林は鼻にしわを寄せてから、玄米茶をごくりと飲んで少し沈黙した。

「宮田はァ……」

としばらくしてからぽつんと言った。

「宮田を呼ぶのはなあ……」

「呼ばなくてもいいよ」

俺はあわてて、さえぎった。

「呼びたいんや」

村林は聞いたことがないような低い声で、きっぱりと言った。

「誰に聞かせたいか、ゆうたらな、お母さんでも友達でもない、やっぱり宮田なんや」

一度、口を閉じて、ふうと息を吐き、

「スポーツでは絶対あかんやろ。勉強もかなわんやろ。宮田はなあ、いやな性格やけど、ほんまにごつい奴っちゃで。だからな、おまえ、コレ出来るかァ？　ゆうてみたい。どうやー？　って、ゆうてみたいんや。もう落語でも何でもええわ」

また喧嘩《けんか》を売ることになるのだろうかと、けしかけた張本人の俺がひやひやした。

「けど、宮田、来えへんわ。落語やるから聞きに来いなんてゆうたら、笑われる」

どうも落語が馬鹿にされている気がする。でも、案外、そこが味噌《みそ》かもしれない。野球だと真剣勝負になるが、落語で力んでみせても、本当に笑われるだけだ。愛嬌《あいきょう》だ。

「誘ってみたらどうだ？　笑われてもいいじゃないか」

俺は言った。

また、無責任に軽はずみに事を運んでいるのだろうか。もう一度、村林がうちの押入れにもぐりこむハメになったらどうするつもりだと思いながら、口が止まらなかった。

「喧嘩とか勝負とかじゃなくて、奴を笑わしてやろうという気持ちで呼べないか？　人を笑わすのは気分がいいんだぞ。嫌いな奴が笑ったら、もうザマミロだぞ」

ザマミロの底にあるのは、やっぱり喧嘩だなと思ったが、村林は妙に納得した。

まあ、ほかにあと三人いるから、連中の意向も聞いてみようと俺は言った。発表会に出たがるかもしれない。宮田を呼んではいけないと止めるかもしれない。

時間がある時はいつでも稽古はつけると約束すると、村林はまたチビ熊の姿になって、霙《みぞれ》のパラつく夜の中へ出ていった。

暮も押し迫った二十七日の午後、落語教室の面子《メンツ》は久々に吉祥寺に集結した。俺と湯河原と十河の仕事がかちあわない唯一《ゆいいつ》の数時間だ。発表会の打合せとともに、簡単な忘年会をやることになった。

時節柄もあり、何かにケリをつけるような気分がひしひしとしていた。発表会がこの集まりの終止符になるかもしれず、中途半端《はんぱ》のままになっている皆の落語のこと、そして、それぞれの問題のことを思った。

良は脱落し、湯河原は不似合いな新しい仕事を見つけ、十河は心の傷をかさぶたのように抱えていた。彼らがまだ吉祥寺にやってくるのは、他に行くところがないからかもしれない。あるいは、村林という一週間前に十一歳になったばかりの、やっかいなネズミ花火のせいかもしれなかった。奴は一度爆発し、また新たなる爆発を企《たくら》んでいた。

俺は午前中は師匠の用事で身体があかなかったので、良にツマミの買い出しを頼んだ。昼過ぎに、駅前に止めておいた自転車の前籠《まえかご》に酒屋で仕入れたビールやジュースをつめこんで急いで帰ると、良は台所にいて、ばあさんの割烹着《かっぽうぎ》を着こみ、煙草《たばこ》の吸い殻をコールタールで固めたようなものを大きなボールの中でせっせとかきまわしていた。そりゃ何だと聞くと、イカ墨のマカロニサラダだと答えた。ほかにも得体の知れない物を、あれこれ製作していた。イカとセロリの地中海風スープ、イカと大葉の炊《た》き込み御飯、イカと昆布とじゃがいもの煮物、イカとキュウリとリンゴのマリネ、イカの丸焼き。

クリスマス・パーティーのビンゴでイカの樽詰《たるづ》めでも当てたのだろうか。コンビニでお菓子や軽食を買ってくれれば良かったのに、わざわざ手のこんだ料理をし、イカづくしの趣向を凝らしてくれるとは、良も暇で相当の変わり者だとあきれた。

家中にイカの香りが濃厚に充満していた。とても生臭かった。ばあさんはと聞くと、二階の大掃除を始めたという。さてはイカに追い払われたなと思った。

一階の窓を全部開けてまわると、十二月の末の空っ風が殴り込みをかけてきて、襖《ふすま》に体当りを食わせ、畳を蹴飛《けと》ばした。張り直したばかりの障子紙がぴしぴしと音をたてる。破れやしないかと恐《こわ》くなった。

良がイカ料理を両手に掲げて茶の間に運んできて、ガラス戸を閉めるように命じた。小さなこたつの上に乗せられるだけ乗せ、あとは畳にじかに置き、茶の間はイカ達の住み家になった。生きていないのが気の毒だった。

窓を開けても無駄だった。茶の間には明らかにイカの香りがたちこめ、石油ストーブがほかほかとその空気を蒸していた。あとから来た連中が誰も匂《にお》いのことを言わなかったのはそろって鼻が悪いのか、ひどい風邪をひいているか、どっちかだろう。皆、食い物を持参していた。十河は神戸コロッケ、湯河原は自分の店の焼き鳥、村林はクリスマスケーキの余りを冷蔵庫から盗み出してきていた。

五つのコップにビールが満たされた。村林が飲むと言い張り、止めるだけの良識のある人間がいなかったのだ。それは、冬に飲むために作られたビールだったが、重たく鈍い光を放ち、晩秋の黄葉を思わせた。

乾杯、と俺が言って、五つのコップがカチリと鳴って合わさった。その瞬間、奇妙な胸震いを覚えた。重なるはずのない五つの心がカチリと音をたてて重なったような気がしたのだ。馬鹿《ばか》げた感傷だった。皆、少し困った顔をしていた。村林までが困っていた。するべき表情がわからないという感じで、うすら寒そうにビールをすっていた。

イカ料理はひどい味がした。一つずつ微妙に違った独特のまずさがあった。食材の取り合わせも調味料もまともなもので、何か特殊なイカを使ったのかと聞いてみると、出入りの魚屋に頼んだ、みずみずしいスルメイカだと威張る。みずみずしい、というところで十河が聞いたこともないような大きな声でげらげら笑った。湯河原だけが平然と猛然とイカ料理を平らげていた。舌のあるはずのところに、辛子メンタイコでも生えているのかもしれない。村林はコロッケばかり食っていた。

また、感傷的な気分に襲われた。

どう見ても、忘年会をやるような顔ぶれではなかった。仕事の会でもなけりゃ、趣味の会でもない。落語の名のもとに集まっているが皆が落語好きというわけでもなく、唯一の共通点は、しゃべることに何らかの悩みを抱えているという奇妙な集まりなのだ。皆、とても、くつろいで見えた。連中がのんびり物を飲み食いしているからといって、何も俺が泣きたくなる必要はなかった。ただくつろぐことがひどく苦手な人々が、肩の力を抜いて、投げやりな沈黙もトゲのある言葉も忘れて、気楽に物を食っている姿を見るのは、どうしても特別の感慨があった。

小さな奇跡に思えた。

五分後には、また、いがみあいを始めるかもしれなかった。それでも良かった。冬用の冷えたビールが、実にうまかった。

「ほんで？　いつ、やるんや？」

村林は単刀直入にその話題を切り出した。あらかじめ、電話で話は聞いていても、残る三人の生徒はいっせいに俺を見つめた。俺はもう一度、『まんじゅうこわい』の発表会の案を繰り返さなければならなかった。それから、やる気があるかどうか三人に尋ねた。

「みんな、知り合いを呼ぶってのはいいけど同じ噺ばっかりやって、どうすんのよ？」

十河が盲点をついた。

「あんたと村林君がやればいい」

湯河原が簡単に答えた。

「江戸版と上方版で、だいぶ違うし、まあ、いいんじゃないか。俺と、綾丸君は遠慮しようぜ」

良と顔を見合わせて、二人で何ともいえない凄《すご》い笑みを浮かべた。

「どうする？　呼びたい人がいるか？」

俺は十河に尋ねた。バミューダパンツのことが頭にちらついたが、さすがに口に出すのははばかられた。

「別に」

と十河はいつものように答えた。口癖には違いないが、今はどこか孤独の影が漂った。落語を一つちゃんと覚えたのに、聞かせる人がいないとすると、それはずいぶん寂しいことのように思えた。

「家族は？　友達は？　会社の人は？」

畳みかけるように尋ねると、十河は何とも照れ臭そうな皮肉な複雑な笑みを浮かべた。

「まあ、そうね、友達なら、二人ぐらい。ううん、一人かもしれないけど」

えらく苦労して、それだけしゃべった。

その二人は死ぬまで付き合うような友人かもしれないなと思った。十河は、ごく少数のごくごく親しい人間関係を築く女に思えた。二人ともぜひ来てもらえと俺はすすめた。十河は大きなお世話だと言いたげに、ぷいと横を向いた。黒猫の友人は、やはり、似たような無愛想な黒猫だろうかとひどく興味がわいた。

ともあれ、十河は発表会に出る意志はあるようで、あとは日取りと、宮田の問題が残った。

綾丸良は、質問を頭の中で箇条書きにしてきたらしく、村林が答える間もなく次々と繰り出していった。野球の勝負の前と後とどちらが良い状態か、関係のない他のクラスメートはどんな態度をとるのか、六年になる時に組替えはあるのか、毎朝、学校へ行く前に胃や頭が痛くなったりしないか。

村林は一瞬きょとんとしたが、さすがに頭の回転が早いところを見せて、

「攻撃されるのも、知らんぷりされるのも、同じくらい嫌やな。どっちもどっちや。宮田は三組の〝スター〟やから、とりあえず好かれとるねん。みんな、俺のほうが嫌いや。組替えはない。体はどこも痛ないわ」

てきぱきと答えた。

良はデータを整理しようとでもいうようにもったいぶって空色のセーターの腕を組んだが、すぐに考えるのをやめ、へらりと笑ってしまった。

「僕はよく頭が痛くなったよ。頭痛がしない時でも、よくズル休みをした」

内緒話でもするように声をひそめた。

「相手の気に障《さわ》らないように、おとなしく小さく小さくなっているのに、どうして、ほうっておいてくれないんだろうって、いつも不思議に思ってた」

「ニイちゃんも喧嘩したんか？」

「僕は一方的にやられてただけ」

恥ずかしそうに首を縮めた。

「小学校はろくな思い出がないな。学校が楽しくなったのは中学からだな。テニス部に入ってね、僕は六歳の時からグリーン・テニスクラブでやってたからね、うまいってび

つくりされてね」

自慢しながら急に苦い顔になった。テニスで人生を切り開いてきたのに、その武器を失ってしまったことを思い出したのかもしれない。やがて、薬の味が薄れるようにゆっくりと、その苦さは消えた。頰の赤みまでひくように青白い無表情になった。

「湯河原さん」

罪の告白でもするように思いつめた声で呼びかけた。湯河原は目だけを良に向けて、大きな身体《からだ》を緊張させた。三メートルほど後ろに避難して狸《たぬき》寝入りをしたいという顔つきだった。

「この前、用事があって、ひさしぶりにテニスクラブに行ったんですけどね、その時、前に教えてたジュニア・クラスの女の子と偶然すれちがったんです。受付の脇《わき》にね、長い廊下があるんだけど、そこでね……」

それでねえ、と、良は表現が細かすぎて要領の悪い話をだらだらと続けたが、なぜ、特に湯河原を指してしゃべりだしたのか、しばらくはわからなかった。

その女の子は十一だか十二だかで、特にテニスがうまくも下手でもなく、顔も性格も目立つところのない地味な子だったが、綾丸コーチ！　とごく嬉《うれ》しそうに良の腕をつかまえたのだという。

「加藤由香里ちゃんというんです。どんな子でも名前だけは覚えて呼んであげないといけないんですよ。僕はユカリちゃんて呼んでいたんですけどねえ」

「俺は客の名前がぜんぜん覚えられんよ」

湯河原は、ユカリちゃんという名の女の子に三回ふられた過去があるような不機嫌な声で言った。

由香里ちゃんはサービスが入るようになったと嬉しそうに報告した。コーチがグリップをコンチネンタルに直してくれたでしょ？　あれ、すごく打ちにくかったんだけど、だいぶ入るようになったのよ。思いきり振るとすごいファーストが決まって、みんながびっくりするの。私もヤルもんだね？　お礼を言いたかったのに、コーチ、ぜんぜんいないんだもん。ありがとう！　ありがとう！

「初心者にサービスを教える時、グリップをコンチネンタルにするのは、ウチの指導方針だから、僕じゃなくても、そう教えたんだけど、別に僕がいいコーチをしたってわけじゃないんだけど、でも、なんてのかな、ちょっとじんときました。嬉しかった」

湯河原はますます険悪な顔つきになった。

「そりゃ良かったな。さっさと復職するんだな。なんで、君、俺にエバるんだ？」

「湯河原さんは僕をクズだと思ってるから」

良は急に淡泊な口調になって答えた。

「クズでも、クズなコーチでも、女の子が一人、サービスが良くなって喜ぶこともあるって……。なんだか知ってほしくて。いいじゃないですか、少しくらいエバッたって」

「俺はただ、自分がコーチをやったら、どうするかということをだな、少し考えてだな、何も君に言う必要もなかったんだが」

「いえ。あれはすごい言葉でした。コーチは憎まれてでも技術をたたきこめばいいって。僕は自分がどのくらい正確な技術指導をしただろうって、そのことにどのくらい情熱を持っていただろうって考えましたよ。嫌になりましたよ。テニススクールに来るのは本気でテニスがうまくなりたい人間ばかりじゃないけれどね。暇つぶしや社交の場でもあるけれどね。でも、本気の人もいるから。サービスが入るようになったことを夜眠れなくなるほど喜ぶ女の子だっているんだから」

「ヘッドコーチとやらに謝れよ」

俺は言った。

「長い付き合いなんだろ？　わかってくれるんじゃないか？　良はたしかに人間として少しクズなところもあるけど、コーチとしてはそうクズでもないと思うよ。人の気持ちがわかる。一生懸命わかろうとする。わかろうとしすぎてコケるんだけどな、やっぱり貴重な資質じゃないか？」

「誉《ほ》めてんの？　けなしてんの？」

「両方だ」

そう言うと、良はクズな顔になった。頭の中身は簡単にわかった。もう一度コーチはしてみたいのだが、謝りに行くのが恐いのだ。ねえ、達チャン、ついてきてよ、と頼まれないうちに、俺は湯河原のほうを向いた。

「少し政治活動をしてみたらどうです？」

「なんだ、そりゃ？」

「湯河原さんのことは嫌いでも、バッティング・センスは買うって人が一人くらいいるでしょう？」

湯河原が褐色の顔一面にちりめんのようなしわを寄せたので、最初の一言が余計だったことに気がついた。

「売り込んでみたらどうかってことですよ。俺を雇ったら、十二球団最高のクリンナップを作ってみせるってね」

「そこまで自信家じゃないよ」

「フッかけるんです。がんがんと」

湯河原はあきれたように息を吐き出した。

「君の話を聞いていると、世の中に苦労はないような気がするな」

「豪勢ですね」

「皮肉だよ」

「そうや。なんぼ、オッちゃんでも、一人くらい野球の友達おるやろ。その友達にも友達がおるやろ」

村林がどこかのバラエティー番組のようなことを言い出した。

湯河原はまた大げさに深呼吸した。

「そりゃ、まったく、ツテがないわけじゃないが……」

ぼそぼそと言い出した。

「そいつが監督になったら、呼んでくれるって話もあるけどな」

「ほんま？　誰？　誰や？」

村林が湯河原に飛びかかりそうな勢いで尋ねた。湯河原はパ・リーグで、かなりのスターだったかつての投手の名前をあげた。十河以外はみんな知っていた。十河以外はみんなびっくりした。

「すごいじゃないですか！」

良がもう話が決まったかのように叫んだ。

「……たら、……たら、という話だよ」

湯河原はとまどって、チリ鍋《なべ》でもやりたくなるような台詞《せりふ》を吐いた。

「それも、たぶん、二軍だよ」

「似合うね」

俺が言うと、十河までうなずいた。

めでたく年の越せそうな話題が出た。何もかも仮定の話で、良にしろ湯河原にしろコーチを始めてからが問題なのだが、それでも肝心なのは二人とも自分のこだわっている世界にまだ希望を持っているということだった。

ビールがまた一層うまくなった。

「で？　宮田君は？」

と十河が言った。

「俺、誘ってみるわ」

村林が非常に楽天的に答えた。座の気分がめでたくなったので、ノリのいい村林がうかれてしまったようだった。

「よく考えてみて。よくよく考えてみて」

と良がいましめた。

「苦労するのは優君なんだよ」

「もう十分、苦労しとるやん」

「もっと苦労するかもしれない」

「どうせ来えへんて」

村林は一時間かけて飲み終えたビールのコップを逆さにして、人差指に引っ掛けてくるくるまわした。底に残った滴《しずく》が飛び散った。

「ま、俺の気が済んだら、それでええやん」

「おまえ、酔っぱらってないか？」

俺は村林からコップを取り上げた。

「なんで、こんなまずいもの飲むんや？」

少々酔っぱらっているようだった。

「おまえ、酔っぱらって、そんなこと、簡単に決めるとだな……」

「宮田君、来るかもしれないよ」

良が予言者のようにつぶやいた。

「なんでや？」

「彼がボスだからさ」

良は静かに言った。

「ボスは、自分の知らないところで、変なことをされたくないんだよ」

「宮田は警察か？」

俺が言うと良は重々しくかぶりをふった。

「警察じゃないさ。親分さ。違う？」

「まあね。行儀よく三組をシメとるな」

村林は俺からコップを取り返すと、手近のビールの缶からざぶざぶと注いだ。

「やめろ。やめてくれ」

と俺は言い、コップの取り合いになった。

「酔っぱらって、赤い顔してへろへろと帰ってみろよ。俺は君のお母さんに暗殺されて、君は部屋に一カ月軟禁されるぞ」

「おまけに冷蔵庫にケーキがない」

と村林は言った。コップを俺に渡すと、そのクリスマス用のチョコレートケーキを食べようとして、台所に皿を探しにいった。

19

三月十三日、土曜日。

それは、落語発表会の前日だったが、夜十時半過ぎに仕事から帰ると、ばあさんが待ち構えていて、村林が何度も電話をかけてきてどうも緊急の用事があるらしいと心配そうに言った。

それを聞いただけで、俺はひどく緊張した。

「えらいこっちゃで！」

村林は電話口で叫んだ。

「明日、ウチのクラス、全員、来よるかもしれへん！」

真っ先に俺の頭に浮かんだのは、それじゃ茶の間には入りきらんぞということだった。

「いったい何人いるんだ？」

「三十六人」

昨日の時点では、ゼロ人だったのに、いったい何が起こったのだろう？

喜ぶべきなのか、悲しむべきなのか、詳しい話を聞くまではわからなかった。

俺はその話を聞きたくなかった。丑三《うしみ》つどきに明かりのない田舎の便所で聞く怪談なみに恐かった。


事の起こりは、十河の落書きだった。

村林と十河は自分の都合のいい日を選んで別々に稽古《けいこ》していたが、一月の末に、たまたまかちあったことがあった。その日は、稽古というより、どんな風に発表会をやろうかという相談になった。十河は律義《りちぎ》なところがあって、落語専用のノートを作り、いつも持ってきていたが、そのB5判の片面を使い、発表会の宣伝チラシの落書きを始めた。俺が冗談で言った、『まんじゅうこわい、東西対決』というタイトルを、でかでかと書き出し、その左やや上に、やや小さく、村林優、十河五月、さらに、豆つぶのような字で今昔亭三つ葉の余興ありと付け加えた。そこまでが縦書きで紙の八割を占め、残る二割は横書きにして、日時、会場、電話番号を書き込み、あとは地図だなとつぶやいた。サインペンでさらさら落書きしたにしては、なかなか具合良く出来ていた。字が綺麗《きれい》だし、レイアウトもうまかった。前に芝居のチラシでも作ったことがあるのかもしれない。

ええなあ、俺、それ、宮田にやろうかな、と村林が本気で欲しがった。すると、十河はあわてて、それなら、もっとちゃんと書くよと約束して、約束通り、おそろしく「ちゃんとした」ものを作ってきた。

タイトルと出演者の名前は、寄席文字の字体を真似《まね》ていた。ワープロで打ったと思われる正確な地図を載せ、余白には矢絣《やがすり》の模様をあしらって、藍色《あいいろ》の彩色を施していた。俺が次回の落語会のチラシを依頼しようかと真剣に考えたくらい、それは抜群の出来ばえだった。

ばあさんも知り合いに配ると言って欲しがったので、良や湯河原にも聞いて、必要な枚数をカラーコピーした。

村林は発表会の二週間前に、そのコピーを学校に持って行った。

――俺、えらい緊張してて、手が震えて紙もぶるぶる震えるんや。失敗した思たけど、もう遅いやん。目ェつぶって、宮田の顔、見んようにして、度胸決めて、「これ、やるんやけど、来てくれへんかな」ゆうたんや。すごい変な声になってもうた。たまらんなあ。

と村林は話した。

立派なチラシを突き出されて、宮田も無視は出来なかったらしい。なんだ、これ、と尋ね、村林が説明すると、本当に驚いたのか、驚いたフリをしたのか、目と口をぽーっとかっぴろげ、「今世紀一番の阿呆面《あほうづら》」をしてのけた。いつものスカした宮田らしくないので、子分が遠慮しいしい少し笑った。宮田はその笑い声に送られて、教室の後ろの壁にチラシを張りにいった。

――勝手にこんなもの張るな、ゆうて、俺、センセに怒られたわ。そしたら、俺が言いつける思たんかな、宮田の奴《やつ》な、「いいじゃないですか」なんて言いよるねん。センセ、宮田に弱いやろ。黙ってしもた。

チラシは二週間、教室の後ろの壁にヤモリか何かのようにぴったり張りついていて、村林を悩ませた。クラスメートは面白がって飽きずによく眺めにいった。女の子はつつき合ってクスクス笑った。知らない間に、誰かが村林の名前を丸で囲み、次の日はバツで消されていた。その次の日はチラシが逆さまに張ってあった。

まったく胸糞《むなくそ》悪い話だった。

俺はその話を聞かされた時、いっそ自分が部屋の押し入れにこもってしまおうかと考えた。残る一生をそこで終えたら、もう誰にも迷惑をかけずにすむだろう。

そんなチラシ、はがしてしまえと言うと、さらりと切り返した。

――そしたら、それで、しまいやん。

村林優というのはそういう男の子だった。

「宮田はうまいこと俺をサラシモンにしたんや。二週間」

村林は電話口でつぶやいた。

「ほんで、今日、トドメを刺すつもりやったんやな。授業終わった時、『さあ明日はいよいよ村林の落語だぜ、そろって行こうぜー』て、からこうたんや。全員爆笑でオワリのはずなのに、なんか笑いがシケてるねん。みんな二週間も毎日、チラシ見せられて、頭おかしなったんちゃうかな。斎藤ゆう阿呆な女がおるんやけど、そいつが『え？ やだ。行くのォ？』て、マジな声出しよってん。宮田、一瞬ポカンとしたわ。俺つい、そこで『みんな来たってな』と愛嬌《あいきょう》してしもたんや。ほんまに、来たら、どないしよ？」

村林の声は期待と不安と混乱で上ずっていた。それは電話線から、じわじわ染《し》み出てきて危険なウイルスのように俺にも伝染した。

まさに「どないしよ？」であった。

村林の落語は、あまり、五年三組諸君に披露したいような出来あがりではなかったのである。

発表会のことが決まってから、俺は村林の噺《はなし》を短くするのにやっきになっていた。一人で覚えて喜んでいるだけならいいが、人様にお聞かせするには、問題のある長さだった。クスグリや遊びが非常に多い。それは枝雀師匠の至芸をもってして初めて味が出るのであり、十一歳の小僧がたらたらしゃべって面白いものではなかった。ところが、村林は噺を切り詰めるのを非常に嫌がった。もったいない、と言う。せっかく苦労して覚えたのに。そう。長く長くしゃべれるのが、彼は自慢であり、快感であるのだ。おまけに、俺が切りたい個所を村林は全部好きなのだった。

途中の長い長い怪談を残すかはずすかでは、殴りあいの喧嘩《けんか》になりそうになった。結局、俺は譲歩するしかなかった。なんといっても彼の発表会なのだ。彼がやりたいから、やることになった発表会なのだ。細かい部分をケチケチと削って、怪談も少し短縮して、それでも、村林がしゃべると、どうしても三十分を越えてしまう。

十一歳の小僧の噺は当然セコだった。

村林だけの責任ではなかった。

市販のテープと、テレビ局の知人から借用した貴重なビデオで、ずいぶん頑張って稽古した。しかし、俺が関西弁をしゃべれないというのは、どうしても不自由で、自分の噺でないものを教えるという、根本的な無理がたたっていた。

十河の噺に比べると、象と、その足の裏でつぶされたアリンコぐらいの差があった。今更、そんな愚痴をこぼしても始まらない。発表会は明日だし、ひょっとすると宮田がやってきて、つぶれたアリンコのセコな噺を馬鹿《ばか》にするかもしれなかった。しかし、一つだけやってみる価値のある説教があった。

うまくやろうとするな、と俺は言った。

村林の頭の中には常に宮田の姿がある。勝負の二文字も抜けない。八方破れだった以前のほうが、噺としては面白く聞けた。色気が出たぶん、無邪気さが失《う》せた。うまくやろうとすると、とたんにうまくなくなる。これは俺自身、通ってきた道で、今後もぶつかるだろう難所だった。

どんなセコな噺でもいい。宮田に笑ってほしい。村林が以前言っていたような「どうやおまえにこれ出来るか？」という挑戦なら、

「そんな馬鹿馬鹿しいことする気もないよ」

と冷たく一蹴《いっしゅう》される気がする。三十分の噺をペラペラとやれることが偉いのではない。それを見せつけるのではない。

そう話すと、「どないせい、ゆうんや？」と村林はふてくされた口調で聞いてきた。

「わざと下手にやれ、ゆうのか？」

それ以上やる必要はない、とは、言わなかった。

「村林は面白い噺を一つ覚えたんだ」

と俺は言った。

「ほら、前、村林は、自分で笑いながら、しゃべってたじゃないか。えらい楽しんでたじゃないか。好きな噺だろ？　どこもここも好きだろ？　削られるのは嫌だったろ？　本当に面白いんだ。それを来てくれた客に教えてやるんだ。話してきかせてやるんだ。大サービスだ。宮田にも、だ」

村林が黙っているので、さらに続けた。

「みんなに来てくれって頼んだんだろう？　もし来てくれたら、嬉《うれ》しいじゃないか。楽しんでもらおう。な？　もう、村林、全身全霊でサービスするしかないよ」

笑ってもらえよ、と付け加えた。

祈るようにつぶやいた。

三十六人は来ないだろう。五人来たら上等だ。もし一人も来なかったら、村林は傷つくだろうと思い、ゆうべはよく眠れなかった。

ゲンかつぎだと思って、場所は変更することにした。家で一番広い、二階の十畳の客間を使うことにした。ここは、広間のお茶会の時に寄り付きとして使うことがあり、ふだんは空き部屋になっている。

部屋をすっかり空にして、ばあさんがゴーゴーと掃除機をかけた。その間に、俺は物置の奥にしまってあるはずの、じいさんが怪しげな骨董屋《こっとう》から二束三文で買い取った狩《か》野何某《のうなにがし》の屏風《びょうぶ》を掘り出した。どうせ、まがいものだが、あまり綺麗ともいえないが、まあ、ほんのお飾りだからいいだろう。

ばあさんと二人で二階へ担《かつ》ぎ上げ、壁際《かべぎわ》に立てかけて、その手前に布団《ふとん》のマットレスを二つ並べて置いた。もう一度、二人で物置をひっかきまわし、花見用のゴザを探した。物干しにかけてほこりをはたいてから、二階へ持ってきた。これをマットレスに掛ける、いやこれでマットレスをくるむ、という作業をする。その上に、家で一番立派な紫の絹の座布団を置いた。

即席の高座だった。

珍妙だった。

開演は午後二時からだが、十二時半には、もう村林が顔を出した。走ってきたらしく、息をきらしていて、頬が赤く目は光ってとても元気そうだったが、ゆうべは悪夢を見て二度目が覚めたという。

「同じ夢や。宮田が、まんじゅうを食い過ぎて腹こわして便所から出られへん、ゆうて、便所の窓から俺に石みたいに堅いまんじゅうをビシバシぶつけるのや」

俺はその悪夢をぜひ見てみたかったが、口にするのはやめておいた。

村林は、俺の古びた紺絣《こんがすり》の袖《そで》をもげそうなほどに、ぎゅうぎゅう引っ張った。

「宮田、来るやろか？」

よく光る目玉だった。ひどく怯《おび》えていて、同じくらい意気込んでいた。俺も同じ質問を正しい答えをしてくれる人にぶつけたかったが、適当な人物が見つからなかった。

「綾丸良の予言によると……」

俺は言いかけたが、村林は良の予言を信用していないのか、視線が俺を離れ、ふらふらと空をさまよいだした。

「たぶん……来るはずだ」

村林は深呼吸と溜《た》め息を繰り返した。

「落ちつけよ」

無理な注文をすると、

「うるさい。腹式呼吸をしとるんや」

リラックスのための呼吸というよりは、吐くための練習という感じだった。

「十河のネエちゃんに教わったんや。人ゆう字を掌《てのひら》に書いて舐《な》めるよりは効くんやて」

はあー、はあー、と頑張っているのを眺めていると、こっちの息が苦しくなってきた。

俺は村林を二階へ連れていった。自家製の高座を見せると、こら、あかん、と言った。ほんまの阿呆みたいや。それじゃ、座布団だけにするかと尋ねると、しばらく考えていたが、やはり高いほうがいいかもしれないと真顔で言うのだった。


一時を過ぎると、十河が、若竹色の地に扇面を散らした京小紋に同系色の大柄の帯を締めて現れた。髪を結い上げ、薄化粧をしている。十河が化粧するのを初めて見た。あいう薄色のくせにやたら艶《つや》やかな桜色の口紅というのは、いつも使っているものなのか、特別に買ったのか、尋ねてみたい気がした。

「お茶のお稽古用に買ったのよ。私、一枚しか持ってないんだもの。どうしても、いるのよ。ボーナスはたいたのよ」

十河は新しい着物のことをくどくどと言い訳した。落語発表会用の特別あつらえじゃないことを、どうしても強調したいらしい。

「ずいぶん、綺麗に着てるじゃないか」

俺はからかってやった。髪といい、着付けといい、美容院か何かへ行ったに決まっているのだが、十河は白状しないで、薄桜の色に光る唇を噛《か》みしめた。彼女も緊張していることが、その仕草から伝わってきた。

村林は、初め、誰だかわからなかったらしい。お姫様みたいやー、と誉《ほ》めたあと、ええなあを連発した。ええなあ、女の人はええなあ、綺麗でええなあ、俺なんか七五三や。それも、つんつるてんの七五三だった。

十河が着物で出るとわかると村林も着たいと言い出し、ばあさんが俺の五歳のお祝いの着物を縫い直してみることになった。紋付き羽織袴《はかま》は結構だが、いくら村林がチビでも、ばあさんの和裁が達者でも、小さい小さい。どこかの貸し衣装屋で借りてやると言ったが村林がそれでいいと言い張る。

一見の価値があった。

俺が部屋で、村林の着付けをして、自分も普段着の絣から泥大島に着替えた。そろって茶の間に出て行くと、良も来ていてばあさんと十河と三人で、くすぐりの拷問《ごうもん》に耐えるような複雑な顔を作った。

「笑ろてもええで」

と村林は言った。

「そのために着たんや」

湯河原は一時半きっかりにやってきた。巨体にぴたりと合っているのでオーダーメイドとしか思えない、黒と蜜柑色《みかんいろ》の縦縞《たてじま》の派手な三つ揃《ぞろ》いを着て、眉《まゆ》まで隠れるような大きいサングラスをかけていた。マフィアをクビになった奇術師のように見えた。ろくに挨拶《あいさつ》をかわす間もなく、一人目の客がやってきた。

村林の母親だった。

迎えに出た俺は、息子から何も聞いていないので非常に驚いた。彼女が落語や俺のことをどういうふうに考えているのかよくわかっているので、「ようこそ、おいで下さいました」というより、「邪魔しにきたなら頼むから帰ってくれ」という気持ちになった。

村林本人はそれをはっきりと口に出した。

「何しに来たんや？　今日までは好きにさしてくれ、ゆうたやんか」

母親は、つんつるてんの七五三の息子を、たいそう悲しげに見つめた。その目を見たとたん、俺は彼女に少し同情した。どうせ息子を持つなら、サッカーのユニフォームを着て爽《さわ》やかに光る汗を額に浮かべて、「お母さん、僕のシュートを見ててくれた？」と素直に甘えてくる息子が欲しいだろう。

「今日はクラスの奴らが来るかもしれへんのや。そういう所にお母さんがおったら、あかん」

村林はきっぱりと言った。

「明日から約束守るから、今日はほっといてくれ。帰ってや。頼む」

「聞きにきただけよ。別に何もしないし、宮田という子にも何か言ったりしないわよ」

母親は疲れたような声でそう言った。俺はさらに彼女に同情した。心配でたまらずに、いてもたってもいられなくて、やってきたのだ。ただでさえ多い心配の種を、とことん増殖してしまう馬鹿な連中がいるからだ。

村林夫人が青い顔をして現れて、宮田という名前を口にすると、場にきなくさいほどの緊張感がたちこめた。せっかく、村林が少し落ちついたところだったのに、前より悪くなってしまった。

「どうぞ。あがって下さい」

と俺は言った。

村林夫人はまだ靴もぬがずに、花の全部落ちたチューリップの茎のように玄関に突っ立っていた。

「会場は二階なんです。その階段を……」

「三つ葉さん！」

村林が非難をこめて、さえぎるのを、

「噺家は客を断ったりしないものだぜ」

と軽い調子で叱《しか》った。

「ぜひ、聞いてやって下さい」

今度は村林夫人にむかって言った。

「面白い落語です。彼の好きな噺です。楽しんで笑ってあげて下さい」

その言葉に、母親より息子のほうが敏感に反応した。村林はハッとしたように俺の顔を見上げ、すぐに目を伏せると、片方の足で玄関の木の床を磨きはじめた。足袋だけは寸法が合っていた。村林が小遣いで買ったものだった。

夫人は楽しんで笑うことを玄武岩のように堅い顔つきで約束すると、ばあさんに連れられて二階へ上がっていった。

まずいな、と思った。本職でも、あんな顔つきの客が一人まぎれこんでいると、気になって噺のノリが悪くなる。ましてや、それが自分の母親で、そして……。

「お母さんにちゃんと聞いてもらったこと、ないんだよな?」

村林に尋ねた。彼は返事をしなかった。

「いい機会だ。たった一度きりの機会だ」

一期《いちご》一会《いちえ》だ、と心の中で付け足した。

村林はまだ答えずに、何かを考えこんでいる様子だった。

「うらやましい」

なだめるための言葉じゃなかった。

「俺には、その機会は永久に来ないんだ。オフクロの顔も知らない。写真でしか見たことない。赤ん坊の時に病気で死んだんだ」

まあ、ばあさんがいるからいいけど、と、急に照れ臭くなってお茶をにごした。

村林は俺をちろりと横目で見た。何かを言いかけてやめた。その何かをまた言い出さないうちに、背中を一発叩《たた》いて、俺のほうから先に逃げていった。

客はやってきた。なぜか婆《ば》ァがぞくぞくと押し寄せてきた。ばあさんは仕事柄、顔が広いが、どう、だまくらかして誘ったんだか、二人連れ、三人連れの婆ァが呑気《のんき》にあくびをしたり、けたたましくしゃべったりしながら二階の客間を埋めていった。

十河の友人も来た。一人は洗いっぱなしの髪が肩のあたりで四方にはねている、つなぎのGパンの快活そうな子で、もう一人はピンクの縁の眼鏡の似合う、真面目《まじめ》な中学生みたいな子だった。二人とも、猫に似ていなかった。十河もまた、この二人の前にいると、あまり黒猫らしく見えなかった。着物姿を冷やかされて、おおいに照れながら、つなぎのGパンが高校の、ピンクの眼鏡は中学の友達だと簡単に俺に紹介してくれた。

〝つなぎ〟は無遠慮に俺をじろじろ眺めてへへへと失敬な笑い方をするので、どうせ悪口ばかり聞かされてんだろうと言うと、大げさに否定して頭を揺するので、髪の毛がますます乱れて肩にちらかった。

「五月はさァ、演技が臭くて困ったもんだったけど、どう？　落語も臭い？」

その言い方から彼女も演劇をやっていたのかなと思った。バミューダパンツの劇団だろうか。今も続けているのだろうか。

「少し匂《にお》うかもしれない」

と答えると、〝つなぎ〟は、婆ァ連中の耳を畳に落っことすような声で大笑いした。

「でもさあ、良かったよ。この子、落ち込んじゃって、どうしようかと思ってたけど、落語なんてやるようになったんだもんね」

〝つなぎ〟の言葉に、〝ピンクの眼鏡〟がゆっくりとうなずいた。二人とも色々な事情を知っているようだった。俺がそれを知っていることまで知っているようだった。失恋した女の子が落語をしゃべると、友人が安心するのだなと不思議になった。孤立している少年が落語をしゃべると、クラスメートはどう思うだろうかと、ついつい考えていると、達チャン、と良に袖を引かれた。

村林が二人の男の子としゃべっている。

宮田かと思い、心臓がでんぐりがえったが、あの顔ではなかった。のこのこ近寄っていった。心臓はまだ裏になったままで、変な音をたてて鳴っていた。

村林は、「落語家の今昔亭三つ葉さん」と俺を紹介すると、「藤村、大谷、クラスの子や」と、出来るかぎり、さりげなさを装《よそお》って言った。その芝居は失敗だった。目も鼻も口も、今にも、ひこひこ動きださんばかりだった。驚きと喜びと不安。激しい感情すべてがないまぜになって、面《つら》の皮一枚の下にくっきり透けて見えていた。

藤村も大谷も、とりたてて変わったところのない男の子だった。どちらもポロシャツにGパン姿で、ありがちな顔と身体《からだ》つきの、いかにも、村林夫人が喜びそうな、〝普通〟の子だった。

夫人は見ていないフリをして横目で、息子と同級生をじっと眺めていた。その芝居も失敗だった。初心者の刑事の張り込みよりも露骨に、関心と警戒の色が現れていた。

「よく、来てくれたなあ！」

俺は心から叫んだ。もう頭を撫《な》でさすって骨がきしむほど抱擁してやろうかと思ったが、嫌がるだろうから遠慮した。本当によく来たものだ。宮田の子分ではなさそうだし、宮田に反旗を翻《ひるがえ》すタイプにも見えない。宮田の皮肉を誤解するほど頭が鈍そうでもなかった。

藤村のほうが照れたように、

「ヒマだし」

とつぶやいた。

「村林って絶対ヘンだよな」

と大谷のほうが言った。

「本当に落語やるの？ この人に習ったの？ なんで知り合いなの？ 親戚《しんせき》か何か？」

矢継ぎばやの質問に、村林がとまどったようにぼちぼち答えると、大谷ははっきりと強い興味を目の中に浮かべた。

「大谷は落語、好きなんか？」

村林が尋ねると、

「俺はよく知らないけど、うちのお母さんが白馬って人、ほら、お酒のコマーシャルやって温泉で泳いでる人いるじゃない？ あの人が好きでさ、テレビ見てるよ」

大谷は答えた。そして、俺のほうをむいてコマーシャルに出ているかと尋ねるので、俺は有名じゃないから出ていないけれど、草原亭白馬師匠はよく知っていると答えると、案外、尊敬の眼差《まなざ》しで見られた。

「村林って変わってるよな」

大谷はもう一度しみじみと言った。

「ちょっとさ、しゃべってみたかったんだ」

そこで、急に声をひそめて、

「学校じゃ、むずかしいだろ」

とささやくと、馬鹿《ばか》、と藤村が大谷の脇腹《わきばら》を肘《ひじ》で小突いた。そのやりとりだけでも、五年三組における村林の待遇がおおよそ想像がついた。

「宮田、来ねえよな？」

大谷は独り言のようにつぶやいた。

村林の顔つきが、ゆっくりと変わった。頬がかすかに赤らんで、目尻《めじり》と唇に緊張が走った。

「帰ったほうがええで。来たらどうする？」

横面を張るようにぴしゃりと言った。大谷は実際にビンタをくらったように、痛そうに目をつぶった。

「こいつもね、三年ン時、大阪から転校してきたんだよ」

大谷をかばうように言った。すると、藤村が言った。

「こいつ、よく、村林のこと言うんだ。今日も、こいつが行こうって言ったんだ」

村林は、まず大谷を、次に藤村をまじまじと眺めた。それから、ゆっくりと言った。

「ありがとう」

大谷と藤村の間の空間に、溜《た》め息をつくように静かに言った。

「俺、来てくれたん、ほんまに嬉《うれ》しいわ。落語、聞いたってほしいわ。そやけど、やっぱり、帰ったほうがええよ。もし、宮田来たら、二人のことよく思わへんで」

一度、言葉を切った。

「俺、そんなん嫌や」

カッコつけやがって、と俺は思った。

その時、かんだかい女の子の声が響いた。

「あーっ！　フジムラとオオタニだ。やっぱり、来てる！　誰かいると思ったあ！」

「げ！　斎藤！」

村林と藤村と大谷は声をそろえて言った。昨日、村林が阿呆《あほ》な女だと電話で言っていた斎藤という子らしかった。

「ミヤタ、来てるよ」

あっさりとボスも呼び捨てにして斎藤は言った。

「門のとこ。ノダとオグチとヨシザワもいるの。あたしに、中の様子見てこいってサ」

五年三組の四人は、それぞれの顔を探るように次々と見つめた。誰も、どうしたらいいのかわからないようだった。

「よーし。村林。お出迎えに行こう」

俺は腹に力を入れて声を出した。

村林は気づかうように、藤村と大谷の顔をもう一度見た。斎藤の顔も見た。

「みんなで行こう。みんなで、五年三組の宮田様ご一行を迎えに行こう」

そう言うと、小学生四人は、意外と素直に俺のあとについて、とことこと階段をおりていった。

20

宮田とあと三人の男の子たちは、向かいの家の生け垣に寄りかかるようにして、開け放しの門のあたりを眺めていた。あまり快適そうには見えなかった。風の強い日で、ゴミでも飛び込んでくるのか、皆、目を糸のように細めている。髪を炎のように逆立てている。

俺の着流しの泥大島の裾《すそ》も、はたはたと音をたてて翻った。すぐ後ろに控えている村林の短い袴《はかま》の裾もはたはたと翻っているのだろうなと思った。

俺たちを見て、子分の三人はハッとした表情を浮かべたが、宮田は顔色一つ変えなかった。よく日に焼けた皮膚と、茶色がかった長めの髪と、異様なほど長い手足と、侮蔑《ぶべつ》的な冷たい眼差しは、十一歳の少年の中では抜きんでて目立つだろうと思われた。青いままで出荷された形の美しいトマトを連想した。赤く色づく頃には、すかすかの味になる。十六歳になったら、宮田は、ひどくつまらない、すかすかの味の少年になっているそうな気がした。

俺が声をかけるべきか、村林に挨拶《あいさつ》させるべきか、一瞬、迷った。顔を出した以上、何も言わないのもかえってみっともないと思い、

「いらっしゃい」

大至急、営業用の微笑《ほほえ》みを製造した。

「さあ、どうぞ、中へ入ってよ」

宮田はまったく無視してのけた。

後ろをふりかえると、四人とも完全におじけづいていた。藤村と大谷はうつむき、斎藤は自分は関係ないと言いたいらしく、しきりにかぶりを振り、そして、村林はゼラチンを入れ過ぎたゼリーのようにプルンプルンと固まって震えていた。

まったく、そろって、情けない奴《やつ》らだ。藤村と大谷と斎藤は、まあ、いい。情けないのは村林だ。あれだけ、いきがっておいて、いざとなるとビビりまくってやがる。俺は村林の短い袴から突き出した脛《すね》を蹴飛《けと》ばしてやった。ひゃっと一声叫んだ。宮田の子分がゲラゲラ笑った。なんだあの格好は？　みっともねえ、と笑った。宮田のアイスコーヒーのような顔に薄い笑いが浮かんだ。俺は身体を押されるのを感じた。村林が俺の前へ出て、宮田の正面へとことこ歩いていった。

「よう来てくれたな。俺、待っとってん」

ようやく度胸がついたのか、すっきりと挨拶をした。宮田はまた無視してのけた。そして、藤村と大谷と斎藤に話しかけた。

「おまえら、そこで何やってんだよ？」

外見から想像したより、高い、割れた、不愉快な響きを持つ声だった。

藤村も大谷も斎藤も答えなかった。

村林が代わりに答えた。

「おまえと一緒や。俺を笑いに来たんや。そんなとこで笑てないで、中入って笑たらどうや？」

宮田は村林を見た。双方、澄ました顔で、じっと相手を見つめていた。俺は、突然、宮田の願望がはっきりと理解できた。へりくだった村林の姿が見たいのだ。村林は宮田を恐れはするが、恐れながらも一歩も引かない。それは、はなから恐れないよりも、はるかにしゃくにさわる態度だった。

村林優は、俺が知っている中で一番意地っ張りな男だった。そして、一番率直な男だった。とことん好きになるか、とことん嫌いになるか、その中間はないかもしれない。

宮田は明らかに一瞬迷った。このまま帰ってしまうのと、中へ入って徹底的に馬鹿にするのと、どっちが村林に与えるダメージが大きいか迷ったようだった。

「さ。入ってや。そこ、風、寒いやん」

村林が実に彼らしく、彼しかできない、率直な友好的なしゃべり方をしたので、宮田は逆らうことができなくなった。下手に逆らえば無様に見える。宮田ともあろう男が無様に見えるわけにはいかなかった。

駄々っ子をなだめるように大人びた笑みを作り、仕方がないなと肩をそびやかして門をくぐった。

宮田は自分の仕掛けた罠《わな》にはまったのだ。家の前まで来た時点で、もう逃げ道はなかった。綾丸良の言う通りだった。宮田はボスだからここへ来た。見張りにきたのだ。誰かが自分の気にいらないことを仕出かさないかどうか。そして、捕まった。

玄関の脇の階段をのぼると、そこは小さなホールになっていて、右手に便所があり、左に畳廊下がすっと伸びている。廊下に沿って三つの部屋が並ぶ。客間、水屋、茶室。客間と廊下との仕切りは戸障子で、今日は、階段に近い端を開けて出入口にしてある。

俺が八人の小学生を従えて入っていくと、中はもうぎっしりと人がつまっていた。水屋との境の押し入れの前に高座がしつらえてあり、そのゴザでくるんだマットレスから少し距離をとって、お客さんは畳にじかに三列になって座っていた。前方は、ほとんど、ばあさんの知人が占拠していた。村林夫人と十河の友人と良と湯河原は一番後ろの列にいた。

七人の小学生を四列目にして並べると、湯河原がふりむいて、品定めするようにじろじろと眺め、どうやら宮田の見当をつけたらしく、満足げな不気味な笑いを浮かべた。

宮田はギョッとした。ほかの子供たちもギョッとした。小山のようにでかい、黒と蜜《み》柑色《かんいろ》の縞《しま》のスーツに包まれた身体《からだ》が、悠然と二人分の場所を占めてあぐらをかき、特大のサングラスの下に特大の鼻があり、歪《ゆが》んだ唇がいっそう歪んで笑っている。テレビ画面の向う側にいるべき姿だった。アニメの悪役かバラエティーの悪役だ。彼がついこの間まで、本当にテレビ画面で活躍するプロ野球の悪役だったことを誰か気づくだろうかと思ったが、子供たちは沈黙していた。

もしサングラスをかけていなかったら、この場の誰かが湯河原太一に気づくだろうか。ふとそんな考えが頭に浮かび、顔を隠してきた湯河原の照れとプライドと怯《おび》えがひどく哀《かな》しい気がした。

初めて、湯河原がウチにやってきた時のことを思い出した。サングラスのほかにマスクまでしていたのに、村林は彼を見破ったのだった。

湯河原は宮田の観賞をやめて前に向き直り、宮田はほっとしたように肩の力を抜いた。

良が続けてちらりと振り返ったが、村林夫人は我慢して彫像のように堅く静かに正座していた。

俺と村林は廊下に出た。

「オッちゃん、宮田にガンつけてたな」

村林はおかしそうにつぶやいた。微苦笑は浮かんだかと思うとすぐに消え、思いつめたような真面目《まじめ》な目になった。

廊下では、十河が化け方を忘れた化け猫のように途方にくれてうろうろしていて、近寄ってくると、「あたし、どこにいたらいいのよ？」と尋ねた。

最初にしゃべるのは村林だった。楽屋という所がないので、狩野何某《なにがし》の屏風《びょうぶ》の後ろにでも隠しておくかと思ったが、それもかわいそうだから、中で聞いていればいいと当り前のことを答えた。

「宮田君、来たわね」

と十河は村林に言った。

宮田は、指名手配にでもなっているらしく、皆なぜか顔がわかる。

「来た」

村林は簡単に答えた。十河はうなずいた。そして黙って村林の顔を見ていたが、言いたいことがうまく口に出せないらしく、やがて村林のほうが「まあまあ」となだめるような言葉を口にした。どちらが年上かわからなかった。十河は化粧のせいか、いつもより白く見える頬を上気させた。そして、つっけんどんに言った。

「最初にやるほうが得よ。同じ噺《はなし》なんだからね」

「決まりらしいで。下手なほうが先にやるんやて」

村林は人を食った返事をした。

二人とも相手を気にいらなそうに眺めた。それでいて、意思の疎《そ》通《つう》は完璧《かんぺき》にでき、どちらも、さっきより少し緊張がほぐれたように見えた。

腕時計を見ると、ちょうど二時だった。

もう出揃《でそろ》ったかなと思った。宮田が気を変えて逃げ出さないうちに、ぼつぼつ始めるかと思った。

そこに、また新たな客がやってきた。小学生が二人、デブとヤセの男の二人。

男の子たちは村林を見つけると、ふっとんできて、やかましく騒ぎ立てた。水泳教室か塾の友達だろう。その二人は、五年三組の藤村や大谷とどこか似ているように思えた。もし、宮田とのいざこざさえなければ、藤村と大谷は、村林の親友になっていたのかもしれない。ろくに口もきいたことがないような仲なのに、ボスの目を気にしながら、おどおどビクビクとやってきた。彼らは少し間抜けなのだろうか、それとも村林以上に無鉄砲なのだろうか、明日から宮田のブラック・リストに載るのだろうか、宮田というのは、そもそもそれほど物騒な男なんだろうか、あれこれ悩んでいると、後ろからぎゅうと肩をつかまれた。驚いて振り向いた。

知った顔が二つ並んでいた。二つとも、そこにあるはずのない顔だった。

「だめだよ、君」

現在、体重百一キロの柏家ちまきは、ひよこ色のセーターを布袋腹《ほていばら》でぽっこりふくらませている。

「こっそり弟子をとって、こっそりお披露目をやったりしちゃアだめだよ」

「だめだよ、君」

現在、体重五五キロの今昔亭六文兄《あに》さんは、雀色《すずめいろ》のセーターを胸のあたりでだぶつかせながら言った。

「師匠に言いつけちゃうからね」

「違います！　弟子じゃないスよ！」

俺は前後を忘れて絶叫した。

村林と十河が跳び上がった。

兄さんとちまきは、村林の着物姿に大ウケした。そして、十河の着物姿に、ぽかんと口をあけ、目を細めて、うっとりと見とれた。俺は余計なことを言い出さないうちに二人を中へ押し込んだが、どちらかというと、階段から蹴落として、風呂場《ふろば》の湯船の水にでも沈めておきたいと思った。

出入口にしている戸障子の反対側を少し開けると、そこから高座の様子がよく見えた。

俺は村林に、もう十回くらいした説明をまた繰り返した。

「俺が挨拶に出て、村林の紹介をして引っ込んだら、出囃子《でばやし》が鳴る。三味線と太鼓の音をカセットに録音してある。それが合図だ。音が聞こえたら、ここから出ていくんだ」

村林はその先を代わりに口にした。

「座布団《ざぶとん》に座って、手ェついてお辞儀して、〝正面を切る〟んやろ」

「そうだ」

宮田は真ん中あたりに座っていたはずだが、いきなり目があったりしないかと心配になった。正面を切った時、うっかり下手な人物が視界に入るとアガるものなのだ。

「まあ適当にやれよ。わからなくなったら、ごまかしちまえ。ゴニョゴニョ言ってりゃ何とかなるもんなんだ。ごまかしきれなかったら、もう万歳しろ。俺が大きな声で後ろから教えてやる。それも愛嬌《あいきよう》だ」

とにかく安心させようとして、そんなことを言うと、村林は返事をせずにフーと息を吐いた。また腹式呼吸を始めたらしい。手に白い紙袋を下げているのは、さっき、湯河原がプレゼントだと渡していったものだった。

「なんだ。それ、持って出るのか？」

俺は中身を知らなかった。何だろうと思ってじろじろ見ていると、

「手には持たへん」

村林は妙な言い方をする。そして、また、フーと大きく息をつく。なんだか知らないけれど、お守りになるなら、腹にでも巻いていけばいいと思った。

「せいぜい楽しめよ」

両手で肩を押さえるようにトンと叩《たた》くと、フー、フーと吐息が返ってきた。

「じゃあ、行くからな」

こっちも緊張してきて、腹式呼吸を必要とした。フーと息を吐き出して、その三倍くらいの空気を肺に貯《たくわ》えてから、ゆっくりと戸障子の隙間《すきま》をすり抜けていった。

「ええ、本日は、落語発表会、『まんじゅうこわい、東西対決』に、わざわざお越しいただいて、まことにありがとうございます」

簡単に挨拶をして、すぐに紹介を始めた。

「初めに登場しますのは、生粋の浪速《なにわ》男。道頓堀で産湯《うぶゆ》を使い、姓は村林、名は優、人呼んで、甲子園のトラと発します。阪神タイガースのためなら、命もいらない、好物の

アイスクリームも食べない、花の十一歳。東西対決の西を受け持って、上方落語を一席うかがいます。『まんじゅうこわい』。どうか、最後までお楽しみください」

こんな紹介でいいものだろうか、柏家ちまきなら、もっとセンスのいいやつを出来るだろうにと冷や汗をかきながら高座を降りると、部屋の隅で綾丸良がテープレコーダーの再生ボタンを押すのが見えた。ばあさんの役目だったのが、間際《まぎわ》になってから、やっぱりボタンを間違えそうで嫌だと言い出して良に替わってもらったものだった。

三味線の音色が響いた。やたらと景気のいい音色だった。これを下座のお春さんに弾いてもらって録音するのにどれだけ苦労したかは俺一人の秘密だった。いや、六文兄さんとちまきが知っているのかもしれない。俺はお春さんに手間賃と口止め料を兼ねて、そばぜんざいと、クリームあんみつと、田舎汁粉と黒蜜《くろみつ》がけのところてんを一度におごったのだが、あの人はあまり口の堅いほうじゃない。

さて村林はどう思うだろう。いや、宮田はどう思うだろう。俺は宮田は八割方来ないと思っていたから、この録音を頼んだのだ。もしかすると、何かわからないかもしれない。わからないほうがいい。あまりにも挑戦的だ。あてつけがましい。

畳廊下に出て、村林の顔を見た。

入れ違いに彼は出ていったので、ほんの一瞬見ただけだが、満開の笑顔だった。そして彼の後ろ姿を見送って、俺は茫然《ぼうぜん》とした。宮田が『六甲おろし』を知らなくても、あの帽子が何かはわかるだろう。トレードマークのようにかぶっている、いつもの帽子とはどこか違っていた。でかい。ひとまわりも、ふたまわりも、でかい。あまりに大きすぎて、まともにかぶれなくて、後ろ前にしてつばを背中までひきずるようにしている。あんな巨大帽子を誰がかぶるのだろうと思った時にピンときた。もっと早く気付きそうなものだった。湯河原の帽子だ。おそらく、現役時代、タイガースにいた頃にかぶっていたものだろう。さっき、村林が手にしていた白い紙袋の中身だ。

大きな拍手と、大きな笑い声。

俺は膝《ひざ》がガクガクした。湯河原も中で首をガクガクさせているのではないかと思った。秘密に用意した演出が、偶然、二つピタリとハマッてしまったのだった。つんつるてんの七五三の着物に、頭が三つ入りそうなタイガースの本物の野球帽をかぶり、タイガースの有名な応援歌の『六甲おろし』の三味線にのって、村林は高座にあがっていったのだ。

俺は後ろの入口からそっと中へ入った。

村林は紫の座布団の上で、いつもより、ずっと小さく、ちんまりと見えた。とても聞いていられないと思った。逃げ出して外で待っていようと思ったが、彼が噺を忘れた時に教える役目が残っていた。

窓際の隅にテープレコーダーと一緒に座っている綾丸良の隣に正座した。良はすぐにこちらを向いて、指を二本たててピースサインを出した。二度、うなずいてみせた。村林がゴキゲンに登場したこと、それを客が喜んだことが想像できた。

十一歳の子供の上方落語、それもこんなキテレツな高座姿は、たしかに見物だ。客席は好意的な雰囲気だった。暖かい眼差《まなざ》し、笑ってやろうと待ち構えているような息遣い、俺はそういうものを素早く感じとって、やれやれと思った。ありがたいこった。

村林にそれほど緊張は見られなかった。ノリやすい性格の彼は、湯河原の帽子と『六甲おろし』の出囃子のおかげで、はずみがついたと見える。

マクラの、お化け屋敷、遊園地の恐怖のところを、威勢よくベンベンベラベラとしゃべり倒した。「ですわな」「ございますな」という語尾の関西弁は高い子供の声に馴染《なじ》まなくて、つんつるてんの七五三の着物よりもっと身体に合わない借着をしているようだった。

会場はごくわずかな、さざ波のような笑いに揺れていた。噺がおかしいというより、村林の全存在がなんとも目に耳に珍しい、楽しいという感じだった。六文兄さんと柏家ちまきの二人がヒヒヒヒ笑い続けているのは、元の噺をよく知っているので、そのあまりの落差に腹がよじれるのだろう。

村林はまだ客席に視線を配る余裕はなかった。目は客の頭上一メートルくらいの空中をゆらゆらとさまよい、そのあたりの村林一人にだけ見える噺のアンチョコでも探しているようだった。今のところ、つかえたり、忘れたりする気配はなかった。

マクラの最後の、家庭の「奥様方」が殺虫剤で油虫の息の根を止めようとして「ジョジョジョジョジョジョジョジョジョジョ」と追いかけまわすところを、膝で立って全身を揺すって、あまりに大げさに身振りをつけるので——俺はやり過ぎないようにいつも注意しているのだが——大きな笑いが起こった。村林は笑いをもらったことに一瞬ぽかんとした。しゃべるのをやめて不思議そうに客席を見渡している。その〝ぽかん〟がおかしくて客はまた笑った。村林はおなかをくすぐられた赤ん坊のような無邪気な笑みをもらし、それをまた客が喜んだ。

なかなか、いい雰囲気だった。面白い雰囲気だった。本職の高座では、まず見られない光景だった。

俺は五年三組の列を注目していたが、あれは、たぶん大谷だと思うのだが、明日からの身の上が案じられるほどにクスクスと身体を揺すってウケていた。止めようがないという感じだった。隣の、あれはたぶん藤村だと思うが、はらはらしたように横目で見ているのが、その視線の二人先に宮田がいるのが、実に意味深長だった。

俺の位置から宮田の顔は見えなかった。体育座りをして、長い足をもてあますように両手で抱えて膝にあごを埋めている。眠っているのやら、寝たフリをこいているのやら、上目づかいににらんでいるのやら。

村林の目が宮田を見つけ、とたんに顔からのんきな微笑が消えた。酸欠になったように、がぶりと息を吸いこんだ。しばらく、自分のいる場所を思い出そうとしているように眉《まゆ》をしかめて沈黙を続け、あんまり長いこと黙っているので、俺が我慢できずに前へ飛び出そうとした時、ようやく、おもむろに口を開いた。

マクラが終わって、噺に入る。

町内の皆が集まって、次々と自分が恐い物の話題を持ち出す。

「ヘビなあ。気色悪いなあ。……田んぼの真ん中で、あぜ道で、こんなことしてトグロまいているのを見るとゾワゾワゾワゾワするわ」

「クモやで。……天井から下へタラァァァァッと降りてきてね、そんで、畳の上へポンと降りよるんやけどね、こっちへ来るのかいなと思たらテテテテて行くこともあればね、向こう行くもんかいなと思たら、こっちトトトトトとトトトトトトトトトト！　という恐さもあるよ」

「まあ、ないことはないやろな。おまえは？」

「ムカデが駄目やな」

「なんで？」

「足が多いな」

「ムカデとは百足と書くくらいやからな。足は多いよ。足が多いのと恐いのとは、どうってことないでしょう?」

「いや、いかん」

「なんで、いかん?」

「なんで、いかんて。あれが、のっと、下駄はかしてくれてなこと、ゆうたら……」

「誰がそんなこと、ゆうたんや。おまえは?」

「アリさん」

「え?」

「アリさん」

「え?」

「アリさん」

「何?」

「アリさん」

「アリが恐いか?」

「あなた、アリの恐さを知らないですね」

マクラは勢いでやれたが、噺に入ると、とたんに拙《まず》さが目立った。無理もない。こういうふうに、登場人物の多い噺は本職でも実にむずかしいのだ。上下をつけるといって顔の向きと視線を変えることによって、しゃべっている人物の違いを出すのだが、二人以上になると、たいがい混乱するし、こうテンポの早い会話になると、首の体操みたいになってしまう。

十河は芝居をやっていたせいか、飲み込みが早かったが、村林は顔の向きを気にすると言葉を忘れ、言葉に集中すると首がぜんぜん動かなくなる。

今も、しゃべっている人間はゴチャゴチャだ。まあ、ここは、誰が何を言ったかがそれほど重要ではないので、大勢がワイワイやっている雰囲気が出ればいいのだ。

間の取り方はうまかった。関西人特有のボケとツッコミの感覚が身についているのか。ダーッと早口でツッコミ、ふっと間をあけてのんびりとボケるという会話の呼吸はなかなか良かった。だから、ボケの部分で笑いがとれた。笑い声が響くと、俺のほうはほっとして肩の力が抜ける。

「ええ、その、しかし、だいぶん長いこと生きてはりまっせ。今までほんまに恐いと思いはったことなんか、ただの一度もございませんのか？」

「うーん、恐いと思ったことな？　あ、ある」

「あ、やった。やっぱ、ございまんね？」

「あのな、まだ、あれ、ばあさんが達者な時分やったがな、こう手にいっぱいあった糊《のり》ね、みんなつけて浴衣《ゆかた》、洗濯したことあったけど、あの浴衣着た時だけは、こわかァ……」

大谷は爆笑した。藤村と斎藤の背中も揺れていた。宮田の友人三名も、あるいは、ほんの少し笑っているかもしれなかった。宮田だけは微動だにしていなかった。耳栓でもしているのだろうか。本当に眠ってしまったのだろうか。死んでも笑わないと決めて舌でも嚙《か》んでいるのだろうか。

俺は正面へまわって、ぜひ、宮田の顔が見たかった。いや、背後にとりついて、脇《わき》の下に手を入れてくすぐってやろうかと考えた。

村林は頑張っていた。まったく頑張っていた。彼がこんなにうまくしゃべったことは、かつてなかった。本番に強いタイプなのか、ここまでは、もう百二十点、二百点の出来だった。

中盤の怪談の部分に来た。ここはじっくり聞かせ、最後のオチで一挙に笑いをとるところだ。じっくり聞かせるにはそれだけの話芸が必要で、しかも、ちょうど客の集中力のとぎれる頃なので、村林には荷が重かった。

初めをガンガン飛ばしてきたので、少し息が切れている様子だった。声が小さくなり、聞き取りにくくなった。時々つっかえた。しばしば間違えた。やっぱり、ここは省いたほうが良かった。

宮田が退屈そうに首をぐりぐりとまわしはじめた。立ち上がって出ていきやしないかと心配になった。しかし、彼が寝ていないのはわかったし、これまでじっとしていたということは、実は、意外としっかり聞いていたのかもしれない。

早く怪談が終わればいい。いや、もうこんなに心配するのは身体《からだ》に悪いから、噺《はなし》そのものが終わってくれないかとつくづく思う。

村林の声がまた復活して、かんだかく響いてきた。ここは彼がひどく好きな部分だ。

「全身は濡《ぬ》れ鼠《ねずみ》、白地の浴衣が身にびちゃーっとまといついて、髪はザンバラ、顔は真っ青……」

稽古《けいこ》の時に、以前は必ず、自分で笑ってしまい、よく叱《しか》ったものだった。

「さっきぃ助けてやろうと、おっしゃった、おーかーたぁ」

この先だ。

「わあ、こわあ！　わあ、こわあ！　わあ、こわあ！　ああ、びっくりしたあ！」

ありったけの声で絶叫した。そして……。

絶叫の反動のように、フル回転したプロペラが止まってからもまだ震えているように、笑い出した。息を吸うように、引きつけるように笑い出した。

「い、ひ、ひ、ひ、ひ」

これには、会場中が吹き出した。

まさに、会場中。掛け値なしの全員。

「あーっ！」

村林は腕をいっぱいに伸ばして指さした。

「宮田が笑た！」

もう一度叫んだ。

「宮田が笑たァ！」

さらに叫んだ。

「やったァー」

客はわけがわからず、しんとしていたが、これまでおとなしかった五年三組が、いっせいに、堰《せき》を切ったように笑い始めた。まあ、なんというか、景気の悪い笑いではあった。忍び笑いというか、鼻を鳴らすようなのどがこすれるような。

宮田は思わず腰を浮かせて立ち上がりかけあわてて元に戻り、髪をかきあげた。

高座はもうめちゃめちゃだった。

村林は、なんだか目的を達して気が済んでしまったように、噺を中断したまま、ぼんやりしていた。

「こら！」

俺は怒鳴った。

「先をやれ！」

「あ、どこやったっけ？」

村林が真顔で尋ねてきたので、また爆笑が起きた。

「わあこわ、わあこわ、とわめくとこだ」

「その先、何やったっけ？」

村林はすいませんというように、ひょいと頭を下げた。俺も度忘れしてしまった。

「え？ 何だっけ？」

もう、まるで漫才だった。

「こら、こら、こら、こら、三つ葉師匠！」

柏家ちまきは半畳を入れるし、客は笑うし結局、続きを教えてやったのは十河だった。

そのあとは、まるで、いけなかった。詰まる、飛ばす、間違える、黙る、考え込む……。別人がやっているようだったが、どちらかといえば、こっちのほうが、いつもの村林の噺に近かった。客席には妙な緊張感がみなぎっていた。皆、はらはらしていた。退屈する暇も、白ける余裕もなかった。ある意味では、前半以上にしっかりと注目を浴びていた。笑い声はなく、神経質なピアニストのコンサートのように、咳《せき》をするのも遠慮がちだった。

「今度はねえ、濃いィお茶が一杯、恐い」

ようやく有名なサゲにたどりつくと、やれやれというような、よしよしというような、よくやったというような暖かい大拍手がわきおこった。

宮田がチラとでも拍手してくれればいいなと思ったが、彼はそれだけの度量はないようだった。大谷と藤村は拍手していた。立派な男達だと感心した。

中入りになって、宮田は真っ先に部屋を飛び出した。友人三人が続き、斎藤が続き、大谷と藤村も後を追うように出て行くと、村林も脱兎《だっと》のごとく駆けだした。

玄関に五年三組が集結した。

俺ものこのこついていったが、階段の途中で足を止めた。

「どうも、ありがとうな」

村林が長い噺をしゃべって、かすれた声で懸命に叫んだ。

「来てくれて、ありがとうな」

宮田以外は、皆、振り向いた。

「宮田！」

村林ははっきりと名前を呼んだ。

「最後までいてくれて、ありがとう」

宮田は身体の向きは変えずに、首だけわずかにひねって面倒臭そうに振り返った。

「俺、ほんまに、宮田に聞いてもらえるとは思てなかった。メチャ嬉《うれ》しかった」

村林が興奮状態のためだろう、あとで恥ずかしくなりそうな率直さでそう言うと、

「おまえは、みっともないな。なんか、こう最低にみっともないな」

宮田は独り言のようにつぶやいた。

「キライなんだよ。たまんねェんだよ」

割れて高い嫌な声でつぶやいた。俺は思わず階段を二段降りた。ぶんなぐってやろうと思った。いつか村林に冗談半分で宮田をノバしてくれと頼まれたことがあった。いい機会だ。

すると、村林が言った。

「そやから、笑たんやろ？」

真面目《まじめ》で落ちついた声だった。

「俺がみっともないから、宮田、笑たんや。落語は、人が自分よりみっともないと思て、安心して笑うもんやて、三つ葉さんが、ゆうとった」

宮田はそこで初めて村林の目を見た。黙っていた。言うことを思いつかないのだろう。

俺は階段の途中で、握った拳固《げんこ》で頭をかいた。そんなことをいつ言ったっけな。勝負、勝負と息巻いていた村林の耳に、そんな言葉が届いて住みついていたのが信じられなか

った。

村林は、本当に落語を一つ完全にモノにした。セコでも子供でも関係ない。何年も修業した噺家以上に噺家らしい噺家になった。宮田の侮辱に思わず拳《こぶし》を丸めた俺よりも上をいくと思い、恥ずかしくなる。悔しくなる。

「みっともなくないよ。面白かったよ」

大谷が蚊の鳴くような声でささやいた。その一言を言うのにどれだけの勇気を必要とするかを考えると、なんだか胸がつまった。

「俺な、明日から、東京の言葉しゃべるんや」

村林は大谷に向かってそう言った。

「へー。しゃべれんのかよ？」

宮田の子分の一人が冷やかした。

「しゃべれるで。ちょっと発音悪いけど」

村林が言うと、

「大丈夫や。すぐ慣れるわ」

大谷は関西弁で励まし、自分で驚いたように、あれ？　と笑った。

「つられたなあ。もう忘れた思てたのに」

「明日な」

と藤村が言った。

「明日な」

と村林が同じ言葉を繰り返した。同じ言葉なのにイントネーションがまるで違い、それは少年達の間の遠い隔たりのようでもあり、近づくために ジャンプする助走距離のようでもあった。

玄関に、もう宮田の姿はなかった。

俺はなんだか涙が出そうになって困ったので、あわてて二階へ引き返そうとして、誰かを突き飛ばした。謝ろうとした俺に、その誰かは声をひそめて「しっ」と言った。村林夫人だった。

二人でこそこそと二階へ上がり、階段のてっぺんまでくると、

「どうも、ありがとうございました」

と村林夫人は丁寧に頭を下げた。もう、この人の丁寧さはたくさんだった。

「お礼を言われる筋合いはありません」

俺はいらいらして言った。

「何も、何も、俺はいいことは、していません。明日……明日から……」

明日から、村林や大谷たちがどうなるのかまるで見当もつかなかったので、言葉が途切れてしまった。

「私は良かったと思います」

村林夫人は非常にきっぱりとそう言った。

「優は大丈夫だと思いました。そう思えたことをお礼申し上げたかったんです」

その言葉には救われたが、夫人に言いたいことがあった。

「お礼なんかより、そんなことより、彼に感想を言ってあげて下さい。どうでした？」

俺の言葉に、村林夫人は一瞬、絶句した。

「私は、私は、どうもねえ……」

突然、村林夫人から丁寧さが消え失《う》せた。

「ヤんなっちゃうわねえ。もう！」

そして、ケラケラと笑い出した。

明るい笑い声だった。玄関にいる村林に届くかと思われるような大きな声だった。

「そうですか」

と俺も笑った。

そして、村林がもう少し年をとっていれば東京の言葉など覚えなくてもいいのになと残念になった。すぐに慣れるだろう。大谷が言うように。大谷自身がそうであったように。それでも、村林は関西弁を忘れないでほしいと思った。そのために、上方編『まんじゅうこわい』を毎日しゃべるのもいいかもしれないと思った。

21

十河の噺《はなし》は安心して聞いていられた。

低くはっきりと響く独特の声。大げさだがわかりやすい表情と仕草。村林の後で見るとまぎれもなく正統派の品がある。しかし、客はあまり笑わなかった。同じ噺でネタが割れているということもあるが、なまじ達者なのが災いしている。正統の芸で笑わせるのは、本職でも至難の業なのだ。誰かが笑ったり笑わなかったりすることで明日からの生活に変化が生じるわけではないが、ウケない高座はつらいだろうと、かわいそうになった。

しかし、わからないものだ。村林は危なく、十河は大丈夫だと簡単に考えていた。高座の出来はまさにその通りだったが、客のウケは違っていた。

こうして、少し離れた場所でじっくりと聞いてみると、やはり、十河五月という女に、落語は似合わない。おもしろおかしい台詞《せりふ》を巧みにしゃべっても、どこか侵しがたいひやりとした静けさが北国の凍土のように底にあって、噺の温度を下げている。それを自分でも意識しているのか、盛り上げようと頑張って、演技過剰気味になる。どこかに無理がある。ちぐはぐな印象を与える。痛々しくさえ見える。

十河の芝居を「臭い」と友人が笑っていたことを思い出した。恋人にダイコンと痛めつけられたことも思い出した。おそらく十河は芝居も、かなり達者に見事にやってのけるのだろう。そして、やはり、うまければうまいほど、ちぐはぐで痛々しいのだろう。

若竹色の華麗な着物を身につけても、白い化粧をしても、十河は黒い猫に似ていた。出囃子《でばやし》に俺が選んだのは『まいごのまいごの子猫ちゃん』と始まる童謡だが、座布団《ざぶとん》の上にいるのは、少し気取って、一人遊びをしている器量のいい黒い野猫だ。飼い猫になっても、どれだけかわいがられても、すぐにどこかにすっと姿を隠してしまう気紛《きまぐ》れな猫。人になつかない猫。

十河の二人の友人の姿が目に入った。どちらも、とても気立ての良さそうな女の子だった。そして、彼女達と一緒にいる時の十河はなかなか、どうして、感じのいい、当り前の女の子に見えたのだ。

猫が女の子に化けるのだろうか。それとも女の子が猫に化けるのだろうか。

あの黒猫は誰にもなつかないのではなく、俺になつかないのだ、と、ふと思った。そう思った時、胸をついた酸《す》っぱい感情にとまどった。十河は俺を嫌いじゃないと言ったが、俺よりも、良や湯河原や村林のほうが好きかもしれない。いや、たぶん、そうだろう。だからといって、どうだというのだろう？

噺の途切れる心配がないので、余計なことばかり頭に浮かんでくる。きっと、疲れているのだ。村林と宮田のせいで、いいかげん、くたくたに疲れているのだ。

十河の噺は、礼儀正しい、盛大な拍手のうちに終わった。ちゃんと聞いていないで悪かったと後悔しながら、俺も加わった。パチパチと手を鳴らしていると、終わりという実感がこみあげてきた。本当に何もかもが終わった。


井の頭公園を歩いている。

相変わらず、風が強かった。夕暮れになると、まだ真冬のように冷たい風だった。すでに日は落ちていたが、あたりはぼやけた白い黄昏《たそがれ》だった。木立が風になぶられている。裸の枝が、新芽をつけているはずだがまだ黒々とした寒そうな枝が、何かを訴えて身をよじるように大きくしなって揺れていた。

白い夕闇《ゆうやみ》の中に、白い街灯が光る。

明るいような、頼りないような、寂しいような、実にはっきりしない明かりで、今の俺の気分によく似ていた。

俺は泣いてしまったのだった。

余興として、俺が小咄《こばなし》をやる代わりに、兄《あに》さんとちまきを無理やり引っ張り出して、みんなで、かっぽれを踊った。発表会はにぎやかに終わった。いつもの面子《メンツ》だけが残って、片付けをやった。なぜか、いやにひっそりとした片付けだった。最後の踊りが盛り上がっただけに、落差が身にしみるほどひっそりしていた。

後日、打ち上げをやろうと約束して、今日は解散した。俺は門のところまで送っていった。なぜか、永遠の別れのような気がした。

馬鹿《ばか》な話だった。良は従弟《いとこ》だ。村林は近所だ。十河はばあさんのお茶の生徒だ。湯河原だって電話一本で約束して簡単に会うことができる。

寂しく思う必要は何もない。

涙の出るわけなんて、一つもない。

皆、ぶったまげて、言葉も出ずに、まじまじと俺を見つめていた。もう、とりつくろいようもなくて、早いとこ立ち去ってくれないかと願ったが、瀕死《ひんし》の重傷を負った男を見るように、ただ、おろおろとして目が離せないのだった。

「色々、大変だけど、頑張ってくれ」

俺は仕方がなくて、指で目をぬぐいながら誰にともなく、意味のあるような、ないような変な挨拶《あいさつ》をした。

長い沈黙が続いた。

説得力のある、やけに雄弁な沈黙だった。ここで、簡単に「うん」とか「ああ」とか言わないのが、この連中の特色だった。沈黙で始まった付き合いを、終わりにしないため時間が環《わ》になってつながっている。沈黙で始まった付き合いを、終わりにしないためにまた沈黙でつなげて、その丸い形の沈黙の中で、互いに何かを語り合っている気がした。ずっと黙ったままでいるのかと思った。誰も帰ることができずに、ずっとこのままでいるのかと思った。

俺の間抜けな涙もかわく頃になって、ようやく、湯河原が「あのなあ」と言い出した。「始まるまで内緒にしておくつもりだったんだけどな」と前置きして、その救いがたい場面の呪縛《じゅばく》を解くような話題を一つ提供してくれた。

公園を出て、ほたる橋を渡り、旧玉川上水の脇道《わきみち》をぶらぶら歩く。上水の水は涸《か》れている。足元の土には去年の落ち葉がまだ残っていた。道は狭く暗かった。水のない川におおいかぶさるように生えている自然林の樫《かし》だか椎《しい》だかの常緑樹の葉はくたびれはてて汚く、春を待ってまもなく落ちようとしている。

人っ子ひとりいなかった。鴉《からす》の一羽もいないようだった。白い黄昏がここでは濃い霧のように重く湿って感じられた。

陰鬱《いんうつ》な景色なのに、わずかな明るさを秘めていた。早春の独特の暗さと明るさだった。

やがて、蕾《つぼみ》が新芽が花に葉に開いていく、その期待感をにじませて、冬に疲れた万物がまだ長い沈黙を守っているのだ。

つい今しがた別れてきた仲間の沈黙のことを考えた。彼らの沈黙が早春の沈黙であれと願った。

湯河原太一はテレビのCMに出ることになった。それは大人気のビールのCMで、プロ野球のOBが作る架空のチームのエピソードをシリーズにしていた。チームは架空のものだが、エピソードは本物だった。記録より記憶に残る男達の物語だった。

CM出演それ自体は過去の勲章にすぎないかもしれない。しかし、〝選手、湯河原〟がテレビ画面に甦《よみがえ》り、四十過ぎの下駄顔の男が街を歩くのにサングラスを必要とするようになるのは間違いなかった。

――家のローンがきつくてね。

それだけがCMに出る理由のように湯河原は話した。

――女房はスーパーのレジのパートを楽しんでるけどな。嵐《あらし》のように猛烈にレジが打てるんだとさ。

リカちゃんが、リカちゃんハウスを守るために出陣しているのだ。そして、リカちゃんの亭主は小さな焼き鳥屋で、相変わらず客の名も覚えず、つくねの串《くし》をこがしながら、家のローンのために、家族の生活のために、自分自身が生きるために働いていた。

生徒の名前だけは正確に覚える綾丸良は、武蔵野グリーン・テニスクラブのコーチに戻って悪戦苦闘の日々を送っていた。まだ、だいぶ吃音《きつおん》は出るらしい。しかも、それを嘲《あざけ》って笑う子供がいるらしい。奈々子《ななこ》ちゃんと和美ちゃんというのだと良は話した。へたくそなフォアのグラウンド・ストロークをどうにかしてやろうと思ってるのに、注意をきかずに挙げ足をとって笑うだけなのだそうだ。

——夢の中まで出てきて笑うんだ。でも、夢ではあの子らのフォアハンドはものすごくイイんだ。だから僕は嬉《うれ》しくて一緒に笑うのにそれは夢でさ、現実は、奈々子ちゃんと和美ちゃんのフォアはやっぱり最低なんだ。

良と湯河原は一緒にゴルフに行く計画を立てていた。良の父親が有名なカントリー・クラブの会員で、湯河原のファンだという同僚の心臓外科医と四人で〝親睦《しんぼく》と闘争の一日を過ごす〟のだと良は言っていた。

ふと足音が聞こえたような気がして、後ろを振り向いた。風の音か。こんな寒い夕暮れに、こんな寂しい林道で散歩する人間が、ほかにいるとも思えなかった。考え事をするより追い剝《は》ぎに遭うほうがふさわしい場所だ。

少し気味が悪くなって立ち止まり、しばらくの間、背後を探るように眺めていた。人の気配はしなかった。骨にしみいるような冷たい風だけが、木立や水の涸れた川底の草をわらわらと揺らしていた。

この玉川上水を少し遡《さかのぼ》ると三鷹《みたか》に出る。村林の家は吉祥寺より三鷹に近く、太宰治や森鷗外《おうがい》の墓のある禅林寺の裏手にあった。

村林は、今頃、何をしているだろうと考えた。父親と姉に今日の話を聞かせているだろうか。それとも、湯河原にもらったタイガースの帽子に顔を半分埋めてなんとか鏡を見ようと、つばをいじくっているだろうか。

明日は月曜日で学校があるのだ。もうじき三学期は終わりだが、やがて新学期が始まって、宮田ともう一年付き合うことになる。

宮田は今日のことをどう考えるだろう。恥をかかされたと思い、ますます態度を硬化させるだろうか。それとも、村林の率直さに、あっけらかんとした間抜けさに、少しは毒気を抜かれただろうか。大谷と藤村は村林の友達になってくれるだろうか。それとも、宮田が邪魔をするか、まとめて敵視するか。

何もかも、わからなかった。明日が昨日より少しでもマシな保証はどこにもなかった。

ただ、良いことが二つあった。

彼を嫌っていない級友がいることを村林が知った。

村林の母親がはじめて息子の噺をきちんと聞いて納得してくれた。

染料を水に落としたように、みるみるうちにあたりが青く暮れてきた。雑木林も乾いた川も、暗い青の中に溶けこんで色や形を失っている。俺も身体《からだ》の輪郭や重量を失い、青いもやになったような気がした。物がはっきり見えないのも、自分自身も見えなくなるのも快かった。ゆるゆる、ゆらゆらと暗い青の中に漂っていると、心がひどく疲れていて、その疲れが寂しい静かな夕景に吸われていくことがわかった。

こんな疲労は覚えがなかった。

約一年。

こんな奇妙な人との関わり方をしたことはないし、こんな奇妙な同情や腹立ちや責任を感じたこともなかった。今日で、ひとまず幕が降りた。結局、自分は何をして、何をしなかったのか。何かをしようと思ったこと自体、今になると、ずいぶん不遜《ふそん》な気がした。

良も湯河原も村林も十河も、一年前の問題をいまだに抱えこんでいた。それでも、彼らは一年前より、少し、ほんの少しばかり元気になったかもしれない――と自分を慰めるように思ってみた。

かすかに花の香がした。

沈丁花《じんちょうげ》の匂《にお》いだった。こんなところに、あの花があるのかと不思議になった。庭木か生け垣じゃない野生の沈丁花など見たことがなかった。本当にかすかな、それでいて、身体に震えが走るほど鮮烈な香りだった。

その香りは誰かを思い出させた。十河だった。今日一日、十河はこんな匂いをあたりにふりまいていた。化粧と同じように珍しい十河の香水。そうだ。香水だ。花の香じゃないぞ。本物よりもう少しきつい、ややくどい。

強い風が吹き抜けた。

芳香の元をたどると、それは川縁《かわべり》のひょろりとした落葉樹のあたり。その細い幹から、何か黒いものが流れ出て、ひらひらと風になびいた。青黒い薄暗がりの中で、なお黒々とした、そのしなやかなものは、長い髪の毛を思わせた。

「トカワ?」

夢でも見ているようにぼんやりと問いかけると、相手はまだ姿を見せずに木の後ろから、

「トヤマ?」

と聞き返してきた。

まぎれもない、十河の声だった。

しかし、俺の本名を呼び捨てにされたのは覚えがなくて、なんだか正体不明の化け物に向かうようにおそるおそる近寄ると、細い木の幹の裏側で肩をすぼめるように縮こまった人影はやはり十河のようだった。

「なんなんだ?」

俺が独り言のようにつぶやくと、

「合い言葉」

と木の裏側から答えが返ってきた。

「私が自分の名前を言った時、あなた、そう言ったでしょ。トカワとトヤマで合い言葉みたいだって。覚えてない？」

俺はしばらく考えて、やっと思い出した。

「あの時、君はものすごく、つまらなそうな顔をしたよなあ」

その癖、覚えていて、こんなところで、実演してみせるのだ。

「なんで、ここにいるんだ？」

俺はさっきするはずだった質問をもっと明確に口にした。

ようやく、十河は木の精か、樹下の幽霊のように、ふわりと幹から離れて、こちらに寄ってきた。白いハーフコートが闇に浮かんで見えた。コートの下は身体にぴったりとした泥棒向きの黒いセーターとGパンだった。発表会の片付けをする前に、さっさと着物を着替え、結った髪をほどき、口紅までぬぐってしまったのだった。

十河が俺の目の前に立つと、沈丁花の香りが淡く匂った。香水だけは取るのを忘れたのか、こういうものは取れないものなのか。闇で顔の表情が見えにくいだけに、余計に嗅覚《きゆうかく》が敏感になっているようだった。

「ビコウ」

と十河はいつもより、さらに低い声でゆっくりと答えた。ビコウが尾行だとわかるのに少し時間がかかった。文字がわかっても意味はわからなかった。相手が十河でなかったら、からかわれていると思っただろう。この女は言葉にひねりをきかせることはできるが、行動は不器用で芸がなかった。俺といい勝負だ。「尾行」というなら、本当に用があって後をついてきたのだろう。

「どこから？」

と俺は尋ねた。ごくごく個人的な時間をのぞき見されたことには、なぜか腹が立たなかった。腹を立てるべきだと思った。何もかも終わったと思って、ぼんやり、のんびり、一人で疲れているところを邪魔されたのだ。

「お宅に戻ったら、先生があなたは何も持たずにぶらりと出かけたとおっしゃるから、公園に行ってみたら、池の脇で……」

ためらうように一度言葉を切った。

「もっと早く声をかければ良かったんだけど決心がつかなくて」

決心という言葉が十河らしかった。俺に声をかけるのに何の決心がいるんだろう。阿《あ》呆面《ほうづら》で珍しくぼんやりしているから遠慮したのか。おかしくなった。こういう女だから、尾行されても孤独な思考を邪魔されても腹が立たないのだと思った。

「この寒いのにね」

笑いを含んだ声で言った。

「散歩する馬鹿《ばか》がいると思ったら、後をついてくる、もっと馬鹿がいた」

「言いたいことがあって」

笑いのまったくない声が返ってきた。喧嘩《けんか》を売るような声だった。いったい何をしくじっただろうと考えたが、あれこれあるはずだが、とっさに頭に浮かんでこなかった。

「今日、言わないと、もうずっと言えないような気がして。言えないと、一生、後悔しそうな気がして」

もう完全に暮れた闇の中で、十河の瞳《ひとみ》を探した。まっすぐに、こちらを見つめているのが見えたような見えないような。大きな真っ黒の光のきつい瞳が。

「前に、言いたいのに言えないことがあるかって聞いたわよね？」

相変わらず喧嘩の声がしゃべる。

「あなた、手伝ってくれるって言ったよね？　助けてくれるって」

「ああ」

俺はうなずいた。その後でこっぴどく、やっつけられたのだ。馬鹿だの、おせっかいだの。

「手伝ってよ」

「何すりゃいいんだ？」

「間抜けな声を出さないでよ」

「地声が間抜けなんだ」

「笑わさないでよ」

「それが商売だ」

「個人的なことよ！」

かんかんになって怒鳴るので、俺は当惑して十河の肩を両手でつかまえた。

「わかった。真面目《まじめ》に聞くから。ちゃんと聞くから。寒くても聞くから。一時間でも二時間でも一晩かかっても聞くから」

肩に乗せた手に力をこめた。

「さあ、どうぞ。どんな文句がある？」

「馬鹿じゃないの？」

「それは何度も聞いた」

「何度でも言うわよ。私はね、お礼が言いたいのよ」

十河の肩にいっそう力が入った。これ以上力んだら、耳に届く究極の怒り肩になって、二度と元に戻らないような気がした。

「ほおずきのね、お礼を言ってないでしょ」

干上がった玉川上水に飛び込んで溺死《できし》しちまえと言われたほうが、まだ驚かなかった。俺はあやうく足をすべらせて、暗い川底に転げ落ちそうになった。

突風と呼んだほうがいいような強い風が吹いてきて、十河の髪が肩の上で暴れた。俺の手の上を髪はなめらかに、しなやかに、くすぐるように、するするとこすっていった。

その髪を両手ですくいあげていた。冷たい湿った柔らかな手触りだった。流水のようだと思った。何か大きな願いがかなった気がした。この髪に触れてみたかったのだ。いつかお下げにした奴を引っ張ったことはあるが、そんなふうじゃなく、こんなふうに。黒猫のなめらかな毛皮をそっとさするように。

十河が腕の中にいた。俺が抱いたのだった。黒猫をそっと持ちあげて胸に抱えて、逃げ出さないかとはらはらしながら息をつめているように。

猫は逃げなかった。

猫ではなかった。人間の女だった。無愛想で芸のない女だった。無愛想で芸がないぶんどこかが汚れずにいる女だった。稀《まれ》に見る美女らしいが、内側はもっと美しかった。

俺はいったい、いつから十河に惚《ほ》れていたんだろう。

あつぼったいコートの下の細い身体は、力がはいってこわばっていた。猫にあるまじき身の硬さだった。いや、猫ではない。俺は十河を離した。

謝るべきだろうかと一瞬激しく悩んだ。

「なんで、それをさっさと言わないんだ?」

俺は自分の舌をひっこぬいて、地面を掘って埋めてしまいたくなった。自分の舌が思い通りにならないのは十河だけじゃなかった。

しかし、十河は怒らなかった。

「あんまり嬉《うれ》しかったから。嬉しすぎて……」

台本の下読み中に、うっかり口が動いて声に出たようにしゃべった。

「あなたはちょっとした気紛《きまぐ》れなんだろうけど、私は本当に嬉しかったから。あんなふうに優しくしてもらうと恐くなるの」

十河にそんなに素直にしゃべられると、俺が恐くなった。

「男の人は、最初は私に優しいけれど、必ず冷たくなるから。必ず、私を嫌いになって逃げてしまうから。そんなことばっかり繰り返してきたから」

「嫌いじゃない。嫌いにはならない」

嫌いどころか、と言おうとしたが、

「すぐに嫌われると思ったのよ」

十河は俺の言葉が聞こえてないように、ひっそりとつぶやいた。

「びくびく待っているのがいやだったの。さっさと嫌われてしまえと思ったの。馬鹿よね。落語なんかやめてしまえばいいのに。毎回これで終わりにしようと思ったのに、やめられなかった。楽しみだったのよ。落語が面白いのか、他の人のことが気になるのか、あなたに会いたいのか、よくわからなかったけど」

あなたに会いたい、という言葉だけ耳に残って、あとのことは理解できないまま消えてしまった。十河は俺が好きなんだろうか。俺が十河を好きなのと同じくらい好きなんだろうか。

「あなたにはわからないと思う」

十河は妙にいかめしい声で言い出した。

「あなたは人に嫌われたことがないと思う」

「とんでもない！」

「本当には絶対に嫌われたことないと思う」

十河は強情に言い張った。

「私はそういう人はずっと避けてきたの。そういう人が恐いの。そういう人に嫌われたら自分が生きていく価値がないような気がするのよ。だから、嫌な奴とばっかり付き合ってきたわ。人に嫌われて一人でこっそり傷ついてるようなひねくれた男と」

「君は俺が間抜けだと言いたいんだな？　誰にも嫌われない男なんて、ただの間抜けだ」

「あなたは間抜けよ。大の字のつく間抜け、折り紙付きの間抜けよ」

十河はずけずけと言い切った。

「私はあなたを好きになっちゃいけないのよ。すごい危険人物だわ。冗談じゃないわ。なんで、ほおずきなんてくれるわけ？ ほかに好きな人がいるんでしょ？ そう言ってたじゃないよ」

「あげたいと思ったんだから仕方がないだろう！」

俺はわめいた。

「好きな人は十河だ。ほかの誰でもない」

郁子さんのことが頭をかすめた。今、言ったことに嘘《うそ》はなかったが、少し省略が多すぎるかもしれない。

十河にほおずきをあげた時、俺は郁子さんに恋をしていると思っていた。そして、その恋を失って深く傷ついたはずだった。失恋の胸の痛みは、自分でも気付かないうちに、皮膚のすり傷が自然に治るように、消え失《う》せていた。村林が失踪《しっそう》し、一門会があり、発表会があり、てんやわんやの気分でいるうちに、いつしか忘れてしまった。のんきな失恋だ。これを失恋と言ったら、失恋の本家本元を名乗る十河が怒るだろう。

「あこがれていた人がいる。ウチにお茶を習いに来てるから、十河もどこかで会っているかもしれない。俺の日本舞踊の師匠のお嬢さんだ。おっとりした古風な人だ。お菓子や絵や花を好きだというように好きな人だった」

郁子さんは桜餅《さくらもち》、歌川広重の浮世絵、薄青の朝顔の花。今でも胸がときめくが、目の前の暗がりに突っ立っている、郁子さんとは似ても似つかない、とんがり女への気持ちは、そんな、のどかな、ほのぼのとした、生やさしいものではなかった。

「君はおよそ俺の好みじゃない。俺は美人は苦手だし、色の黒いのも、細っこいのも、目がきついのも、妙な服を着たがるのも、好きじゃない。でも惚れたんだ。理屈じゃない。カルチャースクールで師匠の講演を無視して出ていった時から十河のことが気になって仕方なかった。一目惚れかもしれない」

「無茶苦茶な言いようね」

十河はうめくように言った。

「あなたは私が頭にきているだけかもしれないわよ」

「たしかに腹は立つ。メチャメチャ立つ」

俺はゆっくりとうなずいた。

「惚れてでもいなけりゃ、これだけ頭にこない。俺はずっと怒ってたんだ。ほおずきのことだ。あんなおセンチな馬鹿をやって、まるきり無視されて」

「だから、あれは……」

「まだ、お礼とやらを聞いてないな」

十河の口は瞬間接着剤でぴったりと永久に閉じたみたいだった。

「言わないと一生後悔するんだろ？」

それでも、十河は言葉を発しなかった。

いきなり、俺を突き倒すように身体《からだ》ごとぶつかってきた。何かの格闘技のようだった。どうせ飛びかかってくるのだったら、もっと優しく軽やかにふわりとやれないものか。猫にあるまじき、ぶきっちょな振舞だ。乱暴な猫だ。いや猫じゃない。

髪が氷のように冷たかった。寒さのためか興奮しているのか、十河はがたがた震えていて、俺も暖められるほど体温は高くないなと思いながら、そっと抱きしめてみた。十河はいっそうひどく震え、その震えを止めようとして俺の腕に力がこもった。

どこか暖かいところへ行くべきだろう。暖房のきいた喫茶店で湯気のたつココアでも注文して、相手の顔を見ながら、ゆっくり語ることがたくさんあるはずだった。

でも、どんなに寒くても、どんなに暗くても、俺はどこへも行きたくなかった。

ごわごわしたハーフコート、氷水のような髪、ようやく震えるのをやめて力を抜いた、しなやかな身体、確かな手触りと手応《てごた》えで、十河は俺の腕の中にいるのに、次の瞬間にはふいと消えてなくなりそうな気がした。明け方に見る甘やかな危険な夢のようだった。

沈丁花の香りに酔っていた。

すがすがしい、淡い、早春の香りだけを、抱いているようだった。

井の頭公園に戻ってくると、寒さがいよいよ身にしみて感じられた。俺たちは一昔前の中学生のカップルのように、十五センチの間隔をあけて並んで歩いていた。

街灯の明かりで盗み見た十河の横顔は、無愛想で少しぼんやりしていた。いつもの顔であって、いつもの顔でない。急に、激しい動悸《どうき》がしてきた。動物的な衝動につき動かされて破壊的に十河を攻撃したくなり、同時に、一人になって、新しいノートの一ページ目に日記でもつけたいようなセンチな気持ちになった。

「今日は大変だったな」

俺はこれ以上の沈黙に耐えられなくなって声を出した。

「そうだね」

と十河は他人事《ひとごと》のように答えた。

「君はいい出来だったよ。あまり笑ってもらえなかったけど、少しうますぎたんだ。まああれだけやってくれたら俺の顔も立つさ。村林がなにしろ、あれだから……」

「あ、笑ってもらえなかったんだ？」

十河はいよいよ他人事のように言った。俺が一瞬ぽかんとすると、十河は照れた笑みを浮かべた。

「私、だめなんだ。お客の反応って、ぜんぜんわからないの。いつも、そう。なんか世界にひたっちゃってね、一人で勝手に突っ走っちゃうから、ほんとダイコンなの」

俺はバミューダパンツのことは思い出さないように極力、努力した。

「村林君はすごいよ。あれだけ、のびのびとやって、宮田君をちゃんと見てたものね」

「子役と動物には、かなわないんだろ？」

「並みの子役じゃないわよ」

それは同感だったので、うなずいた。

また芝居をやればいいのに、そんなにのめりこむほど好きならやればいいのに、と言おうとして、いつもは軽率にすべる口がなぜか動かなくて、やはり、バミューダパンツに焼き餅でもやいているのかと困惑した。

「私はね、中学に入った頃から、ずっと自分が嫌いだった」

十河は回想録でも読み上げるように重々しい声で言い出した。

「本当に本当に本当に嫌いだった。お芝居をやってる時は、自分じゃない人になれるからすごく幸せだったの」

また、あなたにはわからないでしょ、と言われるかと恐くなったが、十河は俺などいないかのようにしゃべり続けた。

「でもね、その役になりきっているつもりでも、どこか底のほうに私自身が残っていて、邪魔するのよ」

「それは役者の個性じゃないか」

「違うの。そんな、いいものじゃないの。洗い忘れた紅茶茶碗《ぢゃわん》の底みたい。茶色く染《し》みついたような自分が残ってるの」

十河は自嘲《じちょう》気味にほっと溜《た》め息をついて、俺のほうを見た。

「私は、私から逃げるのをやめようと思ったの。どんなに嫌いな自分でも真っ向から見つめてみようと思ったの。また落語なんてやって、没頭しちゃったけど、でも、あれは、ちゃんと十河五月のやる落語だったのよ。ウケなかったかもしれないけど」

そこで、ふわりと笑った。

「あなたに会えてよかった」

十河というのは、本当に思いがけないタイミングで思いがけない言葉を口にするのだ。

「みんな、そう思ってるのよ」

「さあ、どうだろうね」

十河が言うなら本当だろうと信じたが、照れ隠しにそんなことをつぶやいた。

「まだ誰からも感謝されてないの？ ひどい連中ね」

十河はくすくすと思いだし笑いをした。

「本当は、最後に言うつもりだったんじゃないかな。少なくとも村林君なんかは。あなたが泣いたりするから悪いのよ。あれで、お礼の言葉も、お別れの言葉も、何もかもぶっとんじゃったのよ」

「そんなの聞きたくないよ。だから、泣いたんだ」

俺はなるべくぶっきらぼうに聞こえるようにつとめたが、やはり浮かれたヘラヘラした声になった。

「ただし、君は別だ」

せいぜい渋くキメようとして失敗した。

「お別れはいらない。お礼を言え。さあ、お礼を言え。さあさあ、さあさあ、ありがとうと言ってみろ」

「言ったじゃないさ」

ちょっと伝法な返事が返ってきた。

そうなのだった。単なるお礼以上の言葉を言ってくれたのだった。俺に会えてよかったと言ってくれたのだった。

俺は十河の手をとった。こんな冷たい手に触れたのは初めてで、びっくりした。

「どこか暖かいところへ行こう」

俺はもっとずっと前にするべきだった提案をした。

「どこがいい？」

公園付近の喫茶店を頭に並べていた俺に十河はとんでもない返事をした。

「お宅のお茶の間がいいわ」

「ばあさんがいるぞ」

「いいじゃない」

十河を連れて帰ったら、ばあさんは喜ぶだろうなと思った。それだけで、俺はすごく暖かい気持ちになり、身体まで暖まってくるようだった。

俺たちは、俺の家の茶の間を目指した。

こたつがあり、ばあさんがいて、熱い渋いお茶の一杯もいれてくれる場所だった。

一刻も早く帰りたいと思い、手をつないで二人で走るようにどんどん急いだのだった。

解説

北上次郎

本書がもう文庫になるのかと思うと感慨深い。本書の元版が刊行されたのは１９９７年の夏だが、当時の興奮がまだ鮮やかに残っている。のちに本の雑誌でその年度のベスト１小説に輝いた長編でもある。ではなぜ、それほどこの長編が突出していたのか。

ある意味で、話は簡単だ。対人恐怖症のために仕事をしくじりかけている青年がいる。口下手なために失恋した娘がいる。生意気なためにクラスで苛《いじ》めにあっている小学生がいる。あがり症のためにマイクの前に座ると途端に無口になる野球解説者がいる。ようするに、自分を表現することが苦手なために、周囲とぶつかっている人間たちだ。世の中と折り合いがつけられずに苦しんでいる人間たちだ。ひょんなことから彼らが若い落語家のもとに集まってくる。落語を覚えようというのだ。それが何の解決になるのか、誰にもわからないが、とにかくそういう展開になる。ところがなかなか落語は覚えないし、彼らの仲は悪いし、素人《しろうと》に教える若い落語家のほうにも恋と仕事の迷いがあるので（つまり人に落語を教えている場合ではない）、事態はうまい具合に進展しない。

本書はそういう話である。幼時虐待《ぎゃくたい》も出てこないし、派手な殺人事件も起こらない。ところがこれが実に読ませて飽きさせない。胸キュンの恋愛小説であり、涙ぼろぼろの克己の物語であり、そしてむくむくと元気の出てくる小説なのである。私が書いた当時の新刊評を引用すると「うまいうまい。こういう才能の出現に立ち会うのは実に久々のような気がする。何でもないところにドラマを作るという点では初期の山本文緒であり、シリアスなテーマを軽妙に描くという点では『非・バランス』『超・ハーモニー』の魚住直子であり、落語家を主人公とする点では『シャレのち曇り』の立川談四楼であり、うまさでは、ええと誰だ？とにかく読み始めるとやめられない小説なのである」と、これくらい興奮した小説なのだ。

なぜ、これほど興奮したのか。その理由を列記する。まず第一は、登場人物の絶妙な造形だ。主人公の落語家今昔亭《こんじゃくてい》三つ葉の周囲に立ち現れる人間が誰一人の例外もなく活写されること。クラスの連中とあくまでも戦う姿勢を崩さない小学生村林優《まさる》、内気なテニスコーチの綾丸良《あやまる》、とことん世間を疑っている無愛想な十河五月《とかわさつき》、そして日頃は平気で悪態をつくせにいざとなると無口になる湯河原太一という主要登場人物は当然だが、師匠の小三文を始め、その弟弟子にあたる白馬師匠、三つ葉の祖母などの脇役《わきやく》にいたるまで、どの人物もいきいきと描かれている。おっと、もちろん主人公の三つ葉も忘れてはいけない。この造形力は特筆するべきだろう。

第二は、この軽妙な物語を支えているのが作者の巧みな計算とその筆力であること。これは実例を出したほうがいい。たとえば、十河の家の門の前にほおずきの鉢をこっそり置いてきたことを三つ葉が後悔するくだりで、彼女の泣き顔を思い出すシーンがある。それは次のように述懐される。

「風呂《ふろ》の湯につかって、のほんとしている時など、ふいに、並木の藪《やぶ》での十河の泣き顔が目に浮かぶことがあった。奇妙な顔だった。しわ一つ寄せず、顔を歪《ゆが》めもせず、無表情のまま、目から頬へと涙の粒が転げて、すうと筋になる。自分で泣いているとわかっていないんじゃないかと思った。それほどひっそりと静かだった。あの顔を思い出すと、胸のあたりが不快になる。落ちつかなくて、ざわざわして、いらいらして、痛むような感覚になる」

もう一つ実例を出す。自信を失った村林優をつかまえるために三つ葉が小学校の前で待っている場面だ。村林優はたった一人で肩を落として歩いてくる。その前に三つ葉が立ったときの少年の表情の変化は次のように記述される。

「憂鬱《ゆううつ》な物思いからさめたように、ふっと、こちらを向いた。意外そうに濃い眉《まゆ》がはねあって、一瞬ぎくりと瞳《ひとみ》が揺れて、次に何とも形容しがたい顔つきに変わった。大人なら微笑と呼んでもいいが子供の顔に浮かぶと、あまりにかすかで頼りなくて、相手を不安にさせるような表情だった」

ここで強調されるのが「落ちつかなくて、ざわざわして、いらいらして、痛むような感覚」と、「あまりにかすかで頼りなくて、相手を不安にさせるような表情」であることに留意したい。すなわち、人と人が心を通い合わせる瞬間を、負のイメージで描きだすのである。つまり、物語の表面で進行するドラマを作者は巧みに否定していくのだ。

もっとわかりやすい例を出せば、落語の発表会をする村林優がつんつるてんの着物を着て緊張している場面。そこに母親が出現するシーンの記述を見られたい。

母親は、つんつるてんの七五三の息子を、たいそう悲しげに見つめた。その目を見たとたん、俺は彼女に少し同情した。どうせ息子を持つなら、サッカーのユニフォームを着て爽《さわ》やかに光る汗を額に浮かべて、「お母さん、僕のシュートを見ててくれた？」と素直に甘えてくる息子が欲しいだろう。

本来なら盛り上げるべき場面で、作者は主人公にこういうふうに述懐させるのである。それはけっして、主人公が落語家だから、シャレのめしているというわけではない。十河がずっと三つ葉に喧嘩腰《けんかごし》で対するのも、それが恋愛ドラマの常道だからなのではない。本書のテーマが「自信を持つとは何か」であることを想起すれば、その計算の意味と意図が見えてくる。

三つ葉も自信を失って迷うくだりで「肝心なのは、自分で自分を〝良し〟と納得することかもしれない」と書いたあとに、次のように続ける箇所がある。引用はこれが最後だ。念のために付け加えておくと、ここに出てくる「外山達也《とやまたつや》」とは、三つ葉の本名である。

「綾丸良は〝良し〟が圧倒的に足りない。十河五月も〝良し〟がもっと必要だ。村林優は無理をした〝良し〟が多い。湯河原太一は一部で極度に多く、一部で極度に少ない。外山達也は満タンから激減して何がなにやらわからなくなっている」

もうそろそろ結論を書いてもいいだろう。本書は、自然な「良し」が言えなくなっている人間たちの物語なのだ。心が通う瞬間をなかなか信じられない者たちの物語なのだ。その瞬間がそれほど簡単に手に入るものであるならば、どうして私たちはこんなに苦しむ必要があるのか、とうろたえる人間たちの物語なのである。「落ちつかなくて、ざわざわして、いらいらして、痛むような感覚」と、「あまりにかすかで頼りなくて、相手を不安にさせるような表情」が強調されるのは、あるいは十河が終始、三つ葉に喧嘩腰で対するのは、その心理の表出にほかならない。

つまり本書が秀《ひい》でているのは、テーマと手法が不可分であるからである。その巧みな計算を軽妙に仕立てた物語の背後にひっそりと隠しているからである。

こうして我々は、この四人が、いや三つ葉を入れた五人がどうやって自信を取り戻していくのか、どういうふうに「良し」と言っていくのか。固唾《かたず》を呑《の》むように見守ることになる。もちろん、安易な結末は待っていない。事態は何も解決していないといってもいい。しかし読みおえてみると、自分に「良し」と言っていることに気がつくのである。これはそういう小説だ。

（二〇〇〇年四月、文芸評論家）

この作品は平成九年八月新潮社より刊行された。

佐藤多佳子著
サマータイム
友情、って呼ぶにはためらいがある。だから、眩しくて大切な、あの夏。広一くんとぼくと佳奈。セカイを知り始める一瞬を映した四篇。

佐藤多佳子著
神様がくれた指
都会の片隅で出会ったのは、怪我をしたスリとオケラの占い師。「偶然」という魔法に導かれた都会のアドベンチャーゲームが始まる。

湯本香樹実著
夏の庭
—The Friends—
死への興味から、生ける屍のような老人を「観察」し始めた少年たち。いつしか双方の間に、深く不思議な交流が生まれるのだが……。

湯本香樹実著
ポプラの秋
不気味な大家のおばあさんは、ある日私に奇妙な話を持ちかけた——。『夏の庭』で世界中の注目を浴びた著者が贈る文庫書下ろし。

佐伯一麦著
ア・ルース・ボーイ
三島由紀夫賞受賞
少年は県下有数の進学校を捨てた。少女とその赤ん坊のため、そして自らの自由のために。若く、美しい魂たちの慟哭を刻む傑作長編。

佐野洋子著
ふつうがえらい
嘘のようなホントもあれば、嘘よりすごいホントもある。ドキッとするほど辛口で、涙がでるほど面白い、元気のでてくるエッセイ集。

江國香織著

きらきらひかる

二人は全てを許し合って結婚した、筈だった……。妻はアル中、夫はホモ。セックスレスの奇妙な新婚夫婦を軸に描く、素敵な愛の物語。

江國香織著

こうばしい日々

坪田譲治文学賞受賞

恋に遊びに、ぼくはけっこう忙しい。11歳の男の子の日常を綴った表題作など、ピュアで素敵なボーイズ&ガールズを描く中編二編。

江國香織著

つめたいよるに

愛犬の死の翌日、一人の少年と巡り合った女の子の不思議な一日を描く「デューク」、デビュー作「桃子」など、21編を収録した短編集。

江國香織著

ホリー・ガーデン

果歩と静枝は幼なじみ。二人はいつも一緒だった。30歳を目前にしたいまでも……。対照的な女性二人が織りなす、心洗われる長編小説。

江國香織著

流しのしたの骨

夜の散歩が習慣の19歳の私と、タイプの違う二人の姉、小さな弟、家族想いの両親。少し奇妙な家族の半年を描く、静かで心地よい物語。

江國香織著

すいかの匂い

バニラアイスの木べらの味、おはじきの音、すいかの匂い。無防備に心に織りこまれてしまった事ども。11人の少女の、夏の記憶の物語。

群ようこ著

鞄に本だけつめこんで

本にまつわる様々な思いを軽快な口調で語りながら、日々の暮らしの中で親しんだ24冊の本を紹介。生活雑感ブック・ガイド。

群ようこ著

本は鞄をとびだして

半径500メートルのことにしか関心がない、と公言する著者が、海の向うの文学を読んでみれば……!? 超過激読書エッセイ海外編。

群ようこ著

びんぼう草

こんな生活、もう嫌だ。私、やめます！ ところが……。会社勤めに悩む人々に贈る「満員電車に乗る日」など、元気百倍の痛快小説集。

群ようこ著

膝小僧の神様

恋あり、サスペンスありの過激な小学校時代には、一人一人が人生の主人公だった。全国一億の元・小学生と現・小学生に送る小説集。

群ようこ著

街角小走り日記

特別な事件より、普通の毎日。奇人変人より、あなたの隣人。そんな《日常》にこそ面白い出来事は潜んでいる！ 痛快無比のエッセイ集。

群ようこ著

へその緒スープ

姑の嫁いびりに鈍感な夫へ、妻の強烈な一発！ 何気ない日常に潜む「毒」を、見事に切り取った、サイコーに身につまされる短編集。

唯川恵著　あなたが欲しい

満ち足りていたはずの日々が、あの日からゆらぎ出した。気づいてはいけない恋。でも、忘れることもできない―静かで激しい恋愛小説。

唯川恵著　夜明け前に会いたい

その恋は不意に訪れた。すれ違って嫌いになりたくて、でも、世界中の誰よりもあなたを失いたくない――純度100％のラブストーリー。

唯川恵著　恋人たちの誤算

愛なんか信じない流実子と、愛がなければ生きられない侑里。それぞれの「幸福」を摑むための闘いが始まった――これはあなたの物語。

唯川恵著　「さよなら」が知ってるたくさんのこと

泣きたいのに、泣けない。ひとりで抱えてるのは、ちょっと辛い――そんな夜、この本はきっとあなたに「大丈夫」をくれるはずです。

唯川恵著　いつかあなたを忘れる日まで

悲しくて眠れない夜は、今日で終わり。明日出会う恋をハッピーエンドにするためのちょっとビター、でも効き目バツグンのエッセイ。

唯川恵著　5年後、幸せになる

もっと愛されれば、きっと幸せになれるはず……なんて思っていませんか？　あなたにとっていちばん大切なことを見つけるための本。

光野桃著　おしゃれの視線

おしゃれを通して本当の自分を見つける――パリでミラノで、魅力的な女たちを見つめ続けてきた著者が贈る〝おしゃれへの近道〟。

光野桃著　可愛らしさの匂い

心の中から笑顔が浮かぶ人。何にでも感動しやすい人。可愛らしさが匂い立つ、あの人が素敵に見える秘密は、きっとこの本にある。

光野桃
齋藤薫著　優雅で野蛮な女になる方法

恋もおしゃれも綺麗も仕事も！　女性の美と生き方を見つめてきた二人からの、格好いい女になるためのメッセージを込めたエッセイ。

幸田文著　父・こんなこと

父・幸田露伴の死の模様を描いた「父」。父と娘の日常を生き生きと伝える「こんなこと」。偉大な父を偲ぶ著者の思いが伝わる記録文学。

幸田文著　木

北海道から屋久島まで訪ね歩いた木々との交流の記。木の運命に思いを馳せながら、鍛え抜かれた日本語で生命の根源に迫るエッセイ。

幸田文著　きもの

大正期の東京・下町。あくまできものの着心地にこだわる微妙な女ごころを、自らの軌跡と重ね合わせて描いた著者最後の長編小説。

新潮文庫最新刊

しゃべれども しゃべれども

新潮文庫　さ－42－1

平成十二年六月一日 発行
平成十八年九月二十五日 五刷

著者 佐《さ》藤《とう》多《た》佳《か》子《こ》
発行者 佐藤隆信
発行所 株式会社 新潮社

郵便番号 一六二―八七一一
東京都新宿区矢来町七一
電話 編集部(〇三)三二六六―五四四〇
読者係(〇三)三二六六―五一一一
http://www.shinchosha.co.jp

価格はカバーに表示してあります。

乱丁・落丁本は、ご面倒ですが小社読者係宛ご送付ください。送料小社負担にてお取替えいたします。

印刷・株式会社光邦　製本・憲専堂製本株式会社

ISBN4-10-123731-X C0193